魔王巫師
마왕
출사
청산 新무협 판타지 소설

마왕출사 6

청산 新무협 판타지 소설

초판 1쇄 찍은 날 § 2007년 6월 5일
초판 1쇄 펴낸 날 § 2007년 6월 15일

지은이 § 청산
펴낸이 § 서경석

편집장 § 문혜영
편집 § 최하나 · 문정흠 · 김동화

펴낸곳 § 도서출판 청어람
등록번호 § 제1081-1-89호
등록일자 § 1999. 5. 31
어람번호 § 제2-1216호

주소 § 경기도 부천시 원미구 심곡1동 350-1 남성B/D 3F (우) 420-011
전화 § 032-656-4452 팩스 § 032-656-4453
http://www.chungeoram.com
E-mail § eoram99@chollian.net

ⓒ 청산, 2006

ISBN 978-89-251-0729-5 04810
ISBN 89-251-0403-2 (세트)

魔王 秘師

Fantastic Oriental Heroes

청산 新무협 판타지 소설

6

천하제일의 악녀 [완결]

마왕 출사

도서출판 청어람

나는 차라리 죽었어야 했다!

1

하늘이 어둡다.

폭설을 잔뜩 머금은 암회색 구름이 손을 뻗으면 그대로 잡힐 듯 낮게 깔려 있다. 벼랑 사이의 평지는 발아래로 자욱한 운무가 덮여 있어 마치 하늘과 땅 사이에 단절된 특별한 공간처럼 보인다.

휘이이잉—!

봉우리 위를 스쳐 가는 세찬 바람이 귀신의 호곡성처럼 들리기에 더욱 을씨년스럽다.

보통 사람은 도저히 오를 수 없는 빙벽 위에는 한 사람이 우뚝 서 있었다.

한 자루 검을 등에 멘 백삼청년.

매서운 추위 속에서도 의연함을 잃지 않은 모습에서 대장부의 기도가 느껴진다. 그러나 백삼청년의 두 눈은 고뇌로 얼룩져 있었다. 본래 광명처럼 빛나던 그의 모습이 이렇듯 빛을 잃기도 처음일 것이다.

그는 누군가를 기다리는 듯 간혹 얼음 벼랑 쪽을 바라보며 괴로움에 젖었다.

'운악, 오지 마라. 내가 세상의 죄인이 될지언정 차마 너를 해칠 수가 없다. 난 이대로 얼어 죽는 게 행복하다. 이곳은 사람의 발길이 닿지 않는 곳이니 천하인들은 나의 죽음을 확인하지 못할 것이다.'

백삼청년은 음울한 암회색 구름으로 시선을 향했다.

'그래, 한바탕 폭설이라도 쏟아 부어 나를 묻어다오.'

한데 그때였다. 얼음 벼랑 아래에서 긴 외침이 들려왔다. 장소성을 발한 사람은 상당한 고수인 듯 십만대산 일각이 연속된 메아리에 요동쳤다.

백삼청년의 입에서 절로 한숨이 흘러나왔다.

'운악… 결국 네가 왔구나!'

잠시 후 하나의 그림자가 얼음 벼랑 아래서 불쑥 솟아올랐다.

"하하, 창해! 대체 이게 무슨 엉뚱한 짓이냐?"

백삼청년의 앞으로 내려선 사람은 털모자에 털옷을 걸쳐

입은 수려한 용모의 청년이었다. 입가에 서린 미소에서 대단한 자부심이 풍긴다. 눈빛은 지나치게 강렬했으며, 은은한 불꽃마저 뿜어낸다.

백삼청년은 수려한 용모의 청년을 물끄러미 바라보다가 정중히 포권을 취했다.

"와줘서 고맙다, 운악. 서찰에는 아무런 이유도 밝히지 않았는데 만 리 길을 마다않고 찾아와 주었구나."

수려한 용모의 청년은 호기로운 웃음을 터뜨렸다.

"하하, 우리는 친구가 아니냐? 네가 설사 지옥에서 날 부른다 해도 기꺼이 찾아갔을 것이다."

그는 옷깃 속으로 파고드는 세찬 한기에 가볍게 진저리를 치고는 주변을 쓸어보았다.

"창해, 따뜻한 남해 바닷가도 있는데 왜 하필 북방보다 추운 십만대산이냐? 이곳에 무림의 신비로운 전설이라도 숨겨져 있는 것이냐?"

"전설… 그래, 전설이 있다."

"정말? 무슨 전설이냐?"

"아득한 옛날, 백도의 맹주가 흑도의 마왕과 결투를 벌인 곳이다. 두 사람은 세상에 둘도 없는 친구였는데… 결국은 서로를 죽이는 비극을 연출하였다."

수려한 청년의 눈매가 가늘어졌다.

"어째 우리 얘기 같기도 하구나. 물론 결말은 다르겠지만."

백삼청년은 등에 멘 검을 천천히 뽑아 들었다.

"아니다, 운악. 수백 년 후 사람들은 이곳에서 죽은 우리 두 사람을 놓고 그렇게 얘기할 것이다. 오늘 우리는 후대를 위해 하나의 전설을 만들어야만 한다."

검이 뽑혀지자 검극에서 새파란 번갯불이 피어올랐다.

검신이 독특하게도 벼락과 같은 형상을 지닌 검이었다. 바로 당대의 신검으로 불리는 뇌천검. 이 뇌천검은 오직 뇌천진기를 지닌 자만이 뽑을 수 있으니 백삼청년의 신분이 분명해졌다.

뇌천신검(雷天神劍) 국창해!

그가 바로 현 백도무림에서 맹주로 추앙받는 절대고수 국창해였다. 한데 중원의 백도맹주가 왜 머나먼 십만대산까지 내려온 것일까.

국창해의 서찰을 받고 방금 전에 당도한 수려한 용모의 청년의 신분 역시 범상치 않다.

풍운신룡(風雲神龍) 강운악(姜雲岳)!

그는 젊은 나이에 사해문을 창건해 일문의 종사가 되었다.

사해문은 강호에서 소외받는 계층을 기반으로 창건하여 순식간에 중원 전역에 지부와 분타를 두는 대문파로 성장하였다. 휘하의 제자가 오천 명을 넘어서자 그 방대함에 전통의 구파일방조차 위기를 느낄 정도였다.

국창해와 강운악, 이 두 사람은 어린 나이에 강호에 출도해

의기투합되어 형제와 같은 친구가 되었다.

국창해는 백도를 추구했고, 강운악은 중도를 걸었지만 그들의 우정은 서로 간의 의식과는 무관하게 두터웠다. 서로의 절기를 함께 연구할 정도였기에 그들 사이에는 어떤 비밀도 있을 수 없었다.

최근 들어 한 여인 때문에 다소 소원해지긴 했지만 그들의 우정을 훼손할 정도는 아니었다.

강운악은 친구가 뽑아 든 뇌천검을 보고는 가볍게 눈살을 찌푸렸다.

"창해, 오늘 너의 태도가 이상하구나? 날 보는 너의 눈빛이 달라졌다. 적개심이 느껴진다고나 할까? 대체 어찌 된 일이냐?"

국창해는 몹시 괴로운 눈빛으로 그를 직시했다.

"운악, 너희 사해문은 이미 괴멸되었을 것이다."

"뭐, 뭐야?"

"네가 영외를 넘어서는 순간 사해문의 총단과 열일곱 개 지부, 여든다섯 개 분타가 백도연합의 공격을 받게 되어 있다."

"미친놈들! 내가 가만 놔둘 것 같아!"

강운악이 분연히 외치며 몸을 돌리는 순간, 국창해의 검극에서 섬광이 발출되었다.

번—쩍—!

등 뒤로 날아드는 검기에 깜짝 놀란 강운악이 급히 이형환위 신법을 전개해 기습을 피해냈다. 그는 국창해를 향해 돌아서며 싸늘하게 외쳐 물었다.

"창해! 백도 놈들이 죄다 미쳤다지만 설마 너까지 동조한단 말이냐?"

"운악, 넌 정말 하지 말았어야 할 중대한 죄를 저질렀다. 어떻게 무림에서 금기시한 악마혈경(惡魔血經)에 손을 댈 수 있단 말이냐?"

"하하하!"

강운악은 어처구니가 없는 듯 한바탕 웃음을 터뜨렸다.

"무엇이 악마혈경이란 말이냐? 내가 손에 넣은 것은 소뇌음사에서 훔쳐 온 한 권의 비급일 뿐이다. 다소 사이한 비술이 적혀 있기는 해도 세상을 피로 물들일 마경은 아니었다. 너마저 그런 터무니없는 풍문에 휩쓸렸단 말이냐?"

"운악, 소뇌음사는 불타(佛陀)에 대항하려는 마군에 의해 세워진 악마의 사찰로 알려져 있다. 그곳은 악마의 영역이기에 인간은 도저히 발을 들여놓을 수 없다고 들었다. 만일 누군가가 죽지 않고 소뇌음사에서 살아 나왔다면… 그자는 인간이 아니라 악마일 수밖에 없다. 한데… 넌 소뇌음사에서 들어가서도 죽지 않았고, 악마혈경까지 가지고 나왔다. 대체 이런 상황을 어떻게 해석할 수 있단 말이냐?"

"정신 차려, 이 친구야. 소뇌음사가 마군을 추종하는 마승(魔

僧)들에 의해 세워진 사찰인 것은 사실이다. 하지만 악마의 사찰이며, 인간은 들어갈 수 없는 영역이라는 풍문은 그저 와전된 얘기에 불과해. 난 악마가 아니야. 그저 마왕지상의 태생인 덕분에 용케 빠져나올 수 있었을 뿐이다. 내가 만일 악마였다면 세상을 이대로 놔두었겠느냐? 이미 세상은 핏물 속에 잠기고, 수천, 수만의 시체가 둥둥 떠다녔을 것이다."

강운악의 해명에도 불구하고 국창해의 고뇌 어린 표정은 조금도 달라지지 않았다.

"무림에는 공법이라는 것이 있다. 아무리 국법에 구애를 받지 않는 무림인이라도 무림 공법까지 거역할 수는 없다. 한데 넌 무림계에서 정한 공법을 어기고 악마혈경을 차지했다. 이로써 넌 무림공적이 되고 말았다."

무림공적(武林公敵)!

이것은 전 무림이 협력하여 반드시 죽여야 할 악적을 의미한다.

무림공적으로 낙인찍힌 자는 죽을 때까지 그 추적을 피할 수 없다. 만일 그를 숨기거나 돕는 자 역시 무림공적으로 몰리기에 흑백도 어느 누구도 그를 비호해서는 안 된다. 그렇기에 사파의 악도들도 무림공적으로 몰리는 것만은 극구 피하려 한다.

강운악은 자신이 무림공적으로 선고되었다는 말에 냉소를 쳤다.

　“훗, 나와 사해문을 견제하기 위해 별 수작을 다 부리는구나. 너희가 아무리 작당을 해도 내가 살아 있는 한 사해문은 재건될 것이다. 너희가 아무리 날 무림공적으로 몰아도 사해문을 괴멸시킬 수는 없다.”

　국창해는 잔뜩 찌푸린 암회색 하늘을 올려다보며 길게 탄식했다.

　“운악, 넌 무공뿐 아니라 지략과 심기에 있어서도 당대 최고다. 그래서 모두가 널 두려워하는 것인지도 모른다. 상황이 이렇듯 악화된 것은… 네가 너무 뛰어나서였다.”

　“오냐, 그것이 오랜 세월 무림계를 지배해 온 백도 놈들의 속 좁은 처사다. 자신과 조금이라도 다른 길을 걷는 자는 무조건 사파와 마도로 몰아 짓밟아왔지. 그래도 너만은 놈들과 다를 줄 알았다. 그래서 네가 백도맹주로 추대되었을 때 난 진심으로 기뻐하며 신선한 변화를 기대했다. 한데… 너도 마찬가지였단 말이냐?”

　“어리석은 친구야, 제발 악마혈경만큼은 건드리지 말았어야 했다. 나로서도… 더 이상 널 비호할 수가 없구나.”

　국창해는 강운악을 향해 뇌천검을 겨누었다.

　“운악, 난 네가 백도연합의 손에 죽는 것을 차마 지켜볼 수가 없어 널 이곳으로 유인하였다. 차라리… 내 손으로 널 죽이는 것이 네게 베푸는 마지막 우정이라 생각한 것이다.”

　더 이상 친구가 아니라 적(敵).

강운악의 두 눈에서 강렬한 안광이 폭사되었다.

"오냐. 과거 너와 승부를 내지 못하고 친구가 되는 바람에 다시 겨룰 수 없는 상황이었는데, 이제야 끝내지 못한 승부를 결정지을 수 있겠구나."

그가 한 손을 쳐들자 손아귀에서 한줄기 불꽃이 뿜어지며 검의 형상으로 바뀌었다.

초상승절기인 심기검. 그는 극양 무공인 폭염신공을 터득했기에 그의 심기검에서는 불길이 이글거렸다. 그 기세는 당대 최강의 신병이라는 뇌천검에 비해 결코 뒤떨어지지 않았다.

강운악은 앞으로 한 걸음을 내딛으며 유연한 기수식을 펼쳤다.

"너의 뇌천검법은 나도 잘 알고 있다. 너만큼 완벽하지는 않아도 웬만큼 구사할 수 있지. 게다가 너의 뇌천진기보다 내 폭염신공이 더 파괴적이다. 시시한 승부가 아니기를 바란다."

국창해는 지극히 고통스런 심정으로 결전에 임했다.

"미안하다, 운악."

허공으로 둥실 떠오른 그가 뇌천검을 내려쳤다.

번—쩍—!

요란한 우렛소리와 함께 새파란 섬광이 허공을 갈랐다.

"차앗!"

바닥을 박차고 치솟은 강운악 역시 폭염신공이 주입된 검법을 발휘해 정면으로 충돌했다. 굉음에 앞서 섬광이 먼저 교차되었다. 한순간 숨 막힐 듯한 정적이 이어지더니 곧 빙봉 전체가 요동쳤다.

쾨—콰쾅—!

국창해는 허공을 딛고 선 채 연속적으로 검강을 발출했다. 벼락 형태의 검강이 빙벽을 강타하자 엄청난 폭음과 함께 거대한 얼음덩이가 무너져 내렸다.

강운악이 왼손을 활짝 펼치자 장심에서 이글거리는 불덩이가 피어올랐다. 그가 절기인 폭염열화주였다.

"가랏!"

그가 폭염열화주를 내던지자 집채만 한 얼음덩이가 대번에 사그라지며 빗방울로 화했다.

"파황벽뇌섬!"

국창해의 뇌천검이 번득이자 사위가 수백, 수천 개의 번갯불로 가득했다. 암회색 하늘을 배경으로 쏟아져 내리는 어마어마한 번갯불은 마치 하늘의 심판처럼 공포스러웠다.

강운악 역시 혼신의 진기를 운집해 절기를 발출했다.

"풍운대파천!"

심기검과 더불어 한 덩이 불꽃으로 화한 그가 검신합일이 되어 공중으로 솟구쳐 올랐다.

쾨—콰쾅—!

두 절대고수의 격돌은 인간의 한계를 넘어선 천신들의 대결이었다. 그들의 일 검에 하늘이 빛을 잃었고, 그들의 일 수에 십만대산이 요동쳤다.

국창해가 앞서 언급한 대로 먼 훗날 전설로 기록될 천신과 마신이 격돌했다는 풍운변색의 전투가 전개된 것이다.

두 사람의 움직임은 너무도 빨라 그 형상이 제대로 보이지 않았다. 축지성촌을 펼쳐 찰나지간 이동하면서 격돌을 벌였기에 어떠한 대결이 전개되었는지조차 가늠하기가 힘들었다.

그들의 공력이 최고조에 이르자 국창해는 거대한 섬광으로 화했고, 강운악은 이글거리는 불덩이로 변했다.

두 사람은 서로를 직시하며 마지막 일 합에 승부를 걸었다.

비록 서로를 향해 검을 겨누는 적이 되었지만 심한 적개심은 없었다.

국창해는 백도의 맹주로서 사명감 때문에 싸울 수밖에 없었고, 강운악은 그런 친구의 입장을 충분히 이해했기에 두 사람의 대결은 엄청난 파괴력과는 달리 처절하진 않았다.

"차앗!"

"간다!"

마침내 두 사람은 혼신의 힘을 모은 대결에 돌입했다.

지상에서 뿜어진 불기둥은 십 장 높이까지 치솟았고, 허공에서 내리꽂힌 섬광은 세상의 모든 빛을 앗아갈 만큼 강럴했다.

섬광과 불꽃의 교차.

콰아아앙!

천재지변이라도 일어난 듯 한순간 시공이 뒤틀렸다.

충돌의 여파에 빙벽이 붕괴되며 거대한 산사태를 일으켰고, 엄청난 굉음은 메아리가 되어 십만대산 전체에 울려 퍼졌다. 더불어 무수한 불꽃과 섬광이 파편이 폭죽처럼 비산되며 암회색 하늘을 화려하게 수놓았다.

이윽고 주변을 휩쓸던 사나운 회오리바람이 가라앉으며 장내의 상황이 드러났다.

국창해의 가슴 한쪽이 시커멓게 변색돼 있었다. 불꽃을 발하는 심기검에 관통된 것이다. 상처 부위에서 흘러나온 피가 바닥의 허연 얼음을 붉게 물들였다.

강운악 역시 온전하지 못했다. 뇌천검이 심장 아래쪽의 옆구리에 깊숙이 파고든 것이다.

외견상으로는 양패구상이었지만 국창해의 부상이 더 심해 보였다.

국창해는 울컥 피를 쏟으며 뒷걸음질을 쳤다. 그는 뇌천검을 지팡이 삼아 짚고 나서야 겨우 신형을 유지할 수 있었다.

강운악은 자신의 상처 부위를 살피고는 고개를 들어 국창해를 직시했다. 그의 눈에서 형용할 수 없는 복잡한 감정이 피어올랐다.

“창해… 왜 내 심장을 찌르지 않은 것이냐?”

“너의 출수가 보다 빨랐기 때문이다. 너 역시… 최후의 순간에 공력을 회수하지 않았더냐?”

“내가 왜? 난 우정을 배신한 네놈을 반드시 죽여야 하는데 왜 공력을 회수했겠느냐?”

강운악이 울분을 토하듯 외치자 국창해의 입가에 희미한 미소가 감돌았다.

“운악, 하늘이 우리 사이를 갈라놓으려 했지만… 그래도 우리는 여전히 친구로구나. 친구의 심장에 검을 꽂는다면… 어찌 친구라 할 수 있겠냐?”

“심약한 녀석, 그런 나약한 정신으로 어떻게 백도를 이끄는 맹주라 할 수 있겠냐? 무림공적을 죽이지 않으면 너 또한 무림공적이 되지 않느냐?”

국창해는 길게 한숨을 내쉬었다.

“운악, 이제야 밝히지만, 나는 물론이고 백도연합의 수장들은…….”

순간 빙벽 아래에서 하나의 섬세한 그림자가 솟구쳐 올랐다.

“난화섬수!”

벼락처럼 날아든 수강은 강운악의 등판을 정통으로 강타했다.

“크윽!”

무려 오 장 밖으로 나동그라진 강운악은 연신 피를 토해냈다. 엄중한 부상을 입은 상황에서 강력한 기습까지 당해 그의 내상은 치명적이었다.

"오호호!"

요사한 웃음과 함께 털옷을 걸친 여인이 국창해의 옆으로 사뿐 내려섰다.

아, 우물(尤物)!

하얀 백여우 갖옷을 걸친 여인은 진정 세상에 다시없을 절색의 미녀였다.

여인이 지닌 미색은 단순한 아름다움이 아니라 세상을 빨아들일 아찔한 흡인력에 있었다. 한 번의 눈짓으로 달이 저물고, 미소 한 번으로 꽃이 시들 색정으로 뭉친 요녀가 바로 그녀였던 것이다.

강운악은 자신의 눈을 믿을 수가 없었다. 자신에게 치명적인 부상을 입힌 요녀는 그의 정혼녀와 다름없는 여인이었기 때문이다.

"완완? 네… 네가 어떻게……?"

요녀는 바로 도완완이었다.

그녀는 강운악이 우연히 신녀문에 들어갔다가 탈출하면서 함께 데리고 나온 여인이었다. 워낙 강렬한 색기를 지닌 탓에 평생 신녀문 내에 갇혀 살아야 하는 그녀의 신세를 가련하게 여긴 것이다.

도완완을 취한 강운악은 대번에 그녀에게 매료되었다. 향기를 머금은 그녀의 육체는 불덩이처럼 뜨거웠고, 그의 몸에 휘감기는 팔다리는 그의 정신마저 철저하게 옭아매었다.

강운악은 그녀와 더불어 세상을 유람하며 스스로 세상에서 가장 행복한 사내임을 자부했다.

그는 그녀가 원하는 모든 것을 구해주었고, 그녀의 행복해하는 모습에 그 자신도 유쾌할 수 있었다. 그가 머나먼 서방으로 가서 소뇌음사의 비급인 악마혈경까지 훔쳐 온 연유도 그녀에게 선물하기 위함이었다.

이로 인해 그는 천하인들의 지탄을 받는 무림공적으로 몰리게 되었지만 조금도 개의치 않았다. 만일 도완완이 원했다면 소림의 장경각에 숨어들어 절기를 훔쳐 왔을 것이다.

세상에서 풍류공자로 알려진 그였지만, 처음으로 그의 마음을 빼앗아간 여인이 바로 도완완이었다. 한데 그런 그녀가 그의 뒤통수를 친 것이다.

도완완은 국창해와 바싹 붙어서며 요사한 웃음을 터뜨렸다.

"호호호, 어리석은 강운악. 내가 한 사내에게 만족할 여인으로 생각했다면 정말 오산이야. 당신을 소뇌음사로 보낸 후 나는 여러 사내를 품에 안고 모처럼 흠뻑 양기를 흡수할 수 있었다. 물론 나와 교접한 사내들은 대부분 죽었지."

강운악은 몸의 부상보다 그녀의 배신에 더욱 충격이 컸다.

"그렇다면 네년이 바로… 폐월요화였단 말이냐?"

폐월요화는 최근 들어 천하에 엄청난 파란을 일으킨 사악한 요녀를 말한다.

풍문에 의하면 누구도 그녀의 요구를 거부할 수 없고, 한 번 교접을 맺으면 정혈이 고갈돼 죽는다고 하였다. 그렇기에 그녀를 대하고 온전한 자가 없어 그녀의 용모와 내력에 대해서는 아무도 모른다.

강운악은 세상 물정도 제대로 모르는 도완완이 설마 폐월요화라고는 꿈에도 생각지 못했다. 게다가 그녀와 밤낮으로 교접을 맺어도 그는 죽지 않았기에 그녀가 모든 사내의 정혈을 흡수해 죽이는 요녀라고는 조금도 의심하지 않았던 것이다.

그러나 그는 너무도 철저하게 농락당했다.

그가 처음으로 사랑했던 여인은 세상을 해칠 마녀이며, 요녀였다. 전대 신녀문주가 그녀를 거둬 개화시키려 했지만 그녀의 타고난 악심은 조금도 변모하지 않았던 것이다.

더욱 끔찍한 사실은 강운악만이 그녀의 색기에 눈이 먼 것이 아니었다는 데 있었다. 그녀는 이미 섭심미혼술로 무림계의 수장들을 굴복시켜 놓았다.

강운악은 엄청난 배신과 충격에 가슴이 터질 것만 같았다. 그러나 무엇보다 인정할 수 없는 사실은 친구 국창해의 배신이었다.

"창해, 네가… 네가 어떻게 완완을 취할 수 있단 말이냐? 아무리 요녀라도 내 계집이었다. 네가 어떻게 완완의 치마폭에 굴복할 수 있단 말이냐?"

그의 피를 뽑는 듯한 질책에 국창해는 괴로움을 금치 못하고 고개를 떨구었다.

도완완이 부드럽게 그의 볼을 어루만졌다.

"운악, 너무 질책하지 마. 국 공자는 정말 의인이었어. 내가 알몸으로 유혹했어도 나를 품지 않았지. 죽음이 두려워서가 아니라 당신과의 우정 때문에 내 몸을 거부했던 거였어. 내가 인정할 수 있는 유일한 사내이지."

그녀는 뇌천검을 쥔 그의 손을 치켜들었다.

"자, 이제 그를 죽여요, 창해. 당신은 무림공적을 죽인 위대한 영웅이 되는 겁니다. 당신을 천하맹주로 만들어주겠어요. 당신은 명성은 천세에 남게 될 겁니다."

국창해는 턱을 덜덜 떨면서 강운악을 바라보았다.

"운악……."

강운악은 참담한 심정으로 그를 바라보았다.

너무도 비통하고 분했지만 자신이 지은 죄를 통감했기에 친구를 원망할 수도 없었다.

도완완은 진정 세상을 해칠 마녀이며, 요녀였다. 아무리 그녀가 눈물로써 호소했어도 절대 그녀를 신녀문에서 데리고 나오면 안 되는 것이었다.

돌이켜 생각하면 그는 도완완을 대하는 순간 매료된 것이다. 그것을 이제야 깨달았지만 너무 늦었다. 그가 요녀의 속삭임에 놀아났듯이 세상 사람들도 그녀의 눈빛에 매료되고 요사한 미소에 무릎을 꿇는 것은 당연한 결과이다.

강운악은 고통을 참고 몸을 일으켰다. 그는 친구를 바라보며 놀랍도록 차분하게 말했다.

"죽여라, 창해. 나는 한 번 죽는 것으로 턱없이 부족할 만큼 끔찍한 죄를 저질렀다. 나의 오만과 자부심 때문에 세상을 해치고 말았구나. 그나마 네 손에 죽을 수 있다는 것을 위안으로 삼겠다."

"운악……."

"어서 죽여라."

강운악은 시선을 들어 암회색 하늘을 올려다보았다. 자신이 직시하고 있는 한 국창해가 절대 자신을 죽이지 못할 것임을 알고 배려한 태도였다.

도완완은 심한 갈등에 전율하고 있는 국창해의 귀에 대고 나직이 속삭였다.

"창해, 저자는 나를 범한 색적이에요. 어서 죽여요. 어서 죽여서 내 복수를 해주세요."

실로 무시무시한 악마의 속삭임.

국창해는 와들와들 떨면서 두 손으로 힘껏 뇌천검을 쥐었다.

도완완은 요사한 눈빛을 발하며 계속 그를 독려했다.

"부탁이에요, 창해. 내 복수를 해주세요."

국창해는 몽롱한 눈빛이 되어 고개를 끄덕였다.

"알겠소, 완완."

그는 강운악을 향해 힘겹게 걸음을 옮겼다.

도완완은 도도한 미소를 지으며 강운악에게 시선을 돌렸다.

"운악, 너무 애석하게 생각지 마. 난 솔직히 네가 두려워. 넌 나와 교접을 맺고도 기혈이 고갈되지 않은 유일한 사내야. 그런 사내가 있어서는 안 돼. 네가 죽어야 내가 확실하게 세상을 지배할 수 있지."

강운악은 아무런 대꾸도 하지 않았다.

이 순간 그는 신녀문 제자들에게 진심으로 사죄했다. 향후 신녀문 제자들이 안고 살아야 할 아픔과 눈물을 떠올리자 자신의 죽음은 너무도 하잘것없이 생각되었다.

국창해는 이를 질끈 깨물며 뇌천검을 거머쥐었다. 검극에서 피어오른 번갯불이 강운악을 향해 뻗어 나갔다. 일순 극한의 갈등으로 물든 그의 눈빛에 맑은 정광이 피어올랐다.

"차앗!"

힘찬 외침과 함께 뇌천검이 섬광을 발휘했다.

"아악!"

놀랍게도 비명이 터져 나온 쪽은 강운악이 아니라 도완완이었다. 그가 결정적인 순간에 검극을 뒤로 돌려 도완완의 가슴에 뇌천검을 꽂은 것이다.

실로 예상치 못한 반전이었다.

국창해는 잠시 전과 달리 의로움이 가득한 눈빛으로 도완완을 직시했다.

"더러운 요녀! 죽어야 할 자는 바로 너다!"

도완완은 비로소 그가 자신의 섭심미혼술에서 벗어났음을 깨닫게 되었다.

"어리석은 놈! 천하맹주가 될 수 있거늘 왜 내 명을 거부하는 것이냐?"

그녀는 허리춤에서 자뢰비를 뽑아 들고 국창해의 가슴에 꽂았다.

퍼억!

가슴 깊이 자뢰비가 꽂힌 국창해는 강운악의 앞까지 나뒹굴었다. 강운악과의 대결에서 심한 부상을 입은 그였기에 도완완을 대번에 절명시키지 못한 것이 천추의 한이었다.

"창해!"

강운악은 자세를 낮춰 국창해를 부축해 안았다.

"창해, 정신 차려!"

국창해의 안색이 회색빛으로 물들었다. 그의 입에서 꽃보다 붉은 피가 뭉클뭉클 흘러나왔다. 그는 덜덜 떨리는 손으로 뇌천검을 건넸다.

"주, 죽여야 돼. 요녀를… 반드시 죽여라, 운악."

강운악은 이를 질끈 깨물며 뇌천검을 쥐었다.

“오냐! 저 사악한 계집은 내가 죽이겠다.”

도완완은 급히 혈도를 찍어 출혈을 막고 악마혈경의 대법을 펼쳤다.

국창해의 기습으로 경맥 하나가 절단되는 치명상을 당했지만 그녀는 악마혈경의 대법으로 기력을 회복하였다. 마성을 타고난 그녀였기에 악마혈경을 보는 것만으로 절로 터득할 수 있었던 것이다.

“오호호, 너희 두 놈을 찢어 죽이겠다!”

마녀로 변한 도완완의 두 눈이 핏빛으로 물들었다. 손톱이 다섯 치나 자라면서 무서운 흉기로 화했다.

강운악은 사악한 마녀로 변모한 그녀의 모습에 오싹한 공포를 느꼈다.

‘창해의 말이 틀리지 않았다. 소뇌음사는 진정 악마의 영역이었다. 내가 훔쳐 온 것은 한 권의 마경이 아니라 악마의 혈서였다.’

그는 도완완을 반드시 죽여야 한다는 사명감에 젖어 동귀어진을 구사했다.

“죽어라, 마녀!”

그러나 그의 혼신의 힘을 다한 검신합일의 공세가 너무도 간단히 무산되었다.

차앙—!

그의 뇌천검은 도완완의 기다란 손톱에 의해 저지되었다.

"오호호! 어림없다, 강운악!"

도완완의 왼손 다섯 손톱이 강운악의 가슴으로 파고들었다.

"크윽!"

강운악은 고통스런 비명을 토하며 나가동그라졌다.

도완완은 손톱에 묻어 나온 피를 혀로 핥으며 사악한 웃음을 지었다.

"호호, 과연 마왕지상의 피는 다르군. 네 피를 취한다면 난 완벽한 절대마녀가 될 수 있다."

그녀는 미끄러지듯 강운악을 향해 다가왔다.

그 순간, 이미 죽은 줄 알았던 국창해가 벌떡 일어섰다. 그는 자신의 가슴에 꽂힌 자뢰비를 뽑아 도완완의 심장을 찔렀다.

"악!"

창졸지간에 심장이 뚫린 도완완은 석상처럼 굳어지고 말았다. 그러나 악마의 대법 때문인지 그녀는 심장이 찔린 상태에서도 죽지 않았다.

그녀의 손톱이 국창해의 어깨와 등판으로 파고들었다.

국창해는 끔찍한 고통 속에서도 의연하게 외쳤다.

"베어라, 운악! 나와 마녀를 한번에 베어라! 그래야 마녀를 죽일 수 있다!"

국창해가 초인적인 정신력으로 되살아났듯 강운악도 무서

운 정신력을 발휘해 몸을 일으켰다.

뇌천검을 치켜든 그는 갈등하지 않을 수 없었다.

검을 휘두르면 마녀 도완완을 절단 낼 수 있다. 아무리 사악한 마녀라도 절단된 상태라면 되살아나지 못할 것이다. 그러나 자신의 손으로 친구를 동강 낸다는 것은 너무도 비통한 일이 아닐 수 없었다.

그가 뇌천검을 내려치지 못하고 주저하자 국창해가 그를 돌아보았다.

"어서 베어라! 어서!"

강운악의 눈에서 주르륵 눈물이 흘러내렸다. 오랜 세월 잊었던 눈물이다.

결국 그는 뇌천검을 높이 치켜들었다.

"용서해라, 창해."

한데 이때였다. 암회색 하늘에서 시퍼런 벼락이 빙봉을 향해 내리꽂혔다.

번—쩍—!

벼락에는 세상에서 가장 강력한 힘이 깃들어 있다.

와르르!

벼락을 맞은 벼랑 일각이 붕괴되며 국창해와 도완완이 함께 추락하였다. 뇌천진기를 지닌 국창해는 벼락을 맞고도 온전한 형체를 유지할 수 있었지만 도완완은 새까맣게 타버렸다. 두 사람은 그렇게 한 몸이 된 채 아득한 벼랑 아래로 떨어져 내렸다.

그러나 벼락을 정통으로 접한 사람은 강운악이었다.

뇌천검을 타고 스며든 벼락이 전신을 꿰뚫고 바닥으로 스며드는 순간 강운악은 온몸이 타버리는 극심한 충격과 고통에 휩싸였다. 한순간 몸이 가루로 되어 부서져 버릴 것만 같았다.

찰나지간 그는 살아야 한다는 강렬한 생존 의식 속에서 한 가지 대법을 떠올렸다. 그것은 악마혈경에 기재된 금강마정대법(金剛魔精大法)이었다.

금강마정대법은 몸을 일시적으로 금강불괴지신으로 바꾸는 독특한 대법으로, 죽어서도 시신이 부패되지 않는다.

벼락이 스러지면서 강운악은 꼿꼿이 뒤로 쓰러졌다. 마도의 대법 덕분에 벼락을 맞고도 용케 몸이 타버리지 않았지만 이미 숨이 멎은 상태였다. 그리고 벼락을 맞은 빙벽이 붕괴되면서 거대한 얼음덩이가 그의 몸 위로 덮이고 있었다.

의식이 없으니 고통도 없다.

그가 마지막으로 느낄 수 있는 것은 칠흑 같은 어둠이었다. 빛 한 점 스며들지 않는 절대적인 어둠…….

2

"형수, 어떻게 된 거요? 끔찍한 버러지는 형님이 숨이 끊어

지자 기어나와 제거하지 않았소? 지금쯤 깨어나야 마땅한데
왜 의식을 회복하지 못하는 거요?”

무을은 소엽이 백무향을 진맥하는 동안 연신 닦달했다.

소엽은 백무향의 맥에서 손을 떼며 난감한 표정을 지었다.

“후우, 정말 이상해요. 기혈의 흐름도 정상이고 진맥도 전
혀 문제가 없어요. 한데 왜 의식을 회복하지 못하는지 그 연
유를 파악하지 못하겠군요.”

“결국 귀선 선배의 약에 문제가 있는 것 아니오? 세상에 잠
깐 죽었다가 살아나는 약이 어디 있겠소? 귀선 선배가 살아생
전 형님한테 선뜻 잔혹절백단을 제공하지 못한 이유도 형님
이 그 약을 먹고 깨어나지 못할 것을 우려해서였소.”

“……”

“이제 어쩔 거요?”

무을의 심한 질책에 소엽은 모든 것이 자신의 죄인 양 뜨거
운 눈물을 뿌렸다.

“혹, 소녀의 의술이 미흡해 어찌해야 할 바를 모르겠습니
다. 당분간은 지켜볼 수밖에 없겠어요. 그래도 깨어나시지 않
는다면… 소녀도 함께 죽겠습니다.”

“그런 소리 마시오.”

무을은 소엽의 가녀린 몸을 가만히 끌어안았다.

“앞날이 창창한 형수가 왜 죽는단 말이오? 형님의 유시를
받들어 형수는 내가 책임지겠소.”

“도, 도승님?”

“형수의 청순함은 정말 매력적이오. 여자란 모름지기 다소곳한 맛이 있어야 하는데, 대공녀한테는 그런 여성적인 매력이 없소.”

“이러시면 안 됩니다. 어서… 어서 물러서세요!”

소엽이 대경실색하여 뿌리치자 무을이 멋쩍은 표정을 지으며 뒤로 물러섰다.

“형수, 제발 오해하지 마시오. 형님이 정말 의식을 차리지 못하는지 시험해 본 것뿐이오. 형수한테 일 푼의 사심도 없었음을 부처님과 태상노군께 맹세하겠소.”

“……”

“아미타불, 무량수불! 믿어주시오, 형수. 내가 아무리 타락한 출가인이라도 최소한 계율과 도리는 알고 있소. 형님이 아직 멀쩡히 살아 있는데 어찌 형수를 탐할 수 있겠소?”

그의 진지한 모습에 소엽은 겨우 안정을 되찾을 수 있었다. 그녀의 창백한 얼굴에 조금 화기가 감돌았다.

“진심이세요?”

“물론이오. 사실 형수가 애절하게 눈물을 흘리자 형님의 눈까풀이 순간적으로 떨리는 것 같았소. 그래서 형님을 격동시켜 의식을 깨우려 잠시 형수를 희롱한 것이오. 다시 한 번 사과드리겠소. 아미타불 무량수불……”

“……”

소엽은 단정히 누워 있는 백무향 쪽으로 시선을 돌렸다.

잔혼절백단을 복용한 지 한나절이 넘었기에 신체적 기능은 완전히 정상으로 돌아왔다. 잠시 사망했다가 살아난 몸이기에 여느 사람보다 맥이 느리고 호흡도 약했지만, 의학적으로는 깨어나야 정상이다.

'잠시 눈까풀이 흔들렸다고……?

눈까풀은 워낙 예민해 의식에 관계없이 가벼운 충격에도 반사적으로 움직일 수 있기에 무을의 예리한 관찰을 수용하기는 어렵다.

소엽은 잠시 고심하다가 몸을 돌렸다.

"신체 기능은 되살아났지만 아직 혼백이 돌아오지 않았나 봅니다. 행여 건드리면 위험할 수 있으니 우리는 물러나 있는 편이 낫겠어요. 공자님께서 깨어나시면 우리를 찾으실 겁니다."

"형수의 말이 맞소. 형님은 아직 혼백이 돌아오지 않은 게 틀림없소. 이렇게 죽을 형님이 절대 아니오."

무을은 잠시 염불을 외우고는 소엽과 함께 초옥을 나갔다.

일각 정도가 흘렀다.

백무향의 입에서 긴 한숨이 흘러나왔다. 이어 감겼던 두 눈이 스르르 떠졌다.

사실 그는 진작부터 의식이 회복된 상태였다. 하지만 워낙 머릿속이 복잡해 홀로 생각을 정리하고 싶어 눈을 뜨지 않고 있었던 것이다.

그의 입술이 희미하게 달싹거렸다.

"내가… 풍운마제 강운악이었단 말인가?"

그러했다. 그의 진정한 신분은 이백 년 전의 절대고수 풍운마제 강운악! 당시는 풍운신룡으로 불리었지만 세월이 흐르면서 풍운마제라는 칭호를 받게 되었다.

그의 친구이자 맞수인 뇌천신검 국창해 역시 뇌천검제로 추앙되었기에 후세인들은 두 사람을 마정쌍제로 칭하게 된 것이다.

백무향은 잠시 죽음을 경험하면서 이백 년 전의 기억을 되살릴 수 있었다.

그는 비로소 자신이 누구인지, 왜 기억을 잃게 되었는지, 그리고 어떻게 깨어나게 되었는지 모든 상황을 정확히 알게 되었다. 아득한 이백 년 전의 기억이라 하기에는 너무도 선명한 기억이라 마치 이 년 전의 상황으로밖에 생각되지 않았다.

"……."

짚을 엮어 만든 천장을 올려다보는 그의 눈빛은 착잡했다.

그의 기억은 무림의 중대한 비밀이며, 자신의 엄청난 과오이기도 했다.

'난 천하의 죄인이었고… 창해는 천하를 구한 의인이었다.'

자신이 저지른 죄를 명확히 알게 되자 그는 참담한 심정에 젖어 왜 기억을 되찾았는지 후회가 되었다. 할 수만 있다면 기억을 되찾기 전의 상황으로 돌아가고 싶었다.

'젠장, 나란 인간은 진작 죽었어야 했다. 왜 다시 살아나서 이런 고통을 겪어야 한단 말인가? 난 차라리 죽었어야 했다!'

한동안 모질게 자책하던 그가 벌떡 일어나 앉았다.

'그래, 이미 까마득한 이백 년 전의 일이다. 게다가 창해가 마녀의 섭심대법에서 깨어난 덕분에 세상이 피로 물드는 참극도 벌어지지 않았다. 내가 비록 큰 죄를 지었지만 결국 나도 죽었다. 창해와 나, 그리고 마녀 도완완이 죽으면서 당시 위험했던 상황은 전설 속에 묻혀 버렸다. 끝난 일이다. 내가 아득한 이백 년 전의 기억 때문에 너무 괴로워할 필요는 없다.'

그가 용서를 빌어야 할 대상은 뇌천검제 국창해다. 하지만 그는 이미 이백 년 전에 죽었으니 마음으로 사죄하고 그의 영전 앞에 고개를 숙이는 것이 전부일 뿐이다.

그러다 문득 신녀문을 떠올리자 그는 가슴이 답답해졌다.

'그래, 신녀문이 아직 남아 있군. 신녀문 제자들은 나로 인해 죄인이 되어 이름조차 알리지 못한 채로 살고 있다.'

그는 가부좌를 틀고 앉은 채 깊은 묵상에 빠졌다.

과거는 더 이상 고민할 문제가 아니다. 모든 기억을 되찾았기에 이제 현실을 직시해야 한다. 무엇보다 자신을 되살린 하늘의 뜻을 파악하는 것이 중요했다.

하늘은 왜 이백 년 전에 죽은 자신을 되살렸는가?

깊고 깊은 하늘의 뜻을 정확히 판단하기란 어렵고도 힘든 일이다. 하지만 자신이 무엇을 해야 할지, 그리고 어떻게 살아야 할지에 대해서는 어느 정도 헤아릴 수 있을 것 같았다.

백무향은 눈을 번쩍 뜨며 지그시 이를 깨물었다.

'강운악! 너는 죽어 마땅했지만 국창해는 더 많은 세월 동안 천하를 위해 존재했어야 할 광명이었다. 네가 살아난 것은 국창해의 현신이 필요했기 때문이다.'

그는 자신을 향해 분명하게 외쳤다.

'백무향, 너는 뇌천검제의 숭고한 희생을 잊지 말아야 한다!'

제 52 장

전설의 부활

1

북망산 태백궁.

태백궁이 북망산으로 이주하면서 여산 시대를 마감했다. 비록 백도의 정신적 지주인 광명신검이 타계했지만 태백궁에 대한 무림계의 신망은 여전히 두터웠다.

태백궁 제이대 궁주는 아직 공석이다.

당연히 대공녀 태옥교가 궁주의 권좌에 올라야 했지만 그녀는 자신의 부족함을 내세워 당분간 문상으로 남기를 원했다. 태백궁이 태씨 가문만의 문파가 아니라 천하무림 모두의 문파임을 천명한 것이다.

뚝딱뚝딱!

여기저기서 들려오는 망치질 소리와 톱질 소리에 태백궁 전체가 부산했다. 수백의 인부들은 물론이고, 태백궁 제자들까지 나서 전각을 보수하고 새로이 축조하고 있었다.

여산 태백궁은 제자들의 숫자를 일천 명으로 제한했지만 태옥교는 굳이 제자들의 숫자를 언급하지 않았다.

태옥교는 정파의 협객들 외에도 사파와 녹림의 고수들도 제자로 영입하는 데 주저하지 않았다. 태백궁이 강해질 수 있다면 백색이 회색으로 변질되는 것도 마다하지 않은 것이다.

오행마단의 괴멸!

태옥교가 내세우는 분명한 목표 앞에 백도의 명숙들은 어떤 충고도 할 수 없었다. 그녀에 대한 반발은 이미 전설이 되어버린 신화적 영웅 광명신검에 대한 모독이기 때문이다.

이렇듯 태백궁의 방대한 세력 확장은 천하인들에게 있어 오행마단에 이은 또 하나의 두려움이었다.

그그긍!

묵직한 음향과 함께 육중한 돌문이 굳건하게 출입구를 봉쇄했다.

여산 태백궁에 금역인 태백무고가 존재했듯이 북망산에 세워진 태백궁에도 태백무고가 축조돼 있었다. 아직 병기와 비급이 정리되지 않아 어수선했지만 출입이 철저하게 통제된 금역답게 엄숙함이 느껴진다.

옷자락이 끌리는 미세한 소리와 함께 한 여인이 태백무고 연공실로 들어섰다.

머리카락을 길게 늘어뜨린 채 소복을 걸친 여인이었다.

여인은 비록 화장기 하나 없는 맨얼굴이었지만 그 청초한 모습만으로도 세상을 매료시키기에 충분한 절색의 소유자.

바로 태백궁의 대공녀 태옥교였다.

"어찌 됐어요?"

그녀의 나직한 음성이 끝나기 무섭게 하나의 검은 그림자가 연공실 바닥에서 피어올랐다. 연공실과 통해진 비밀 문은 태옥교 외에 오직 그만이 알고 있다.

"의절은 죽었소."

태옥교는 가슴을 내리쓸며 안도의 한숨을 내쉬었다.

"다행이군요. 의절이 의술뿐 아니라 무공까지 출중하기에 무척 우려했는데……."

"한데… 다소 문제가 생겼소."

온통 검은색 일색인 복면인의 음성은 칙칙하면서도 음산했다.

"척살 현장에 뇌천공자와 무을 도승이 나타났소."

일순 태옥교의 얼굴에 핏기가 싹 가셨다. 엄청난 충격에 그녀는 눈앞이 캄캄해졌다. 남들보다 월등한 두뇌를 지닌 그녀였기에 자신이 입게 될 타격을 보다 빨리 감지한 것이다.

그녀는 입술을 질끈 깨물며 애써 혼란스런 감정을 억눌렀다.

'진정해라, 옥교. 상황을 보다 확실히 파악해야 한다.'

깊이 숨을 들이킨 그녀는 복면인을 등진 채 천천히 몸을 돌렸다.

"뇌천공자와 무을 도승이 벽라마원에 의해 납치되었던 소엽을 구출해 당도했나 보군요. 그들이 하필 그 순간에 반사곡에 당도했다는 것이 불운입니다. 하지만 밀령(密令)이 어떤 실수를 저질렀다고는 생각지 않습니다. 당시 상황을 소상하게 보고하세요."

밀령은 태백궁이 북망산으로 이주하면서 창설된 태옥교의 비밀 조직의 수장이다.

그동안 태옥교가 은밀하게 추진해 왔던 임무를 수행해 온 잠혼이 죽었기에 새로운 비밀 전사가 필요했다. 그녀는 태백궁에 충성을 맹세한 살수 단체를 수용해 비밀 조직을 결성했다.

잠밀대(潛密隊).

그들에게는 무제한의 자금과 정보가 제공된다. 잠밀대의 수장은 밀령이며, 조직원들은 밀살(密煞)이다.

밀령은 태옥교의 차분한 응수에 다소 마음을 놓을 수 있었다. 사실 상전인 그녀에게 매서운 질책을 당할 경우 그녀를 살해할 마음까지 품고 있었던 것이다.

밀령은 조용히 고개를 조아렸다.

"밀살 칠호가 예상천궁으로 북해천붕을 떨어뜨렸소. 파옥전은 반사귀선까지 관통했으니 척살은 성공적이었소. 한데 반사귀선의 죽음을 확인하려는 순간 난데없이 무을과 백무향이 출현하였소. 논란을 없애기 위해 그들마저 죽이고 싶었지만, 워낙 절대적인 고수들이라 척살을 꾀할 수가 없었소."

"현명한 판단입니다. 잠밀대 모두가 공격에 나서도 그들을 죽일 수는 없었을 겁니다."

태옥교는 팔짱을 낀 채 연공실 안을 천천히 거닐었다.

"파옥전은 어떻게 되었나요? 당연히 회수했겠지요?"

"그게… 무을이 먼저 찾아내는 바람에……."

"……."

"송구하오. 대공녀가 명을 내린다면 수단과 방법을 가리지 않고 그들 둘을 죽이겠소."

태옥교는 잠시 생각에 잠기다가 물었다.

"지금 잠밀대 밀살들은 모두 어디에 있지요?"

"잠밀각에 대기해 있소."

"수고 많았어요. 나머지 문제는 내가 해결할 테니 한동안 활동을 중단하세요."

밀령은 그녀의 부드러운 음성에 경각심을 해소하며 손을 모았다.

"그럼 대기해 있겠소."

순간 연공실 내에 섬광이 번득였다.

번—쩍!

어느새 허리춤에 숨겨진 연검을 뽑아 든 태옥교가 절정의 쾌검식을 펼친 것이다.

쨍그렁!

밀령의 손에 쥐어진 칼이 바닥으로 떨어졌다. 그 역시 쾌도의 달인이었기에 기습을 받는 즉시 칼을 뽑아 들고 반격을 펼쳤다. 그러나 그의 칼은 태옥교의 소맷자락을 자른 것에 만족해야 했다.

목이 베어진 밀령이 핏물 속에 쓰러졌다.

연검을 회수한 태옥교는 베어진 소맷자락을 보며 질끈 입술을 깨물었다.

"쓸모없는 놈! 너 때문에 내가 치명적인 위기를 맞게 되었구나!"

연공실을 나선 그녀는 나무 궤짝 위에 털썩 주저앉았다.

정신력으로 애써 자제했던 혼란스런 감정이 한꺼번에 북받쳐 올랐다. 공포와 두려움으로 온몸이 와들와들 떨렸다.

"이, 이 사태를 어떻게 해결해야 한단 말인가?"

그녀의 두 눈에 뽀얀 눈물이 배어 나왔다.

반사귀선의 척살!

그녀는 고심 끝에 고통스런 결정을 내려야 했다.

반사귀선이 그녀의 속내를 너무 정확히 꿰뚫어 보고 있다는 것도 죽여야 할 이유 중 하나이지만, 그녀가 진정 우려한 사안은 백무향의 기억이었다. 반사귀선이 백무향의 기억을 회복시킬 약을 제조해 놓았음을 파악한 이상 절대 살려둘 수가 없었다.

백무향은 현재의 뇌천공자로 남아 있어야 했다.

그가 기억을 되찾아 뇌천검제의 현신임을 인지하게 돼도 태백궁에 유리할 것은 없다. 백도인들은 전설적인 백도맹주의 환생에 감복하여 모두가 백무향을 좇게 될 것이다. 그렇게 되면 부친마저 타계한 상황이기에 그녀가 지키는 태백궁은 그저 허울 좋은 백도제일문에 불과하게 된다.

반면 백무향이 풍운마제임이 확인된다면 태백궁은 황금성과 환희마궁에 이어 또 하나의 거대한 적수를 상대해야 한다. 백무향이 과거의 원한을 씻기 위해 백도를 공격할 것은 자명한 일이기 때문이다.

결국 그녀는 반사귀선을 죽여 백무향의 기억 회복을 사전에 차단되는 결단을 내려야 했다.

반사귀선의 죽음은 광명신검의 타계와 버금갈 만큼 충격적인 사건이다. 반사귀선은 흑백도 모두의 존경을 받는 대원로이기에 천하인들은 반사귀선의 복수를 외칠 것이다.

태옥교가 굳이 상황을 조작하지 않아도 천하인들은 반사귀선의 피살을 오행마단의 소행으로 확신할 것이기에 태백궁은 자연스럽게 오행마단 토벌의 구심점이 될 수 있다.

이것이 그녀가 구상했던 최선의 수순이었다.

한데 척살의 순간에 백무향과 무을이 뛰어들었다는 것은 전혀 예상치 못한 변수였다. 더군다나 척살의 결정적인 물증인 파옥전을 저들이 차지했다면 자신에 대한 의심을 피할 방법이 없다.

'은사회를 멸하고 예사천궁을 회수해 왔다는 사실은 태백궁 제자들 모두가 알고 있다. 만일 백무향이 파옥전을 물증으로 내세워 날 추궁한다면 내 어떤 변론도 용납되지 않는다.'

태옥교는 마치 하늘이 무너지는 것만 같았다.

무림의 대원로를 척살토록 지시한 악적이 자신임이 밝혀지는 순간 태백궁은 해체된다. 더불어 불멸의 무림 영웅으로 추앙될 부친의 명예와 영광 또한 그녀의 악업 아래 묻히게 될 것이다.

'아아, 난 끝났어! 이렇게 허무한 종말을 맞게 될 줄이야!'

태옥교는 너무도 원통한 심정에 하염없는 눈물을 뿌렸다.

태백궁을 여산에서 낙양으로 이주하면서 절대 패자를 목표로 했건만 첫발을 내딛기도 전에 자멸하게 된 것이다.

"흑흑……!"

그녀가 저지른 악업은 너무도 끔찍하기에 누구한테 하소연할 수도 없다. 잠혼이라도 살아 있다면 그의 품에 안겨 마음껏 울분이라도 토하겠지만 그는 이미 저세상 사람이었다.

그녀는 비로소 자신이 얼마나 끔찍한 악행을 저질렀는지

깨닫게 되었다.

그녀의 야망이 아무리 크고 절실해도 반사귀선의 척살은 결코 결행하지 않았어야 했다. 순리를 지켜 대응하는 것이 그녀가 지켜야 할 최소한의 도리였음을 비로소 절감한 것이다.

그러나 후회는 아무리 빨라도 늦는 법.

태옥교는 차마 태백무고 밖으로 나설 엄두가 나지 않았다. 파옥전을 손에 쥔 백무향과 무을을 만나게 될 것이 너무나 두려웠다. 그들의 매서운 추궁 앞에 궁색한 변론밖에 할 수 없는 자신의 존재가 너무도 구차하고 초라하게 여겨졌다.

그녀는 한순간 자결을 생각했다.

두 사람을 대하기 전에 죽어버림으로써 자신에게 닥칠 오해를 해소하고 싶었다. 이미 죽은 자를 어떻게 의심하겠는가?

자신의 죽음으로 최소한 태백궁의 명예는 확실히 지킬 수 있다. 하지만 그녀는 이대로 죽기엔 너무도 원통했다.

'약해지면 안 돼! 생각해 내야 한다, 옥교. 이 난관을 벗어날 방법을 생각해야 돼. 내가 반사귀선의 죽음과 무관함을 확실하게 입증하기만 하면 의혹에서 벗어날 수 있어.'

태옥교는 입술을 꼭 깨물며 눈물을 훔쳤다.

마음을 모질게 먹자 그녀의 두 눈에서 생생한 기운이 뿜어져 나왔다. 더불어 그녀의 초인적인 총명함이 빛을 발했다.

잠시 어수선한 태백무고 안을 둘러보던 그녀는 한 가지 묘책을 생각해 내고는 사악한 미소를 머금었다.

"호호, 그래! 그 방법이 있었군."

몸을 일으킨 그녀는 활기차게 출입구로 향했다.

"태옥교, 넌 죽지 않아! 넌 오행마단의 백 년 공포를 종식시킨 위대한 여제로 영세에 남게 될 것이다!"

2

반사곡.

엄청나게 먹어대는 백무향의 모습에 무을은 떨떠름한 표정으로 입맛만 다시고 있었다.

죽었다가 되살아난 백무향은 며칠째 하루 일곱 끼씩 먹어대고 있었다. 술과 음식으로 배를 채우면 잠들고, 깨어나면 먹고 마시는 행위를 반복하였다.

소엽은 반사곡 입구에서 병자들을 돌보고는 남는 대부분의 시간 동안 반사귀선의 묘소 앞에서 향을 피우고 불경을 외우며 추모를 표했다. 하기에 백무향의 먹고 마시는 음식과 술은 모두 무을이 책임져야 했다.

닷새가 지나자 보다 못한 무을이 백무향의 손에서 술병을 가로챘다.

"미쳤소? 대체 언제까지 돼지처럼 먹기만 할 거요?"

백무향이 그를 쏘아보고는 술병을 다시 빼앗아 쥐었다.

"임마, 너도 한번 저세상까지 갔다 와봐. 얼마나 먼 길인 줄 알아?"

"그래 봐야 고작 한나절이었소. 고작 한두 끼 건너뛰었을 뿐인데 벌써 며칠째 먹어대는 거요?"

"인간 세상의 시간으로야 한나절에 불과하겠지만, 난 이백 년 동안 굶었다. 이러니 내가 환장하지 않겠냐?"

병째 술을 들이켠 백무향이 트림을 하고는 길게 한숨을 내쉬었다.

"제기, 이제야 조금 배가 차는 것 같군. 갈증도 충분히 해결되었어."

무을이 가슴을 내리쓸며 안도했다.

"그럼 이제 진정된 거요?"

"그런 것 같다."

"아이고, 아미타불 무량수불. 내가 형님이 먹어대는 음식과 술을 마련하느라 얼마나 고생했는지 아시오? 시장마다 찾아다니며 탁발을 하느라 허리가 다 휘었소."

"애썼다. 극락 가는 데 지장 없겠구나."

백무향은 의자에 편히 기대며 맹꽁이처럼 불룩해진 배를 어루만졌다.

"몸속의 버러지가 빠져서인지 기분이 아주 좋다."

"형님, 한데 기억은 어찌 된 거요? 예전의 기억은 전혀 돌아오지 않았소?"

"잊어버린 기억이 쉽게 돌아오겠냐?"

백무향은 눈알을 데굴데굴 굴리다가 미간을 찌푸렸다.

"만일 내가 마정쌍제 중 누군가의 현신이라면… 아마 뇌천검제일 거다."

"뇌천검제? 그게… 확실하오?"

"확실한 것은 하나도 없어. 그저 막연한 추정일 뿐이지. 어쨌거나 뇌천검제일 가능성이 더 높다."

백무향은 선반에 놓인 뇌천검을 집어 들었다.

"뇌천진기를 지닌 자만이 뽑을 수 있다는 이 뇌천검이 명백한 증거다."

그가 초옥을 나서자 무을이 바싹 뒤를 따르며 물었다.

"그렇다면 폭염마공은 대체 어찌 된 거요?"

"네가 도불쌍절의 무공을 모두 터득했듯이 뇌천검제도 폭염마공을 터득했을 거다. 물론 죽은 풍운마제도 뇌천검법을 알고 있었겠지. 내가 듣기로 그들은 서로 머리를 맞대고 뇌천검법과 폭염마공을 창안했다고 하였다."

무을은 그의 추정을 조금치도 인정하지 않았다.

"형님, 그렇게 뇌천검제가 되고 싶소? 내가 보기에는 기억이 되살아나지 않는 게 아니라 그런 기억이 애초부터 없었던 것 같소. 다시 말해 형님이 이백 년 전의 마정쌍제 중 한 사람이라는 얘기는 터무니없는 거짓이오. 그러니 이제 전무후무한 사기극은 그만둡시다."

백무향은 그를 돌아보고는 피식 실소를 지었다.

“그래, 네 말대로 애초부터 기억이 없었는지도 모르지. 나도 더 이상 과거에 연연하지 않겠다. 현재의 내가 좋아. 뇌천공자 백무향! 난 백무향일 뿐이다.”

“하하, 잘 생각하셨소. 한번 죽었다가 살아나더니 조금은 현명해진 것 같소.”

“태백궁으로 가봐야겠다. 파옥전을 잘 챙겨두어라.”

무을의 표정이 숙연해졌다.

“형님, 설마 대공녀를 의심하는 거요?”

“아니다. 그녀는 누구보다 총명한 여인이니 귀선 노형을 살해한 흉수를 알아낼 수 있을 거다.”

“알겠소. 떠날 채비를 갖춰놓을 테니 입구에서 봅시다.”

무을은 초옥을 향해 훌쩍 몸을 날렸다.

반사귀선의 묘는 예상 외로 초라했다.

백 년을 살아온 당대 최고의 대원로이며 우내사절의 한 사람이었지만 죽어서 차지한 땅은 고작 한 평에 불과했다. 화려함과 격식을 멀리한 그의 성품을 감안해 묘비에는 그의 이름만 새겨져 있었다.

소엽은 묘소 앞에 부복한 채 불경을 낭송하고 있었다.

반사귀선이 타계한 이후 그는 끼니도 제대로 챙기지 않아 가뜩이나 연약한 몸이 위태로울 만큼 초췌해졌다.

백무향이 그런 그녀의 옆으로 서며 한마디 던졌다.

"소엽, 오랜 세월 네 사부를 추모하려면 너부터 건강해져야 한다. 이대로 네 사부의 뒤를 따르고 싶은 것이냐?"

소엽은 경전을 가슴에 안으며 공손하게 대답했다.

"솔직히 사부님의 뒤를 따르고 싶은 심정입니다."

"못난 계집. 네게는 반사귀선만 있고 나는 보이지도 않는단 말이냐?"

"……."

"난 복수라는 것을 잘 몰라. 하지만 이번만큼은 귀선 노형을 위해 반드시 복수해 주겠다. 귀선 노형을 살해한 흉수가 누구든 간에 반드시 골통을 부숴 죽이겠다. 절대 용서할 수 없어!"

백무향은 소엽을 잡아 일으켰다.

"그때까지만 살아 있어. 알겠니?"

소엽의 두 눈에 뽀얀 이슬이 고인다.

백무향은 그녀를 가볍게 포옹했다. 워낙 가녀린 몸이라 조금만 힘을 가해도 부서질 것만 같았다.

그는 반사귀선의 묘를 바라보며 푸념을 늘어놓았다.

"재주도 좋소, 노형. 남의 색시를 철저하게 귀선 문하생으로 만들어놓았구려. 거기까지는 인정하지만, 내 성격을 잘 알 테니 행여 데려갈 생각은 하지 마시오. 난 소엽을 찾아 구천까지 쫓아갈 사람이니까."

소엽은 백무향의 가슴에 얼굴을 묻으며 나직이 속삭였다.

“존체 보중하십시오.”

“그래, 너도 끼니 때마다 잘 챙겨 먹어.”

백무향은 소엽의 볼에 입을 맞추고는 반사곡 입구로 향했다.

소엽은 멀어지는 그의 뒷모습을 바라보며 가볍게 입술을 깨물었다.

‘공자님은 분명 기억을 회복하셨어. 뇌호혈이 타통되었음을 확인하였다. 한데 왜 전혀 내색을 하시지 않는 걸까?

그러했다. 그녀는 백무향의 기혈이 막힘없이 흐르고 있음을 확실하게 진단하였다. 다만 백무향이 사실을 밝히지 않기에 그녀 또한 입을 다물고 있었던 것이다.

‘뇌천검제… 풍운마제… 공자님이 어떤 신분이시든 상관없어. 과거의 신분에 관계없이 내게는 뇌천공자님일 뿐이니까.’

콰아아아아앙!

엄청난 폭음과 함께 반사곡의 출입로가 붕괴되기 시작했다.

“뭐야, 이건?”

백무향은 쏟아져 내리는 바윗덩이를 걷어차 본래의 위치로 박아놓고는 반사곡 밖으로 나섰다.

반야신공을 운기하고 있는 무을의 낯빛이 하얗게 질려 있었다. 그는 믿을 수 없는 눈빛으로 턱을 덜덜 떨었다.

“마, 맙소사! 내가 밀리다니……..”

바닥에 다섯 개의 족인이 깊이 새겨져 있는 것으로 보아 그가 패퇴한 것이 분명했다. 그의 절세적 무공을 감안한다면 실로 엄청난 사건이 아닐 수 없었다.

"차아앙!

두 개의 동발을 마주쳐 천둥과 같은 음공을 발하는 사람은 오 척에 불과한 왜소한 노인이었다. 워낙 키가 작아서인지 긴 수염이 바닥까지 늘어져 있었다.

"카하핫! 네놈의 무공을 보니 네가 누구인지 알겠다. 바로 도불쌍절의 제자가 바로 너로구나?"

무을은 일 초의 격돌만으로도 가슴이 떨렸다.

"귀, 귀하는 대체 누구요?"

이때 무을의 옆으로 백무향이 내려섰다.

"이 녀석아, 보면 모르겠냐? 무절이 아니고서 누가 널 물러서게 할 수 있겠냐?"

"허억!"

무을은 급히 백무향의 등 뒤로 숨었다.

"저, 저 노인네가 바로 천패무광이란 말이오?"

"그래."

"난 엄청난 거인인 줄 알았는데……."

"나한테는 노형이다. 어서 인사드려."

"싫소. 두 사부가 무절과는 상종하지 말라고 했소. 무절은 남의 절기를 훔쳐 가는 도둑이기에 절대 겨루지 말라고 하였소."

천패무광이 괴이한 웃음을 흘렸다.

"크흐흐, 노부를 만났으면 누구든 겨뤄야 한다. 네 녀석을 통해 소림의 반야바라밀다신공과 무당의 태극혜검을 확실하게 터득하겠다."

그가 둥실 떠오르며 동발을 날리려 하자 백무향이 급히 외쳤다.

"노형, 일단 문상부터 하는 것이 도리가 아니겠소?!"

비로소 반사곡을 찾아온 목적을 떠올린 천패무광이 동발을 회수해 등에 멨다.

"이런, 깜빡했군."

백무향의 앞으로 바싹 그가 다그치듯 물었다.

"어떤 놈인가? 대체 어떤 찢어 죽일 놈이 귀선을 살해했단 말인가?"

"아직 흉수에 대해서는 파악하지 못했소."

"크으으! 어찌 이런 비통한 일이 생길 수 있단 말인가?"

천패무광이 울분을 이기지 못하고 발을 구르자 반사곡 일대가 지진이라도 일어난 듯 요동쳤다. 그의 엄청난 공력 앞에 천하를 오시하던 무을도 고양이 앞의 쥐처럼 숨조차 크게 내쉬지 못했다.

천패무광의 두 눈에서 섬전 같은 안광이 폭사되었다.

"그래, 혈훼! 그 사악한 마녀의 소행이 틀림없네. 내 분명 반사곡은 건드리지 말라고 했거늘, 그년이 감히 내 친구를 죽인 것일세!"

"진정하시오, 노형. 혈훼는 이미 죽었소."

"죽었다고? 자네가 죽였는가?"

"황금성주 현사군이오. 놈이 벽라마원을 침공해 통합하였소. 그 와중에 혈훼는 죽었다고 들었소."

"그렇다면 현사군, 그놈의 소행이겠군. 오행마단의 마귀 놈들이 아니고서 누가 감히 귀선을 죽일 수 있겠는가?"

백무향은 그의 과격한 성격을 잘 알기에 예사천궁에 대해서는 언급하지 않았다. 공연히 태백궁을 박살 낼 우려가 있기 때문이다.

"무광 노형, 일단 반사귀선의 조문부터 하시오."

"그래, 그래야지."

천패무광은 자신의 가슴을 치며 반사곡 안으로 향했다.

"아이고, 귀선! 자네가 먼저 죽을 줄 몰랐네! 아이고, 애통하구나, 애통해!"

그가 반사곡 안으로 사라지자 무을은 비로소 안도하며 백무향의 등 뒤에서 나섰다.

"형님, 세상에 무슨 저런 무지막지한 사람이 다 있는 거요? 저건 사람이 아니오."

"그래, 정말 무신이라 할 수 있는 절대고수이지. 나도 한번 겨뤄봤는데, 다시는 싸우고 싶지 않은 상대였다."

무을은 백무향의 소매를 잡아끌었다.

“어서 갑시다. 조문을 끝내고 나와 다시 싸우자고 할까 두렵소.”

백무향은 그의 등에 메어진 긴 상자로 시선을 돌렸다.

“파옥전은 그 안에 들어 있냐?”

“그렇소. 내가 입수한 상태 그대로 보존해 두었소.”

“무을, 만일에 말이다… 대공녀가 흉수라면 넌 어찌하겠냐?”

“말도 안 되는 소리 마시오!”

무을은 정색을 지으며 훌쩍 솟구쳤다.

“그런 가정은 하고 싶지도 않소. 그런 끔찍한 추측을 하는 것만으로도 대공녀에 대한 모독이오. 어서 갑시다.”

“……”

백무향은 순식간에 멀어진 그를 바라보다가 둥실 떠올랐다.

‘그래, 절대 있을 수 없는 가정일 뿐이다. 만일 대공녀가 흉수라면… 그녀는 악녀보다 더한 악귀이다.’

3

태백궁 제자들은 또다시 날아든 부고에 지극한 슬픔에 잠겨야 했다.

의절 반사귀선의 죽음.

세수 백 세를 넘긴 기인은 당대 최고의 대원로이자 현 무림의 살아 있는 역사이기도 했다. 물론 그의 지극한 연배를 감안하면 죽음이 새삼스러울 수는 없었다. 문제는 그가 천수를 다한 것이 아니라 피살되었다는 데 있었다.

태옥교는 반사귀선을 위한 사당을 설치한 후 몸소 향을 사르고 닷새 동안 밤을 새우며 애도를 표했다.

반사귀선이 비록 괴팍한 성격의 소유자라 인의(仁醫)나 성의(聖醫)로 추앙받지는 못했지만 그의 의술 덕분에 목숨을 건지거나 병을 고친 사람들이 많았다. 무엇보다 태백궁주인 광명신검을 사경에서 구했기에 태백궁 제자들 모두가 그를 대은공으로 생각하고 있었다.

한데 그런 반사귀선이 살해되었다. 이는 천하인들 모두가 비통함과 분노를 금할 수 없는 충격적인 사건이 아닐 수 없었던 것이다.

태옥교는 최고 수뇌들을 모두 대동해 백무향과 무을을 맞이한 후 접견실로 안내했다.

소복 차림의 태옥교는 보기에도 안쓰러울 만큼 해쓱한 모습이었다. 반사귀선의 죽음을 애도하기 위해 닷새 동안이나 밤을 새운 탓인지 얼굴에 핏기 한 점 보이지 않았다.

무을은 그녀의 초췌한 모습에 안절부절못했다.

"대공녀의 고운 얼굴이 말이 아니오. 죽은 사람은 죽은 사람이고, 이제 산 사람이라도 살아야 하지 않겠소?"

태옥교의 눈가에 서글픔이 가득히 피어났다.

"자주 찾아뵙지 못했지만 귀선님은 소녀에게 있어 스승님과도 같으신 분이십니다. 지난번 아버님의 부고 때 친히 문상까지 와주신 덕분에 소녀가 크게 위로가 되었습니다. 한데 아버님의 애도 기간이 채 끝나기도 전에 세상 사람들은 또 한번 태양이 스러지는 충격과 슬픔을 겪게 되었습니다."

"그러게 말이오. 귀선 선배께서 이렇듯 타계하실 줄은 꿈에도 생각지 못했소."

무을은 주먹을 불끈 쥐며 이를 갈았다.

"흉수 놈들을 찾아내기만 하면 내가 손수 지옥으로 끌고 가 맷돌로 갈아 죽일 것이오. 에고, 아미타불 무량수불."

태옥교의 옆에 배석해 있던 청룡전주가 침통한 어조로 물었다.

"피살되셨다는 보고는 접수했소만… 반사귀선께서는 대체 어떻게 세상을 떠나신 것이오?"

무을이 입을 열기에 앞서 백무향이 대답했다.

"귀선 노형은 북해천붕을 타고 반사곡 내에서 날아오르는 상황에서 기습을 당하셨소."

"반사귀선은 경이적인 의술뿐 아니라 무공에도 조예가 깊었다고 알고 있소. 대체 흉수가 누구이기에 반사귀선을 암습할 수 있었단 말이오?"

"흉수가 누구인지는 아직 파악하지 못했소. 하지만 귀선 노형을 암습한 병기를 찾아냈으니 중대한 단서가 될 수 있을 것이오.”

태백궁 수뇌들의 표정이 한껏 상기되었다.

“오, 흉수의 병기를 찾아냈다면 중대한 물적 증거가 될 수 있소.”

“어서 보여주시오, 뇌천공자.”

백무향이 턱짓을 보내자 무을은 등에 멘 기다란 상자를 탁자 위에 내려놓았다. 그러고 나서 그는 힐끗 태옥교의 표정을 살피고는 상자의 덮개를 열었다.

“귀선 노선배는 예사천궁에 의해 피살되셨소. 이것이 북해천붕과 노선배를 관통한 흉기 파옥전이오.”

일순 실내의 분위기가 싸늘하게 냉각되었다. 태백궁 수뇌들은 믿을 수 없는 표정이 되어 입을 딱 벌린 채 서로를 바라보았다.

“마, 맙소사!”

“틀림없는… 파옥전!”

“어, 어떻게 이런 일이?”

그들의 시선은 천천히 태옥교에게 고정되었다.

백무향은 파옥전을 집어 들고는 태옥교를 직시했다.

“대공녀, 확실한 해명이 필요할 것 같소. 무을 아우의 얘기에 의하면 대공녀는 은사회를 격파하고 잃어버렸던 예사천궁을 되찾았다고 하더군. 그렇다면 예사천궁과 파옥전의 최종 소유자는 대공녀라 할 수 있소. 한데 흉수가 어떻게 예사천궁으로 반사귀선을 살해한 것이오?"

태옥교는 다소 떨리는 손으로 파옥전을 받아 들었다. 화살을 세심하게 살핀 그녀가 조용히 고개를 끄덕였다.

"파옥전이 확실합니다."

엄청난 의심을 받게 된 태옥교보다 지켜보는 무을이 더 긴장하여 몸을 떨었다.

"대, 대공녀, 그게… 어떻게 흉수의 손에 들어갈 수 있었던 것이오?"

태옥교는 침울한 표정을 지었지만 분명한 어조로 대답하였다.

"사실 예사천궁은 지난번 황금성의 침공 때 분실되었습니다. 절대 금역인 태백무고가 악마 현사군에 의해 파괴되면서 일부의 신병과 비급이 분실되었습니다. 그 와중에 예사천궁도 포함돼 있었습니다."

이때 호백원주가 무거운 어조로 물었다.

"대공녀, 왜 그 사실을 진작 밝히지 않으셨소? 태백무고의 병기를 여산에서 옮겨올 때 목록에는 분명 예사천궁이 포함되어 있었소."

"예사천궁은 천하의 신병입니다. 그것을 황금성 마귀들에게 강탈당했다는 것은 너무도 치욕적인 사실이기에 소녀가 거짓 목록을 작성한 것입니다."

태옥교는 파옥전을 가슴에 안으며 소리 없는 눈물을 뿌렸다.

"일전에 혈사성주를 쓰러뜨려 세상을 구한 병기가… 대원로를 해친 흉기로 쓰이게 되었으니 진정 통탄한 일이 아닐 수 없습니다. 본 궁에서 예상천궁을 제대로 관리하지 못해 이런 참극이 발발했으니… 모두 소녀의 책임입니다."

그녀의 뜨거운 자책의 눈물에 실내의 분위기가 숙연해졌다. 무을은 일단 그녀가 혐의를 벗었다는 데 안도하며 부드럽게 위로했다.

"아미타불 무량수불, 그런 사연이 있었구려. 당시 황금성 마귀들의 침공에 태백궁이 엄청난 피해를 당해 정신이 없었을 거요. 이 모두 마귀들의 소행이니 대공녀는 너무 자책하지 마시오."

그는 백무향을 돌아보며 한껏 우호적인 미소를 지었다.

"형님, 대공녀의 결백은 확실하게 입증되었소. 이제 황금성 마귀들을 잡아 족칩시다."

백무향은 시종 태옥교의 얼굴에 시선을 고정시키고 있었다.

"대공녀, 다소 억측일 수 있지만 난 대공녀가 반사귀선의 살해를 사주했다고 생각하고 있소."

그러자 태백궁 수뇌들이 일제히 일어서며 백무향을 성토했다.

"말을 삼가시오, 뇌천공자!"

"이는 명백한 모함이오!"

"어찌 그런 황당한 말을 하는 거요?"

　백무향은 주변의 성토에는 아랑곳없이 태옥교를 직시한 채 말을 계속했다.

　"만일 황금성에서 예사천궁을 강탈해 간 적이 없음이 밝혀지면 대공녀가 반사귀선의 살해를 사주했다고밖에 볼 수 없소. 내 이런 판단을 수긍하겠소?"

　그의 추궁에 태백궁 수뇌들이 다시 언성을 높이자 태옥교가 몸을 일으켜 수뇌들의 반발을 무마시켰다. 실내의 소란이 다소 진정되자 태옥교는 공손히 손을 모았다.

　"뇌천공자께서 교분이 두터운 귀선님의 죽음을 직접 목격하셨으니 그 분노와 충격은 이루 말할 수 없을 것입니다. 흉수가 증거물로 파옥전을 남겼으니 소녀에게 혐의를 두는 것도 당연하지요. 하지만 소녀는 하늘에 맹세코 그런 흉악한 짓을 사주하지 않았으며, 또 그래야 할 이유도 없습니다. 공자께서 부디 분노를 가라앉히시고 소녀를 용납해 주십시오. 당시 정황을 정확히 말씀해 주시면 소녀가 흉수를 찾아내는 데 심력을 다할 것입니다."

　백무향은 그녀의 태도와 표정에서 일말의 의혹도 찾아내지 못했기에 더 이상 추궁할 수가 없었다.

　"대공녀의 말대로 황금성 마귀들이 예사천궁을 강탈해 갔다면 놈들이 바로 흉수가 아니겠소? 내가 황금성주 현사군을 만나 확인해 보겠소."

　무을이 어처구니가 없는 듯 실소를 지었다.

"형님, 말도 안 되는 소리 마시오. 형님이 만나자고 한다고
해서 놈이 순순히 성을 나올 녀석이오? 게다가 그 마귀가 진
실을 말할 것 같소?"

"물론 놈에게서 진실을 듣기는 힘들 것이다. 그래도 얘기
를 들어봐야겠다."

백무향은 자리에서 천천히 일어섰다.

"대공녀, 반사귀선은 정사 어디에도 치우치지 않는 중도파
요. 오행마단이 천하를 독패하든 말든 전혀 개의치 않을 사람
인데, 황금성에서 구태여 파옥전을 낭비하면서까지 반사귀선
을 살해해야 할 이유가 무엇이겠소?"

"소녀 역시 그 연유를 짐작하기 어렵습니다. 현사군은 소
녀보다 지략에서 앞서는 자라 어떤 계략을 꾸미고 있는지 두
렵기만 합니다."

"어쨌든 현사군이 가장 혐의가 짙으니 놈을 만나 확인해
보겠소."

백무향이 자리에서 나서자 무을이 덥석 손을 쥐었다.

"미쳤소, 형님? 형님이 놈의 아비를 죽인 원수인데 놈이 형
님을 가만둘 것 같소?"

"내가 언제 누구를 두려워하더냐? 난 반드시 귀선 노형을
살해한 흉수를 찾아낼 것이다."

그는 태백궁 수뇌들을 둘러보고는 태옥교를 향해 강력한
안광을 발했다.

“흉수가 밝혀지면… 절대 용서치 않겠다.”

그그궁!

태백무고의 견고한 철문이 열렸다. 무을은 태옥교의 뒤를 따라 들어서면서 연신 떠벌렸다.

“어서 형님의 뒤를 따라가야 하는데… 형님의 성격상 반드시 현사군을 만나려 할 텐데 정말 걱정이오.”

태옥교는 기관을 작동시켜 태백무고의 철문을 굳게 닫았다.

“황금성의 소재를 찾아내기는 쉽지 않을 겁니다. 도승께서는 일단 광명오절기를 터득하세요. 당대 최강의 고수가 되시면, 그때 황금성의 소재를 말씀드리지요. 오히려 뇌천공자보다 앞서 당도할 수 있을 겁니다.”

“하하, 그렇다면 안심이오.”

무을은 가지런하게 정리된 병장기와 수백 개의 서가 대부분을 채우고 있는 무서와 비급들을 쓸어보고는 입맛을 쩍 다셨다.

“일단 광명오절기의 구결부터 말씀해 주시오.”

“뭘 그리 서두르십니까?”

태옥교가 슬며시 그의 손을 쥐자 무을의 표정이 요상하게 바뀌었다.

“대, 대공녀……?”

“우리가 손을 잡은 것이 처음도 아닌데 왜 이렇게 당황하십니까? 이미 소녀의 알몸까지 모두 보시지 않았나요?"

"아미타불 무량수불. 그, 그런 일 없소이다, 대공녀."

무을은 목에 건 염주를 바삐 돌리며 말을 더듬었다.

태옥교는 무을은 연공실로 이끌었다.

비록 공간은 넓었지만 외부와 단절된 폐쇄 공간에 단둘이만 있게 되자 무을의 숨소리가 거칠어졌다.

"소, 손은 이제 놓아주시오."

"손이 차군요. 소녀가 녹여 드리지요."

태옥교는 자신의 앞섶을 헤집고 그의 손을 젖가슴 사이로 넣었다.

"에, 에고!"

무을은 당혹스런 비명을 토했지만 태옥교가 팔목을 단단히 쥐고 있어 손을 뺄 수도 없었다. 물론 그가 힘을 쓰면 간단히 손을 빼낼 수 있겠지만 차마 그녀의 애절한 눈빛을 거부할 수가 없었다.

태옥교는 무을을 돌침상 위에 눕혔다.

"도승, 소녀는 뇌천공자의 의심을 받게 되어 너무도 괴롭습니다. 소녀가 어찌 스승님과 같으신 반사귀선님을 해칠 수 있겠습니까?"

"무, 물론 말도 안 되는 소리요. 형님이 너무 상심해 심한 말을 했다고 생각하시오."

"당시의 상황을 알고 싶어요. 상세하게 말씀해 주세요."

"그러겠소."

무을은 그녀의 탄력 넘치는 육봉을 애무하면서 반사귀선의 추락과 임종 상황을 숨김없이 털어놓았다.

태옥교는 반사귀선의 죽음보다 백무향이 잔혹절백단을 복용하고 잠시 죽었던 상황에 더 관심을 표명했다. 백무향이 이미 독고의 금제에서 해소되었다는 얘기에는 진한 애석함까지 드러냈다.

태옥교가 과감하게 사타구니 쪽으로 손길을 옮기자 무을은 그만 자지러지고 말았다.

"허억! 이, 이러면 곤란하오, 대공녀. 내가 도불쌍절의 제자라 해도 인내심에는 한계가 있소."

"물론 도승께서 소녀를 범하지 않으리라 확신합니다."

"한데 말이오… 말은 그리 하면서 나를 자꾸 자극하는 이유는 뭐요?"

태옥교는 무을을 타고 앉은 채 가볍게 어깨를 흔들었다. 하얀 소복이 매끄러운 어깨를 타고 흘러내리다 그녀의 젖가슴 위에 걸쳐졌다.

무을은 치솟는 욕정을 주체하지 못하고 턱을 덜덜 떨었다.

"대, 대공녀, 날 죽일 셈이오?"

"다시 한 번 묻겠어요. 뇌천공자가 잠시 죽었다가 깨어났지만 자신의 과거를 전혀 기억하지 못한다고 했다고요?"

"그렇소. 나도 의심스러워 몇 번 떠보았지만 기억을 못하는 것이 확실한 것 같소."

태옥교는 무을의 앞자락을 헤치고 허리띠마저 풀었다.

"한 가지 소원이 있어요."

"조, 좋소. 뭐든 말만 하시오!"

욕정을 주체하지 못한 무을이 그녀를 와락 끌어안고는 한 바퀴 뒹굴었다. 자연스럽게 태옥교의 몸을 올라탄 자세가 되자 무을이 그녀의 치마를 끌어내렸다.

태옥교는 가만히 그의 손을 쥐며 색정 어린 기운을 발했다.

"도승께서는 무신(武神)이 되어야 합니다. 도불쌍절의 무공에다 아버님의 광명오절기마저 연성하면 도불속(道佛俗) 삼계의 절기를 한 몸에 지닌 절대무신이 될 수 있습니다."

무을은 그녀의 젖가슴 사이에 얼굴을 묻으며 통사정을 했다.

"지, 지금 내게 급한 것은 무신 따위가 아니오. 제발 몸을 허락해 주시오, 대공녀."

태옥교는 완전히 그를 굴복시켰다 확신하며 몸을 활짝 열고 그를 부둥켜안았다.

"소녀를 절대 버리시면 안 됩니다. 반드시 소녀를 지켜주셔야 합니다."

한껏 달아오른 무을은 태옥교의 둔부를 감싸 쥐며 아랫도리를 바싹 밀착시켰다.

"맹세하겠소, 대공녀. 당신은 내가 지켜주겠소."

제 53 장

세상의 악, 천색요골

1

찬란한 빛을 발하는 황금성.

백 년의 맞수 벽라마원을 통합한 황금성은 그 어느 때보다 강렬한 광휘를 발하고 있었다. 벽라마원의 제자들은 기꺼이 황금성에 복속되었다.

오행마단 마인들이 가장 중시하는 것은 신뢰나 충성함이 아니라 강력한 무공이다.

어찌 본다면 냉혹한 야성의 법칙일 수 있겠지만, 강한 자가 지배할 수 있다는 것은 오행마단 마인들의 약속이었다. 황금성에 복속된 벽라마원 제자들이나 그것을 받아들인 황금성의 전사들조차 소속을 구분하지 않았다.

근원을 따지자면 두 마단 모두 오행천에서 갈라졌기에 본래의 뿌리는 같다고 할 수 있다. 환희마궁주 소견이 지옥마부와 축융마곡을 격파해 쉽사리 휘하에 거둘 수 있던 것도 이런 연유 때문이었다.

현사군은 어색할 만큼 호화로운 용포를 걸친 채 연무장을 내려다보고 있었다.

넓은 연무장에서는 암흑쌍존의 지도를 받은 황금성 전사들이 기환마진을 펼치고 있었다. 또한 한쪽에서는 벽라마원 제자들이 황금성의 전술과 무공을 배우고 있었다.

도합 오백 명에 달하는 대마방(大魔幇).

더군다나 하나같이 뛰어난 마공을 터득한 고수들이기에 그 파괴력은 상상을 불허할 정도이다.

현사군은 뒷짐을 진 채 흐뭇한 미소를 지었다.

'과거 혈사성에 비할 바가 아니다. 황금성의 전력은 일전에 여산 태백궁을 침공할 때 이미 충분히 확인되었다. 이제 벽라마원까지 통합한 상황이니 더욱 강력해졌다.'

그의 가슴속에서 거침없는 야망이 꿈틀거렸다.

'태옥교! 네년은 감히 혈사성의 터전 위에 태백궁을 세웠다. 내 아버님과 내가 십 년 동안 심혈을 기울여 닦은 혈사성을 네년이 짓밟은 것이다. 이제 네년이 밟혀야 할 차례다. 너희 태백궁을 멸하고 오행천을 세우겠다. 파천마황의 뒤를 이

어 내가 오행대마황으로 등극할 것이다.'

가장 두려워했던 적 광명신검은 이미 세상을 떠났고, 그는 이제 합쳐진 마황진경을 터득한 상태이기에 이미 천하를 제압한 심정이었다.

이때 황금삼상 중 총상이 현사군의 등 뒤로 다가섰다.

"성주, 환희마궁에서 사절이 찾아왔소."

"환희마궁의 사절?"

현사군의 입가에 오만한 미소가 피어올랐다.

"벽라마원이 본 성에 의해 통합되었다는 소식을 들었나 보군. 공격을 당하기 전에 스스로 굴복하려는 의도인가?"

"접견을 윤허하시겠다면 황금대전에서 맞이하시오. 만일 불허한다면 혈상에게 명해 참수하겠소."

"하하, 만나봅시다. 환희마궁에서 먼저 사절을 보냈다는 것이 대견하지 않소?"

"그럼 가시지요."

총상은 현사군과 나란히 황금대전으로 향했다. 그의 지시를 받은 금위가 급히 접빈각으로 달려갔다.

총상이 잠시 전에 입수된 정보를 보고했다.

"성주, 반사귀선의 사인을 놓고 강호에서 의견이 분분하오. 백무향이 중대한 물적 증거를 제시하는 바람에 태백궁이 이를 해명하느라 진땀을 뺐다고 들었소."

현사군은 반사귀선이 죽었다는 보고를 들어 알고 있었지

만 사인에 대해서는 처음 듣는 얘기였다.

"물적 증거라니? 그렇다면 반사귀선이 천수를 다한 것이 아니라 피살되었단 말이오?"

"그렇소. 백무향과 무을이 지켜보는 와중에서 피살되었으니 명백한 살인이오. 흉기는 놀랍게도 파옥전이었다 하오."

"파옥전? 그렇다면 예사천궁이 동원된 게 확실하군."

"물론이오. 예사천궁은 은사회의 살수들이 백병철기보에서 탈취해 태옥교를 척살하기 위해 사용되었소. 태옥교가 이를 다시 회수해 태백무고에 거둔 것까지는 태백궁 제자들도 인정하였소."

현사군은 아주 흥미로운 표정을 지었다.

"그렇다면 태백궁에서 반사귀선의 살해를 사주했다는 얘기가 아니오? 하하, 이거 정말 재미있게 돌아가는군. 그래, 태옥교, 그 교활한 계집은 어떻게 변명을 하였소?"

"태옥교는 지난번 본 성이 여산 태백궁을 침공하면서 예사천궁을 비롯한 수십 종의 신병과 비급을 강탈해 갔다고 해명하였소. 그 바람에 우리 황금성이 반사귀선을 살해했다는 어처구니없는 누명을 쓰게 되었소."

"후훗, 태옥교로서는 아주 궁색한 변명이로군. 당시 태백무공에 들어간 사람은 나밖에 없는데 말이오."

총상은 황금빛 눈썹을 가볍게 꿈틀거렸다.

"그것이 사실이지만 누가 태옥교의 말을 의심하겠소? 더군다나 태옥교가 무림의 대원로인 반사귀선의 살해를 사주했다고 누가 감히 짐작이나 하겠소? 노신으로서도 태옥교가 정말 반사귀선의 살해를 사주했다고는 생각하기 어렵소.”

“하하하!”

현사군은 기분 좋은 웃음을 터뜨렸다.

“태옥교, 그년이 마침내 본색을 드러냈군. 반사귀선과 같은 대원로를 죽일 수 있는 악녀는 천하에서 오직 태옥교, 그년뿐이오. 태옥교는 세상에서 가장 악독하고 교활한 계집이오. 그 악녀의 계책에 놀아난 내 지난 십 년을 돌이켜 보면 지금도 분통이 터져 견딜 수가 없소.”

총상이 신중한 표정으로 입을 열었다.

“반사귀선은 정사를 구분하지 않는 중도파로, 누구와도 원한을 맺지 않은 무림 최고의 대원로요. 전 성주께서도 반사귀선과의 대립은 원치 않으셨소. 더군다나 태옥교한테는 제 아비를 치료해 준 은인과도 다름없소. 만일 자신이 사주한 사실이 탄로난다면 태옥교 자신은 물론이며, 태백궁조차 와해를 면치 못하오. 대체 태옥교가 무슨 연유로 이렇듯 중대한 모험을 감행했는지 이해가 되지 않소.”

“태옥교는 자신의 목적을 위해 수단과 방법을 가리지 않는 악독한 계집이오. 그래도 무림의 공주와도 같은 신분이기에 신중함을 잃지 않았는데, 이번에는 큰 실수를 했군. 아마 반사귀선의 입을 막아야 할 만큼 시급한 상황이었기에 무리수를 감행한 것이 틀림없소."

현사군은 즐거운 상상을 하며 연신 웃음을 터뜨렸다.

"태옥교는 찢어 죽여도 시원치 않을 원수이지만 곱게 죽이지는 않겠소. 그 계집이 얼마나 교활하고 악독한 요녀였는지 세상에 분명히 밝힌 후 죽여야 더욱 통쾌할 것이오. 가증과 위선이 떨어져 나간 적나라한 진면목이 드러나면 과연 태옥교는 어떤 표정을 지을까? 정말 생각만 해도 가슴이 후련하오, 하하핫!"

이런 대화를 나누는 사이 두 사람은 웅장한 황금대전 앞에 이르렀다.

"성주를 뵈옵니다!"

현사군이 단상의 옥좌에 좌정하자 허리를 굽히고 있던 세 남녀가 정중히 예를 올렸다.

삼십대 미부는 환희마궁의 사화령 중 으뜸인 매화령이었다. 그녀가 대동한 두 사람은 지옥마부과 축융마곡 출신의 마장이었다.

현사군은 총상을 통해 세 사절의 신분을 듣고는 가볍게 고개를 끄덕였다.

"환희마후가 너희 셋을 보낸 연유를 짐작하겠다. 자신이 이미 삼개마단을 통합했음을 과시하려는 의도이겠지. 하지만 오행마단의 최강은 황금성과 벽라마원이었다. 환희마궁을 중심으로 통합된 삼개마단은 본좌의 적수가 될 수 없다.”

매화령이 공손히 아뢰었다.

“먼저 벽라마원을 병합하신 빛나는 공적을 감축드립니다. 마후께서는 오행마단의 반도 혈훼를 단죄하신 성주님의 처분에 감복하셨습니다. 또한 마음 깊이 두려움을 느껴 성주님과의 회동을 제의하셨습니다.”

현사군은 자신에 대한 찬사에 한껏 기분이 좋아졌다.

“후후, 본좌에게 두려움을 느꼈다면 환희마후는 지극히 현명한 여인이로군. 그렇다면 회동을 제의하는 것이 아니라 알현을 와야 하는 것이 도리가 아니겠느냐?”

“성주님, 마후께서는 명색이 삼개마단을 병합하신 신분입니다. 한 번의 대결도 없이 환희마궁을 내준다는 것은 지나친 굴욕일 수 있습니다.”

“그렇다면 도전을 하기 위해 너희들 보낸 것이냐?”

“아닙니다.”

“흐음, 도전도 아니고 굴복도 아니라면, 대체 어떤 의도로 본좌를 찾아온 것이냐?”

매화령은 품속에서 비단 상자를 꺼내 들었다.

“마후께서는 성주님과의 혼례를 원하십니다.”

“뭐야? 나와 혼례를 올리겠다고?”

현사군은 전혀 예상치 못한 제안에 단하의 수뇌들을 둘러보았다. 황금성의 수뇌들 역시 미심쩍은 듯 두런두런 얘기를 나누었다.

총상이 예물을 받아 현사군에게 바쳤다.

"성주, 일단 예물부터 확인해 보시오. 환희마후의 심중을 파악할 필요가 있소."

"알겠소."

현사군이 비단 상자를 매듭을 풀려고 하자 암흑쌍존 중 묵영존이 급히 아뢰었다.

"성주, 개봉을 늦추십시오. 매화령이 먼저 개봉한 후 바치도록 명하시는 게 순리외다."

"왜 그래야 하오?"

"환희마궁은 축융마곡을 병합하면서 축융화탄을 손에 넣었소이다. 축융화탄 하나로 황금대전이 통째로 붕괴될 수 있음을 유념하소서."

축융화탄이 거론되자 대전에 운집한 수뇌들의 얼굴에 팽팽한 긴장감이 감돌았다. 그들 모두 축융화탄이 지닌 가공할 위력을 잘 알고 있었던 것이다.

총상 역시 신중한 모습으로 청했다.

"묵영존의 주청이 타당하외다, 성주."

총상에 이어 황금성 수뇌들 모두가 예물 개봉을 매화령에 맡길 것을 아뢰었지만 현사군은 냉담하게 일축했다.

"그대들은 본좌를 용렬하고 비겁한 사람으로 만들려는 것이오? 환희마후의 성심이 담긴 예물이 두려워 개봉조차 못한다면 어찌 황금성의 성주라 할 수 있겠소?"

그의 당당한 태도에 매화령과 두 마장은 고개를 조아렸다.

"성주님의 의연함과 대범함에 진심으로 감복합니다. 예물에 아무런 위험도 없음을 제가 목숨을 걸고 맹세합니다."

현사군은 매듭을 풀고 상자를 덮개를 열었다.

상자 안에 들어 있는 예물은 은은한 핏빛을 발하는 반지였다. 반지의 주변으로는 기이한 형상의 문양이 새겨져 있어 신비함과 귀기스러움을 더해주었다.

예물을 대한 총상이 나직이 외쳤다.

"오, 오행마환!"

현사군은 반지를 손에 쥐고는 경이로운 눈빛을 지었다.

"오행마환이라고? 그렇다면 마황삼보 중 하나가 아닌가?"

그가 매화령을 굽어보자 그녀가 공손하게 대답했다.

"그렇습니다. 오행마환은 마황삼보이자 본 궁의 신물입니다. 마후께서는 진심으로 성주님과의 혼례를 원하십니다."

현사군은 오행마환을 자신의 손가락에 끼워 감상하다가 몸을 일으켰다. 계단을 밟고 내려선 그가 묘한 미소를 지었다.

"청혼을 수락치 않겠다."

일순 매화령과 두 마장의 안색이 파랗게 질렸다.

청혼을 거절한다는 것은 환희마궁을 침공하겠다는 의미이기에 그들의 안전을 장담할 수 없는 위기 상황이다. 자칫 그들의 목만 환희마궁으로 돌아갈 수도 있는 일이었다.

매화령이 연신 고개를 조아렸다.

"성주님, 재고해 주십시오. 두 분께서 혼례를 올리시면 피 한 방울 흘리지 않고 오행마단의 대통합이 이루어집니다. 이는 위대한 오행천의 부활이기도 합니다."

"매화령은 듣거라."

"예, 성주님."

"정혼은 본래 사내가 계집한테 하는 게 원칙이다."

현사군은 손가락에 낀 오행마환을 뽑았다.

"예물 대신 마후의 성의만 받겠다. 이는 환희마궁의 신물이니 수용할 수 없다."

그는 계단을 밟고 단상으로 올랐다.

"환희마궁 사절들은 물러가 대기하라. 본좌가 환희마후에게 청혼을 위한 예물을 준비할 것이다."

매화령과 두 마장은 비로소 안도하며 정중히 배례를 올렸다.

"감사하옵니다, 성주님."

그들은 환한 표정으로 황금성 수뇌들에게 예를 표하면서 황금대전을 나갔다.

현사군은 삼상과 쌍존만 단상 위로 불러올리고 중간 수뇌들은 물러가도록 지시했다. 중간 수뇌급들이 대전을 나가자 백파존이 조심스럽게 입을 열었다.

"성주, 이 혼례 제의에는 흑막이 있소이다. 신중하게 판단하십시오."

현사군은 협탁에 놓인 술잔에 술을 따랐다.

"환희마후가 혼례를 빙자해 침상에서 날 살해할까 우려되는 거요?"

"그런 비열한 수작을 벌였다가는 본 성에서 결코 용납지 않을 것이외다. 물론 극마지체에 이른 성주께서 한갓 계집한테 당할 분이 아니지요. 문제는 환희마후의 독특한 체질이외다."

백파존에 이어 묵영존이 말을 이었다.

"환희마후는 천색요골의 소유자외다. 소후마후가 환희마후를 강제로 제자로 삼은 것도 그 독특한 체질 때문이었소이다. 암흑상아도 환희마후의 타고난 체질 때문에 상당한 위협을 느꼈소이다. 만일 천색요골이 확실하다면 성주께서는 환희마후를 절대 취하면 아니되오이다."

현사군은 총상에게 시선을 돌렸다.

"천색요골은 거의 전설적인 존재로 알고 있소. 환희마후가 정녕 천색요골의 소유자일 수 있겠소?"

"노신 역시 환희마후를 직접 대한 적이 없기에 정확히 평가하기는 어렵소. 하지만 소수마후가 인정했다면 가능성이 아주 높소. 게다가 입문한 지 불과 일 년도 안 돼 지옥마부와 축융마곡을 병합한 능력을 감안하면 천색요골이 아니더라도 뛰어난 마성을 지닌 계집임은 틀림없소."

"천색요골의 계집과 교합한 사내는 정혈이 고갈돼 모두 죽는다 하였소. 대신 지극한 쾌락을 느낀다고 하더군. 그 얘기도 사실이오?"

총상은 다소 곤혹스런 표정을 지었다.

"노신도 그리 들었소."

"그렇다면 얘기가 틀리지 않소? 내가 알기로 백무향이란 놈은 환희마후의 정혼자요. 두 연놈은 구만산 산적 시절부터 살을 섞었다 들었소. 한데 놈은 멀쩡하지 않소?"

"그것은 백무향이 마왕지상의 소유자이기에 죽지 않았다고 알고 있소."

"그 무슨 터무니없는 소리요?!'

현사군이 의자의 팔걸이를 내려치며 일어섰다.

"마왕지상의 소유자는 사내가 아니란 말이오? 모든 사내를 죽이는 천색요골의 계집도 마왕지상의 사내는 못 죽인다고? 과연 그것이 타당하다고 생각하시오?"

황금삼상과 암흑쌍존은 떨떠름한 표정이 되어 서로를 바라보았다. 그들로서도 풍문으로만 들은 얘기이기에 무어라 확답을 내릴 수가 없었다.

현사군은 손에 쥔 술잔을 빙글빙글 돌리며 단상 위를 거닐었다.

"총상께서는 환희마후 소견에게 줄 예물을 준비하시오. 내

기꺼이 청혼을 해서 소견을 취할 것이오. 아마 소견은 자신의 색기로 날 죽일 수 있다고 판단해 이런 간특한 계책을 꾸몄겠지만, 날 너무 과소평가했소. 내가 천색요골의 색기에 의해 정혈이 고갈돼 죽을 사람이라면 다시 살아나지도 못했을 것이오."

"성주, 대업을 목전에 두고 굳이 모험을 할 필요가……."

"모험이 아니라 위엄이오. 소견이 자신의 색기로도 날 죽일 수 없다는 것을 깨달아야 진심으로 복종할 것이오. 이로써 오행마단의 대통합이 이루어질 것이며, 오행천 재건이라는 막중한 사명을 완수할 수 있소."

그의 의연한 모습에 황금삼상과 암흑쌍존이 일제히 무릎을 꿇었다.

"성주께서는 진정 파천마황의 현신이시오! 오행천의 재건과 더불어 마도의 숙원인 마도천하를 이루실 분이오!"

현사군은 술잔의 술을 입에 털어 넣었다.

"막중한 사명 외에도 내 개인적 복수를 위해서라도 소견을 취해야 하오. 백무향! 그 원수 놈은 제 계집이 내 품에 안겼다는 사실을 알게 되면 눈이 뒤집힐 것이오."

그의 입가에 사악한 미소가 피어올랐다.

"놈 역시 태옥교만큼이나 쉽게 죽여서는 안 될 종자이지."

2

콰아앙!

하늘이 찢어질 듯한 우렛소리가 신녀봉 자락을 진동시켰다. 매큼한 화약 냄새가 자욱하게 퍼지는 가운데 고통스런 신음 소리가 간헐적으로 이어졌다.

"흐으윽!"

"크으!"

바닥은 강력한 화기에 검게 변색되었고, 십 장 이내의 수목은 새까맣게 타버렸다.

세상에서 이렇듯 강력한 화기를 지닌 화탄은 축융마곡의 축융화탄뿐이다. 한데 축융마곡은 이미 환희마궁에 의해 병합되었으니 축융화탄은 환희마궁만이 지니고 있다.

"호호호! 그러기에 함부로 날뛰지 말라고 하지 않았더냐? 감히 본 궁의 지부를 건드린 대가다."

허공을 밟고 둥실 떠 있는 여인은 대하는 순간 가슴이 내려앉을 것만 같은 아찔한 색기의 소유자였다.

촉촉이 젖은 긴 속눈썹과 무서운 흡인력을 지닌 색정 어린 눈망울, 손을 대면 베어질 것 같은 곧은 콧날과 윤기를 발하는 매혹적인 입술.

더군다나 여인은 아슬아슬한 속옷이 은은히 비치는 망사의만 걸쳐 입었기에 요기(妖氣)마저 느껴질 정도였다.

여인은 바로 환희마후 소견.

처음에는 어쩔 수 없이 마공을 수련했지만 환희마궁의 궁주에 오른 이후 그녀의 마성은 점점 짙어졌다. 그것은 마공의 영향 때문이 아니라 천색요골이라는 특수한 체질을 타고난 그녀의 잠재된 본성일 수 있었다.

그녀의 주변으로 일백여 명에 달하는 남녀가 포진해 있었다.

그들 절반은 환희마궁의 여제자들이었고, 나머지 절반은 지옥마부와 축융마곡에서 투항한 마인들이었다. 두 마단은 환희마궁에 병합되었으니 이제는 모두 환희마궁의 제자들일 뿐이다.

소견이 친히 수하들을 이끌고 침공한 곳은 다름 아닌 신녀문이었다.

신녀문 제자들은 갑작스런 축융화탄의 공격에 엄청난 피해를 입고 말았다. 지난번 저들의 공격을 받아 많지 않은 제자들만 남은 상태에서 또다시 여러 명의 사상자가 발생하는 피해를 당하게 된 것이다.

환희마궁의 수뇌들과 격전을 벌이던 신녀문주 초은시는 비통함을 머금고 뒤로 물러서야 했다.

"취운, 어서 부상당한 제자들을 돌봐라!"

"예, 문주님."

취운은 온전한 동료들과 함께 부상당한 동문들을 참화의 현장에서 끌어냈다. 심한 화상을 입은 동문들의 몰골에 모두가 눈물을 뿌리며 울분을 토했다.

"흑, 사악한 마귀들!"

"이런 끔찍한 화탄을 터뜨리다니!"

주변 상황이 다소 정리되자 초은시가 앞으로 미끄러져 나섰다.

"단독으로 겨루자, 요녀!"

소견은 바람에 나부끼는 머리카락을 귀 뒤로 쓸어 넘기며 한껏 오만함을 보였다.

"호호, 한갓 소문파의 조무래기 따위가 삼개마단을 병합한 대마후와 맞서겠다고? 일단 무릎을 꿇고 본 궁의 지부를 말살한 잘못부터 사죄해라. 그렇다면 네 도전을 받아주겠다."

"본 문은 오행마단과는 아무런 원한이 없었다. 한데 너희가 먼저 본 문을 침공해 숱한 제자들을 죽였다. 너희 지부 하나를 말살한 것은 그에 상응하는 대가일 뿐이다."

초은시는 공력을 운집해 심기검을 발출했다.

"요녀, 네가 죽어야 하는 이유는 환희마궁의 마녀가 아니라 천색요골의 요녀이기 때문이다. 본 문은 오로지 천색요골의 환생을 경계하기 위해 이백 년 동안 존속해 왔다. 마침내 내 대에서 널 죽일 수 있게 되었구나."

소견은 의아한 눈빛으로 물었다.

"천색요골의 환생? 대체 그게 무슨 의미냐? 너희가 천색요골의 소유자와 무슨 연관이 있느냐?”

“천색요골은 세상을 해칠 사악한 요녀이다. 죽어 지옥에 가면 그 연유를 자세히 듣게 될 것이다.”

“흥, 미친년.”

소견은 허공에 둥실 뜬 채로 초은시를 향해 다가섰다.

“네년의 사지를 절단한 후 직접 듣겠다.”

초은시는 이형환위 신법을 펼쳐 순간적으로 접근하며 심기검을 내려쳤다.

“검향매설(劍香梅雪)!”

쐐애액―!

심기검으로서는 상상하기 힘든 쾌검식이었다.

소견의 목이 대번에 베어졌다. 물론 본신이 아니라 마도의 귀환분신법에 의한 환영이기에 피 한 방울 흐르지 않았다. 소견의 분신은 목이 떨어져 나간 상태로 달려들며 소수마공을 구사했다.

“호호호, 뒈져!”

분명 목이 떨어져 나간 분신이었지만 손에서 펼쳐진 소수마공은 싸늘한 한기를 동반한 진짜 마공이었다.

초은시는 가슴이 섬뜩했지만 애써 냉정을 유지하며 일수를 내질렀다.

“난화섬수!”

화려한 광휘와 함께 강력한 장력이 벼락처럼 뿜어졌다.

콰아아앙!

엄청난 폭음에 이어 허연 얼음덩이가 사방으로 비산되었다. 모든 것을 얼려 버린다는 소수마공에 의한 현상이었다. 그러나 초은시를 중심으로 한 주변의 바닥은 온전했다.

난화섬수는 어떤 마공에도 견딜 수 있는 신녀문 최강의 절기답게 소수마공을 무난히 해소하였다.

소견은 자신의 소수마공이 무산되자 놀라움을 금치 못했다.

"대단하군. 본 궁의 지부가 너희 십여 명에 의해 말살된 이유를 충분히 이해하겠다. 너 같은 절세고수가 숨겨져 있는 줄은 미처 몰랐다."

그녀는 눈웃음을 치며 매혹적인 미소를 흘렸다.

"호호호, 하지만 이것도 견딜 수 있을까?"

아찔한 현기증이 느껴질 만큼 요염한 색기가 물씬 풍겨졌다. 그녀가 자신의 풍만한 젖가슴을 애무하며 교태를 부리자 초은시는 세상이 빙글 도는 기분이었다.

천색요골의 소유자만이 펼칠 수 있는 색환박심마공.

세상에서 가장 강력한 이 색공은 사내뿐 아니라 여인들조차 매혹시키는 무서운 섭심술이다. 한번 이 색공에 말려들면 혼백을 잃은 실혼인이 되고, 말기에는 상대의 손짓 한 번에 스스로의 목숨을 끊을 수도 있다.

초은시는 급히 난화심법을 운기해 색공에 대항했다.

난화심법은 당시 천색요골을 지닌 도완완의 색기를 제압하기 위해 창건조사가 창안한 심법이었다. 맑은 신지를 되찾은 초은시는 맑은 기합을 토하며 심기검을 휘둘렀다.

"신화묘재!"

쐐애액—!

엄청난 속도로 대기를 갈라오는 검기의 위력에 소견은 등줄기가 서늘해졌다.

'이럴 수가! 내 색환박심마공이 전혀 먹히지 않다니!'

반격을 당한 그녀는 급히 파천마검을 뽑아 들고 검기를 후려쳤다.

소견의 색공이 소멸되자 초은시는 연속적으로 검법과 난화섬수를 전개해 소견을 밀어붙였다. 순수한 무공으로만 논한다면 초은신의 정심한 무공이 한 수 위였다.

소견은 소수마공과 파천마검으로 응수했지만 조금씩 밀리는 압박감에 심한 모욕감을 느꼈다. 지옥마부와 축융마곡을 병합한 이후 그녀는 천하를 오시할 자부심에 젖어 있었던 것이다.

'무서운 계집이군. 그러나 넌 절대 날 이길 수 없다.'

소견은 환희마염보를 전개해 무수한 분신을 만들어냈다. 동시에 바닥을 향해 축융화탄을 슬며시 튕겼다.

초은시는 소견이 만들어낸 어지러운 분신을 베어내느라 미처 축융화탄의 존재를 간파해 내지 못했다. 소견의 분신을 모두 해소한 초은시는 난화섬수를 운기해 최후의 일격을 노렸다.

그 순간 그녀의 발밑에서 축융화탄이 폭발했다.

콰아앙!

어마어마한 폭음을 느끼는 순간 이글거리는 불길과 무서운 폭발력이 초은시의 전신으로 엄습해 왔다. 마치 온몸이 산산이 부서지는 것만 같았다.

"아악!"

처절한 비명과 함께 그녀의 몸이 십 장 밖으로 나가동그라졌다.

"문주님!"

취운을 비롯한 신녀문 제자들이 달려와 초은시의 몸에서 타오르는 불꽃을 꺼주었다.

초은시는 워낙 심후한 공력을 지녀 축융화탄에 적중되고도 분신쇄골의 참사는 모면했지만 부상이 아주 심했다. 순간적으로 피어오른 불길에 의해 화상을 입었고, 무엇보다 폭발력에 의한 내상이 치명적이었다.

"흑흑, 문주님!"

"문주님! 제발 정신 차리세요, 흑흑!"

신녀문 제자들은 안타까운 울음을 터뜨리며 초은시 앞에 무릎을 꿇었다.

축융화탄으로 대번에 강적을 쓰러뜨린 소견은 부끄러움도

모른 채 도도한 웃음을 터뜨렸다.

"호호호, 그런 실력으로 감히 대마후에게 도전을 했단 말이냐?"

그녀는 훌쩍 날아오르며 소수마공을 운기했다. 마무리만큼은 무공으로 해결해야 수하들을 대한 면목이 설 것 같았기 때문이다.

취운을 비롯한 신녀문 제자들은 문주를 보호하기 위해 자신들의 몸을 방패로 삼았다. 죽음을 두려워하지 않은 눈물겨운 충심이었다.

"이 악독한 계집! 하늘이 너를 용서치 않을 것이다!"

소견은 싸늘한 냉소를 발하고는 소수마공을 발출했다.

"모두 죽어라!"

서릿발 같은 한기와 함께 새하얀 빙기가 급속도로 확산되었다. 축융화탄에 의해 검게 타버린 바닥이 하얗게 물들기 시작했다. 모든 것을 얼려 버리는 소수마공은 폭풍처럼 신녀문 제자들을 향해 들이닥쳤다.

한데 그때였다. 하늘 저편에서 한줄기 섬광이 내리꽂혔다.

번―쩍―!

새파란 번갯불은 소수마공에 의해 형성된 얼음 폭풍을 대번에 갈라 버렸다.

"어엇?"

깜짝 놀란 소견이 기겁하며 뒤로 물러섰다.

　어느새 신녀문 제자들의 앞에는 한 자루 검이 꽂혀 있었다.
검은 벼락 형태의 독특한 검신을 지녀 여느 검과 확연히 구분
되었다. 천하에서 이런 형태의 검은 오직 한 자루뿐이다.

　"뇌천검?"

　소견은 격동과 흥분으로 혼란스런 눈빛으로 빠르게 주변
을 쓸어보았다.

　"무향! 무향, 네가 온 것이냐?"

　이때 바닥에 꽂힌 뇌천검이 저절로 뽑히며 허공에 둥실 떠
올랐다. 이어 바닥에서 솟아난 듯 내려선 한 청년이 뇌천검을
손에 쥐었다.

　취운은 감동과 충격에 젖고 말았다.

　"아아, 어검술!"

　그러했다. 초극의 어검술을 발휘해 아득한 저편에서 소수
마공을 해소하고 날아든 사람은 다름 아닌 백무향이었다.

　백무향은 뇌천검을 회수하고는 취운을 돌아보았다.

　"취운은 문주를 모시고 물러서 있거라."

　취운은 문주의 회생이 급했기에 순순히 그의 지시에 따랐
다.

　"고마워요, 백 공자."

　그녀는 혼절해 있는 초은시를 안아 들고 한쪽으로 물러섰
다. 신녀문 제자들은 검진을 펼친 채 환희마궁 제자들의 공격
에 대비했다.

일수유의 정적.

환희마궁 제자들은 자신들의 궁주와 백무향과의 관계를 잘 알고 있기에 함부로 나설 계제가 아니었다. 그저 묵묵히 지켜볼 수밖에 없는 상황이었다.

소견은 다소 안타까운 눈빛으로 그를 바라보았다.

"무향……."

백무향의 표정은 냉담했고, 그녀를 직시하는 눈빛도 차가웠다.

"내가 분명히 경고했을 텐데? 너희 오대마단끼리 대가리 터지게 싸우는 것은 상관없지만 세상 밖으로 나서지 말라고 엄중하게 경고했다. 한데 넌 내 경고를 무시했어."

"내가 왜 네 지시를 따라야 하지?"

"그래야 내가 널 죽일 명분이 없기 때문이다. 너만 잠자코 있으면 널 지켜줄 수도 있었어. 한데 기어코 내 손으로 널 죽이게 만드는구나."

"날 죽인다고?"

소견은 서글픔이 담긴 표정을 지으며 눈물을 글썽거렸다.

"무향, 네가… 네가 날 죽인단 말이야?"

그녀의 애절한 모습을 대한 백무향이 버럭 소리쳤다.

"당장 색공을 거두지 못해! 누구를 홀리려 드는 거냐?"

깜짝 놀란 소견은 가슴을 감싸 안으며 뒷걸음질을 쳤다. 그녀는 내심 충격과 당혹감을 금치 못했다.

'무향이 마왕지상의 소유자이기 때문인가? 내 색환박심마공이 전혀 먹히지 않다니?'

백무향은 주변에 늘어선 환희마궁 제자들을 쓸어보며 거칠게 내뱉었다.

"지옥마부의 귀신들까지 거두었군. 그리고 저기 불에 굽다 만 흉악한 놈들이 바로 축융마곡 조무래기들인가? 대체 이런 쓰레기들을 데리고 무엇을 하겠다는 거냐?"

소견의 태도가 돌변했다. 그녀는 교태 어린 태도를 싹 지우고 대마후의 위엄을 드러냈다.

"백무향, 왜 본 궁의 일을 방해하는 거냐?"

"신녀문은 내가 보호해야 할 의무가 있다. 한데 이 지경으로 만들었으니 너희 모두 가만두지 않겠다."

"호호, 너 혼자서 말이냐?"

"이런 쓰레기들은 나 혼자면 충분해. 그리고 네 무공을 폐쇄해 마성을 제거하겠다. 그러고도 제정신을 차리지 못하면 아예 실혼인으로 만들어 버리겠다. 환희마궁의 수괴가 된 널 죽여야 마땅하지만, 옛정 때문에 차마 널 죽일 수가 없구나."

소견은 눈을 가늘게 뜨며 도도한 미소를 흘렸다.

"호호, 옛정을 기억하고 있다면 나를 도와야 하는 게 당연한 순리가 아닐까?"

백무향은 요사한 기운으로 가득한 그녀를 보며 분노보다 안쓰러움에 젖었다.

“내 잘못이다. 진작 널 찾아 데려왔어야 했어. 네 본성이
악하지 않았는데 마궁에 끌려가 이렇게 변했구나.”
“그렇지 않아, 무향. 난 지금의 내가 너무 자랑스럽다. 이
게 내 본래의 모습이다. 그동안 난 잘못 살아왔을 뿐이다. 이
제 황금성마저 병합해 오행대마후에 오르는 일만 남았다.”
“절대 그럴 수 없다. 내가 그렇게 놔두지 않을 테니까.”
“호호, 그럼 한번 겨뤄볼까?”
소견은 허공을 밟고 미끄러지며 날아들면서 손을 획 뒤집
었다.
“차앗!”
그녀의 손이 희게 변하며 새하얀 기류가 폭풍처럼 몰아쳤
다. 환희마궁의 절기인 소수마공이었다.
백무향은 그녀를 직시하다가 냅다 일 장을 내질렀다.
“멍청한 계집!”
화르르륵!
무서운 열기를 발하는 극양의 기운은 바로 폭염마공이었
다. 폭염마공의 정화는 폭염열화주이지만, 행여 소견이 타죽
을 것을 우려해 전개하지 않았다. 그렇다 해도 두 사람의 일
전은 극음과 극양의 격돌이었다.
콰아앙―!
어마어마한 굉음과 함께 희고 붉은 기류가 교차되면서 진
정 상상도 못할 진풍경이 연출되었다. 소수마공의 여파에 주

변이 하얗게 얼어붙었는데, 빙판 위에서는 수십 개의 불꽃이 맹렬하게 피어오르고 있었다.

한 번의 격돌만으로 소견은 상당한 충격을 입고 뒤로 미끄러졌다. 백무향의 폭염마공에 의해 머리카락과 옷자락 일부가 그을렸다. 그녀의 소수마공은 상대에게 전혀 피해를 입히지 못했으며, 자신만 폭염마공의 열기에 약간의 부상을 입은 것이다.

"젠장!"

소견은 소수진기를 발휘해 주변의 화기를 몰아냈다.

환희마궁의 삼화령이 급히 그녀의 주변으로 내려서며 경호를 펼쳤다.

"궁주, 상대는 마정쌍제의 절학을 구사하는 절대고수입니다. 단독 대결은 어렵습니다."

"그렇습니다. 금강마존을 격살한 자를 어찌 감당하려 하십니까?"

소견은 앞서 초은시와의 대결에서도 밀린 바가 있기에 몹시 자존심이 상했다. 하지만 초은시보다 훨씬 강한 백무향이기에 더는 싸우고 싶지 않았다.

순간적으로 사악한 계략을 떠올린 그녀가 나직이 지시를 내렸다.

"귀장과 마군들을 모두 출동시켜라. 본 궁의 직전제자들은 가급적 외곽으로 물러서 있도록 조치해라."

“예, 궁주.”

소견의 의도를 눈치 챈 삼화령이 흩어지며 과거 지옥마부와 축융마곡 출신 제자들에게 공격을 지시했다.

“모두 나서 놈을 죽여라!”

“와아아!”

귀장과 마군들은 휘하의 수하들을 대동해 백무향을 향해 돌격했다.

취운과 신녀문 제자들은 백무향을 지원하고 싶었지만 심한 부상을 당한 문주를 지켜야 하기에 안타까운 심정으로 지켜볼 수밖에 없었다.

백무향은 뇌천검을 뽑아 들고 양손으로 거머쥐었다.

소견은 그녀의 옛 여인이기에 차마 죽일 수가 없었지만 다른 자들에게까지 자비를 베풀 이유는 없었다. 급기야는 오행마단 때문에 소견이 마녀가 되었다는 생각에 이르자 강력한 분노와 살심으로 피가 끓었다.

“오냐, 모조리 죽여주겠다!”

백무향은 백 명에 달하는 환희마궁의 제자들을 그저 오합지졸로 생각하였다.

“무형섬쾌광!”

번—쩍—!

한줄기 새파란 번갯불이 대지를 가로지르자 대번에 일고여덟 명이 쪼개져 버렸다. 물론 그 정도에 겁을 집어먹을 환희마궁 제자들이 아니었다. 그들은 먹이를 발견한 개미 떼처럼 백무향을 향해 저돌적으로 달려들었다.

허공으로 솟구친 백무향이 지상으로 낙하하며 뇌천검을 내려쳤다.

"야뢰비류섬!"

사위가 순간적으로 캄캄해지며 벼락이 빗줄기처럼 쏟아져 내렸다. 지표가 연이어 폭발하며 환희마궁 제자들이 속속 거꾸러졌다.

외견상 일백 대 일의 혈전이지만 오히려 백 마리 염소가 한 마리 호랑이에게 농락당하는 듯한 일방적인 싸움이었다.

신녀문 제자들은 백무향의 경이적인 무공에 감탄과 두려움을 동시에 느꼈다. 만일 백무향이 자신의 문파에 나쁜 감정을 품고 찾아왔다면 자신들의 능력으로는 도저히 감당할 수 없는 존재였기 때문이다.

한데 이때였다. 양주먹을 불끈 쥔 환희마궁의 여제자 한 명이 귀장과 마군을 헤치고 백무향을 향해 돌진하였다. 여제자의 표정은 비장하면서도 결연했다.

이를 본 취운은 등줄기가 서늘해졌다. 그녀는 한참 혈전을 벌이고 있는 백무향을 향해 급히 전음을 보냈다.

"피해요! 축융화탄입니다!"

백무향은 그녀의 전음을 듣는 순간 호신강기를 펼쳐 몸을 보호했다.

꽈—과아앙!

어마어마한 폭음과 거대한 불길이 동심원을 그리며 급속
도로 확산되었다. 두 알의 축융화탄이 한꺼번에 터졌기에 앞
서 전개되었던 폭발력보다 훨씬 강력했다.

축융화탄을 터뜨린 여제자는 흔적도 찾아볼 수 없이 소실
되었고, 근처에 있던 제자들 스무 명이 즉사했다. 부상자는
수십 명을 헤아렸고, 화상을 입은 자는 더욱 많았다.

실로 사악한 독계가 아닐 수 없었다. 백무향 한 사람을 죽
이기 위해 수십 명의 제자들이 함께 폭사되는 것도 마다하지
않은 것이다.

"호호호! 백무향, 만일 그러고도 네가 죽지 않는다면 널 전
설의 마정쌍제로 인정해 주겠다."

소견은 제자들의 참담한 죽음은 아랑곳하지 않은 채 도도
한 웃음을 터뜨렸다.

소견의 무서운 독심에 취운을 비롯한 신녀문 제자들은 등
골이 오싹해졌다. 예전의 정혼자마저 폭사시킬 요녀이기에
이제 신녀문의 멸문은 피할 수 없는 현실이리라.

소견은 신녀문 제자들을 가리켰다.

"저것들을 마저 죽여라!"

"존명!"

상전의 끔찍한 잔혹성에 바싹 긴장한 환희마궁 제자들이
등등한 살기를 발하며 달려들었다.

한데 이때였다. 축융화탄에 의해 까맣게 타버린 구덩이 속에서 누군가가 치솟아 올랐다. 검게 그을린 존재는 놀랍게도 백무향이었다.

그는 축융화탄이 터지는 순간 폭염마공으로 몸을 보호하였기에 전신이 분쇄되는 참사를 면할 수 있었다. 하지만 워낙 강력한 폭발력과 화기에 상당한 내상을 입고 말았다.

"아, 맙소사!"

백무향의 생존에 소견의 안색은 하얗게 질렸다.

축융화탄의 위력은 절대적이다. 게다가 두 알이 동시에 터졌으니 대라신선이라도 살아날 수 없는 상황이건만, 백무향은 분명 죽지 않았다.

머리카락과 옷이 심하게 그을린 백무향의 모습은 보기에도 섬뜩했다.

"소견, 이 독한 년! 난 어떻게든 널 죽이지 않으려 했건만 감히 날 죽이려 해?"

그가 폭사한 시체더미를 밟고 다가서자 환희마궁 제자들은 마치 사신(死神)을 대한 듯 공포에 젖어 주춤주춤 뒤로 물러섰다.

"모조리 죽인다!"

백무향이 뇌천검을 뽑아 들고 달려들자 환희마궁 제자들은 병기를 내던지고 사방으로 흩어졌다.

상황이 급변하자 소견은 전의를 상실했다. 축융화탄으로

도 죽일 수 없는 상대와 더는 겨루고 싶지 않았다. 더군다나 상처 입은 맹수처럼 달려드는 백무향의 사나운 모습은 공포, 그 자체였다.

"퇴각해!"

그녀는 바닥을 박차며 허공으로 치솟아 올랐다. 삼화령이 함께 몸을 날리며 외쳤다.

"모두 퇴각하라!"

소견을 비롯한 환희마궁 제자들이 도주하자 백무향은 이를 부득 갈았다.

"누구 마음대로!"

그는 빙글 회전하며 뇌천검을 내던졌다.

"초극비검(超克飛劍)!"

번—쩍!

검도 최상승 어검술. 이백 년 전의 상황을 모두 기억해 낸 그였기에 뇌천검법 역시 완벽하게 펼칠 수 있었다. 뇌천검법은 그와 뇌천검제가 함께 연구한 만큼 공동의 절기였다.

뇌천검은 한줄기 벼락이 되어 백 장 밖으로 달아나는 소견을 향해 뻗어 나갔다.

본능적으로 고개를 돌린 소견은 위기를 직감했다. 그 와중에도 그녀는 사부 소수마후와 같은 잔혹성을 드러냈다. 그녀는 자신을 밀착 경호하던 삼화령 중 죽화령을 향해 일 장을 날렸다.

"날 지켜다오!"

기습적인 일격을 맞고 뒤로 밀려난 죽화령이 소견 대신 뇌천검에 관통되었다. 죽화령은 비명 한 번 지르지 못한 채 상반신이 으스러지는 비참한 최후를 맞이해야 했다.

소견은 그 와중에 비행술을 펼쳐 멀리 달아났다.

뇌천검을 회수한 백무향은 울컥 피를 토했다.

"욱, 젠장! 죽였어야 했는데!"

사실 그는 축융화탄의 폭발력에 의해 다소 내상을 입은 상태였다. 그런 몸으로 소견을 죽이려는 오기로 무리하게 공력을 운집해 어검술을 펼치느라 진기가 거의 소진되면서 피를 토하게 된 것이다.

그는 소견이 사라진 수림 저편을 직시하며 차갑게 내뱉었다.

"천색요골의 요녀! 네년은 진정 세상의 악이다!"

제 54 장

악마의 혼사(婚事)

1

*"가*까이 오지 말아요!"

다가서는 백무향을 향해 취운이 악을 쓰듯 외쳤다. 신녀문 제자들은 검진을 형성해 백무향의 공격에 대비했다.

백무향은 뇌천검을 검집에 꽂고는 빈손을 들어 보였다.

"경계하지 않아도 돼. 너희들을 죽일 생각이었다면 내가 왜 축융화탄을 맞으면서까지 너희를 구하려 했겠냐?"

"……."

"초 문주의 상세부터 치료해야겠다. 부상은 어떠하냐?"

취운은 잠시 그를 바라보다가 검을 거두었다.

"축융화탄의 강렬한 폭발력에 경락이 손상되셨어요. 급히 영약을 구해 치료해야 하는 상황입니다."

"곤란하게 됐군. 초 문주를 반사곡으로 옮기기에는 거리가 너무 멀어."

"반사귀선께서는 이미 타계하셨지 않습니까?"

"귀선 노형은 타계했어도 다정선자라는 제자가 있다."

백무향은 잠시 생각을 굴리다가 걸음을 옮겼다.

"마땅한 영약이 없으니 일단 내 공력으로 손상된 경락을 회복시켜 주겠다."

취운은 화기에 그을린 그의 몰골을 살피며 눈살을 찌푸렸다.

"공자의 내상부터 먼저 치료해야 될 것 같군요."

"내 내상은 대단치 않다. 간단한 운공조식으로 회복될 수 있어. 일단 초 문주를 일으켜 앉혀라."

"안 돼요!"

취운은 정색을 지으며 백무향의 접근을 저지했다.

"왜?"

"솔직히… 난 아직 백 공자의 속내를 모르겠어요. 왜 위험을 무릅쓰고 본 문을 구하려 했는지 이해가 되지 않아요. 어쨌든 본 문을 구해준 고마움은 잊지 않겠어요."

"난 너희 신녀문에 큰 죄를 지은 사람이다. 내게 속죄할 수 있는 기회를 다오. 초 문주를 치료할 수 있게 자리를 마련해라."

"물론 예전에 본 문을 무단으로 침범해 제자들이 수욕하는 모습을 훔쳐보았으니 죄를 짓기는 했지요. 하지만 이번에 큰 도움을 받았으니 그 죄는 상쇄되었어요. 더는 마음에 두지 마세요."

백무향은 자신의 신분을 솔직하게 밝힐 수 없음이 답답했다. 물론 자신이 이백 년 전의 풍운마제라고 주장해도 그것을 인정받을 가능성은 희박했다.

"취운, 내가 말한 큰 죄는 아주 오래전에 지은 죄를 말한다."

"대체 무슨 소리를 하는 거예요? 공자가 본 문을 찾아온 것은 지난번이 처음이었잖아요?"

"설명하기 어렵다. 일단 문주의 부상부터 치료하자. 손상된 경락을 빨리 치료하지 않으면 너희 문주는 영영 불구자가 될 수 있어."

취운은 난감한 표정을 짓다가 동문들과 머리를 맞대고 두런두런 숙의를 나누었다. 잠시 후 취운이 조건을 제시했다.

"좋아요. 하지만 문주님 옥체에 손을 대지 않아야 합니다."

"뭐가 그리 까다롭냐?"

"본 문은 도문의 엄격한 법도를 따르는 문파예요. 사내와의 접촉은 금기입니다. 더군다나 문주님은 고결하신 분이라 사내의 손길을 용납하지 않으십니다."

"알겠다. 격공전력술을 펼치겠다."

백무향은 다소 심기가 틀어졌지만 아득한 옛날 자신이 지은 과오를 상기하며 꾹 참았다.

취운이 초은시를 부축해 앉혔다.

초은시의 얼굴은 여전히 면사로 가려져 있었다. 불길에 그을리고 피로 얼룩진 면사였지만 벗겨낼 수 없는 것이 문규인 것 같았다.

백무향은 초은시와 두 자 거리를 두고 마주 앉았다.

허공을 격하고 공력을 주입시키는 격공전력술은 엄청난 공력이 소모되기에 최하 이 갑자 이상의 절세고수만이 시술할 수 있는 상승요상법이다.

백무향은 장심에 뇌천진기를 운집해 천천히 밀어냈다.

그의 장심에서 뿜어진 진기가 초은시의 뇌정혈과 전중혈로 흘러들었다. 엄청난 진기가 유입되자 초은시의 몸이 세차게 요동쳤다.

"문주님, 제발 정신을 차리세요."

취운은 초은시의 자세를 유지시켜 주면서 추궁과혈로 진기의 흐름을 도와주었다.

신녀문 제자들은 둥그렇게 검진을 형성한 채 외부의 방해에 대비했다. 내가 공력에 의한 요상법은 시술 도중 외부의 타격을 받게 되면 시술자와 부상자 모두 치명적인 내상을 입게 된다. 하기에 이런 요상법을 시술할 때는 지극히 안전한 장소를 택하는 것이 일반적이었다.

백무향의 심후한 진기가 유입되자 초은시의 미간에 서린 음영이 서서히 지워졌다. 손상된 경락이 회복되자 초은시는 취운의 부축 없이 스스로 자세를 유지한 채 운기조식을 할 수 있는 상황이 되었다.

취운이 감격의 눈빛으로 포권을 취했다.

"고맙습니다, 공자. 이제 공력을 거두셔도 됩니다."

백무향은 격공전력술을 해소한 후 운기조식을 취했다. 내상을 입은 상태에서 초은시를 치료하기 위해 엄청난 공력을 소진했지만 그의 회복은 지극히 빨랐다.

세 번의 대주천으로 어느 정도 공력이 운집되자 백무향은 자리를 털고 일어섰다. 그러면서 손을 뻗어 초은시의 면사를 뜯어냈다.

일순 취운을 비롯한 신녀문 제자들의 눈이 충격으로 물들었다.

면사가 제거되면서 드러난 초은시의 용모는 상당한 절색이었다. 서른을 넘긴 나이로 보였지만 피부가 아기의 살결처럼 맑고 투명했다. 다소 창백한 안색과 약간의 신경질적인 예리함이 깃들었지만 타고난 미모를 훼손할 정도는 아니었다.

"대단한 미인이로군. 이 예쁜 얼굴을 왜 가리고 있는 거야?"

취운이 냅다 공세를 펼쳐 왔다.

"비열한 인간! 감히 본 문의 문규를 어지럽히다니!"

그녀의 난화섬수는 신녀문의 최강 절기였지만 백무향을 쓰러뜨리기에는 너무 미흡했다.

"어디, 네 얼굴도 봐야겠다."

백무향은 마황진경에 수록된 천마환영보를 펼쳐 취운에게 바싹 다가섰다. 어느새 취운의 면사가 그의 손에 쥐어졌다.

"앗!"

취운은 소매로 얼굴을 가리고 물러섰지만 백무향은 그녀의 면모를 이미 확인했다.

"하하, 생각보다는 어리군. 도도한 콧날이 매력적이야."

그는 계속 천마환영보를 전개해 신녀문 제자들 속으로 뛰어들었다.

"너희들도 이제 면사를 벗어라."

면사가 벗겨진 신녀문 제자들은 자지러진 비명을 토하며 뒤로 물러섰다. 모두의 면사가 제거되면서 그녀들의 맑고 청순한 용모에 세상이 환해진 느낌이었다.

백무향은 폭염마공을 운기해 면사를 재로 만들어 버렸다.

"다시는 죄인인 양 너희의 예쁜 얼굴을 가리지 마라. 너희는 아무런 죄가 없다. 죄가 있다면 이백 년 전 요녀 도완완을 탈출시킨 폭염마제에게 있다."

취운과 신녀문 제자들은 어찌할 바를 몰라 서로를 바라보기만 했다.

외부로 출타할 때나 외부인과의 대면에는 반드시 면사를 착용해야 하는 것이 신녀문의 엄한 규칙이었다. 이를 어길 시에는 즉시 파문되며 죽음을 면치 못한다.

한데 문주를 비롯해 생존해 있는 신녀문 제자들 모두가 문규를 어긴 상황이 되었으니 실로 난감하고 당황스러웠다. 만일 문규를 엄격하게 적용한다면, 신녀문은 이 순간 단절되고 만다.

백무향은 신녀문 제자들을 쓸어보며 부드럽게 말했다.

"너희는 아무런 책임이 없다. 만약 책임을 져야 한다면 내가 지겠다."

이때 한기가 풀풀 느껴지는 음성이 벼락처럼 들려왔다.

"네가 무슨 자격으로 책임을 지겠다는 것이냐?"

바로 초은시였다. 운공조식에서 깨어난 초은시가 유령처럼 몸을 일으켜 세웠다.

"문주님!"

취운과 동문들은 일제히 부복하며 문주의 처분을 기다렸다.

백무향을 쏘아보는 초은시의 눈빛에는 적개심이 가득했다. 하지만 그녀는 감정을 제어할 수 있는 이성적인 여인이었다. 굳이 상황 설명을 듣지 않아도 환희마궁에 의해 괴멸되었어야 할 신녀문이 누구 때문에 구해졌는지 대번에 짐작하고 있었다.

"너희는 주변을 정리해라."

"예, 문주님."

그녀의 지시에 취운을 비롯한 신녀문 제자들이 사방으로 흩어졌다.

백무향은 초은시를 향해 포권을 취했다.

"내가 초 문주의 면사를 제거한 이유는 신녀문 제자들이 더 이상 자책 속에 살아야 할 이유가 없기 때문이오. 신녀문은 죄인이 아니라 피해자요. 세상 사람 누구도 신녀문에게 죄를 물을 자격이 없소."

"……."

"나의 지난 과오가 통탄스럽소. 세월을 거스를 수만 있다면 모든 것을 되돌리고 싶소."

초은시는 한동안 침묵을 지키다가 조심스럽게 물었다.

"당신, 과거의 기억을 되찾았나요?"

"그렇소."

"당신은… 누구입니까?"

"불행히도 풍운마제요. 이백 년 전 신녀문에 침입해 요녀 도완완을 데리고 탈출한 죄인이 바로 나요."

초은시의 입에서 깊은 한숨이 흘러나왔다. 잠시 하늘가를 응시하던 그녀가 다시 물었다.

"풍운마제의 제자가 아니라 분명 풍운마제 당사자란 말입니까?"

"납득하기 어렵겠지만 사실이오."

"요녀 도완완은 어찌 되었나요?"

"내가 십만대산에서 찾아냈던 두 구의 해골은 바로 뇌천검제와 도완완의 것이었소. 당시 요녀는 나를 속였고, 친구였던 뇌천검제마저 유혹해 천하의 패권을 노렸소. 그녀는……."

백무향은 잠시 죽은 상태에서 과거로 돌아가 보았던 최후의 장면을 소상하게 말해주었다.

너무도 충격적이고 극적인 상황이었기에 냉철한 이성의 소유자인 초은시조차 그 말을 들으며 냉정함을 잃지 않기 위해 이를 악물어야 했다.

자신의 과거 기억을 모두 밝힌 백무향이 무거운 어조로 덧붙였다.

"기억을 회복한 후 정말 괴로웠소. 내가 왜 되살아나서 이런 고통을 겪어야 하는지 얼마나 한탄했는지 모르오. 내가 이백 년 만에 회생한 것은 아마도 묻혀진 진실을 밝히라는 하늘의 뜻으로 추측되오. 또한 지난 과오를 씻을 기회를 내게 주기 위함이라고 생각하였소."

백무향은 뇌천검을 뽑아 그녀에게 건넸다.

"날 찔러 당신의 분노를 해소하시오. 하지만 내게는 아직 할 일이 남아 있으니 죽이지는 마시오."

"……."

"초 문주, 난 아득한 옛날의 과오를 후회하지만 과거에 얽

매여 평생을 자책 속에 살 만큼 양심적인 인간은 못 되오. 지금이 아니면 나를 찌를 기회가 다시는 없을 것이오."

"……."

"지난 과오를 씻기 위해 내 신분을 밝혔지만, 이것이 처음이자 마지막이 될 것이오. 향후 난 과거의 풍운마제가 아니라 현실의 뇌천공자로 살아갈 테니까."

뇌천검을 손에 쥔 초은시가 벼락 형태의 독특한 검신을 세심하게 살폈다.

"당신이 정녕 풍운마제의 현신이라면 본문 제이대 조사와도 동배이십니다. 나로서는 감히 상상도 못할 까마득한 대선배이죠."

"세월은 잊으시오. 이백 년 전의 태양이나 지금의 태양이나 변한 것이 없으니까."

"변하지 않은 것은 태양만이 아닙니다."

초은시는 백무향을 향해 뇌천검을 겨누었다.

"본 문의 이백 년 원과 한! 그것 또한 변하지 않았다, 이 원수!"

쐐애액―!

날카로운 파공성과 함께 뇌천검이 백무향의 면상을 향해 날아들었다. 얼굴 부위는 어느 쪽을 찔려도 치명적이다. 초은시는 백무향을 죽이려 한 것이다.

백무향은 급히 손을 뻗어 검을 움켜쥐었다.

여느 사람이었다면 뇌천검의 예리한 검날에 손이 댕강 잘렸겠지만 뇌천검은 뇌천진기에 의해 조종되는 영검(靈劍)이다. 백무향이 뇌천진기를 운기해 검을 쥐었기에 뇌천검은 백무향의 의지에 따른다.

초은시는 진기를 가해 검을 마저 뻗어내려 했지만 뇌천검은 강력한 집게에 물린 듯 꿈짝도 하지 않았다.

백무향은 답답한 한숨을 내쉬었다.

"날 꼭 죽여야겠소?"

"그렇다. 넌 분명 전무후무한 존재이지만 이백 년 동안 신녀문 제자들을 죄인으로 만든 원수이다. 또한 너의 사적인 욕심 때문에 너의 친구이자 위대한 영웅인 뇌천검제를 죽게 만든 마왕이다. 이런 너를 어떻게 살려둘 수 있겠느냐?"

"초 문주, 내가 신녀문을 찾아온 것은 진실을 밝히고 지난 과오를 씻기 위함이오. 하지만 단지 신녀문의 원한을 해소하기 위해 내가 이백 년 만에 회생한 것은 아니오. 초 문주는 그 점을 깨달아야 할 것이오."

백무향의 뇌천진기를 주입시키자 초은시는 불에 달궈진 쇠를 쥔 듯한 고통을 느끼며 뇌천검을 손에서 놓고 말았다.

백무향은 뇌천검을 회수해 검집에 꽂았다.

"초 문주, 앞서 취운에게 밝혔지만 한 번 더 주지시키겠소. 신녀문은 죄가 없으니 더 이상 자책 속에서 살지 마시오. 떳떳하게 하늘을 올려다볼 수 있으며, 세상 속에 이름을 남길 충분한 자격이 있소. 이백 년의 원(怨)과 한(恨)을 해소하시오. 비록 내가 잘못을 저질러 생긴 일이지만 내가 고통스런 희생을 통해 진실을 밝혔으니 지난 과오를 용서받을 자격이 있다고 생각하오. 이것이 내가 당신 손에 죽을 수 없는 이유이며, 당신 또한 날 죽여서는 안 될 이유이기도 하오.”

“이렇게… 이렇게 이백 년의 원한을 해소하란 말이냐?”

“유감스럽지만 그럴 수밖에 없소. 감당할 수 없는 요녀를 신녀문이 거둔 과오도 있지 않소?”

백무향은 천천히 몸을 돌렸다.

“어찌 생각한다면 신녀문과 뇌천검제, 그리고 나까지 천색요골에 현혹된 피해자요. 초 문주의 관대함을 기대하겠소.”

초은시는 몹시 고통스런 표정으로 입술을 질끈 깨물었다.

신녀문 이백 년의 한을 자신이 매듭지어야 할 상황이었다. 이백 년 전의 원수를 죽인다면 가장 통쾌한 복수일 수 있겠지만, 그녀는 복수가 아니라 용서로써 원한을 해소해야 했기에 괴로울 수밖에 없었다.

결국 그녀는 현실에 순응했다.

백무향의 말마따나 단지 신녀문의 원한을 해소시키기 위해 이백 년 전의 절대고수가 회생한 것이 아님을 인정할 수밖에 없었다.

‘그래, 백무향은 신녀문 제자들이 더 이상 죄인처럼 살지 않아도 된다는 이치를 깨우쳐 주었다. 그것만으로 그는 용서

받을 자격이 충분해.'

초은시는 감정보다 이성적으로 현실적인 갈등과 고뇌를 해결했다. 겨우 감정을 정리한 그녀가 백무향의 등을 향해 공손히 예를 올렸다.

"전설의 마왕, 풍운마제를 뵙게 되어 영광입니다."

백무향은 마음이 빚이 해결되었다는 생각에 한결 편한 심정으로 초은시를 돌아볼 수 있었다.

"고맙소, 초 문주. 신녀문의 재건을 기대하겠소."

그는 부공술을 펼쳐 행운유수처럼 미끄러져 취운의 옆을 스쳐 가며 싱긋 미소를 지었다.

"문주를 잘 모셔라, 취운."

그의 말이 끝났을 때 그는 이미 수백 장 밖으로 멀어져 갔다.

취운이 급히 초은시의 앞으로 달려갔다.

"문주님, 대체 어찌 된 일입니까?"

초은시는 평소와 달리 온화한 음성으로 말을 받았다.

"그분은 창건조사께서 보내신 전령이시다. 신녀문 제자들은 더 이상 과거의 자책 속에 얽매이지 않아도 된다."

"그럼… 앞으로는 면사를 쓰지 않아도 되는 건가요?"

"물론이다."

초은시는 취운의 머리카락을 부드럽게 쓸어주었다.

"앞으로 면사를 쓰는 제자는 파문 조치할 것이다."

2

사해문 총단.

볼품없는 낙척산은 가을 옷으로 갈아입었어도 흉한 돌산과 갈색의 나무숲 때문에 여전히 삭막하다. 나는 새도 보금자리가 마땅치 않은 낙척산에는 둥지를 틀지 않는다.

이렇듯 사람과 짐승들도 멀리하는 낙척산이건만, 그 안에 사는 사해문 제자들은 외부의 간섭을 받지 않을 수 있기에 오히려 이 척박한 땅에 감사한다. 그러면서 이곳에 총단을 세운 창건조사의 현명한 높은 안목에 존경을 금치 못한다.

아침 무렵.

낙수를 건너온 백무향이 낙척산 기슭에 내려섰다. 그는 낙수와 낙척산을 번갈아 바라보고는 피식 실소를 지었다.

"산과 물이 한데 어울려 있으면서 이렇듯 부조화를 이룬 곳도 드물 거야. 내가 정말 용케도 이렇듯 기막힌 땅에다 총단을 세웠군."

진입로의 목책은 활짝 열려 있어 외부인의 발길을 막는 장애물은 전혀 없었다.

사해문 광장에서는 수백 명이 한데 어울려 무술을 수련하고 있었다. 한 동작을 마치면서 내뱉는 함성이 우렁차다.

"차앗—!"

"이엽!"

사해문은 가족이 한데 머물 수 있기에 하나의 문파라기보다 공동체에 더 가깝다. 광장에서 무술을 수련하는 제자들 중에는 나이 든 노인과 어린 나이의 아이도 섞여 있었다. 이들에게 있어 무술 수련은 심신을 안정시키기 위한 체력 단련일 수 있었다.

풍운쌍로를 비롯한 당주들은 제자들 사이를 다니며 자세를 교정시켜 주고 몸놀림에 대해 지도해 주었다.

백무향은 그런 사해문 제자들이 수련하는 모습을 보며 뿌듯함에 젖었다. 그들이 수련하고 있는 무공은 자신이 서문취에게 전해준 풍운절기들이었다.

뇌천검법을 응용한 풍운검법, 폭염마공을 변화시킨 풍운삼장, 천마환영보를 간소화시킨 풍운보법.

이 세 가지 무공은 상승절기를 기반으로 창안되었기에 간결하면서도 상당한 위력을 지녔다. 또한 속성 습득이 가능하기에 사해문 제자들이라면 누구나 쉽게 익힐 수 있다.

백무향은 사해문 제자들의 수련 모습을 보면서 몇 가지 보완할 부분을 새롭게 깨달았다.

'풍운검법의 변화에 조금 문제가 있군. 연결이 자연스럽지가 않아. 풍운삼장 역시 가다듬어야겠어.'

이때 대여섯 살 정도로 보이는 꼬마가 뒤뚱거리며 백무향의 옆으로 다가섰다.

"아찌, 누구야?"

"아, 나 말이냐? 한때 사해문 가족이었지. 외부인은 아니니 너무 겁낼 것 없다."

백무향은 꼬마를 안아 들고는 가볍게 코를 비틀었다.

"소리치면 수련에 방해가 되니 조용히 해. 알았지?"

꼬마는 말똥말똥한 눈으로 백무향을 바라보았다.

"남의 수련을 훔쳐보는 것은 나빠."

"훔쳐보는 게 아니다. 무엇이 잘못됐는지 관찰하는 거지. 아찌도 사해문 가족이라고 했잖아?"

"믿어도 돼?"

"물론이지."

백무향은 꼬마의 머리를 한 번 쓰다듬어 주고는 바닥으로 내려주었다.

꼬마는 쪼르르 달려가다가 백무향을 돌아보며 키득거렸다. 살펴보니 꼬마의 손에 돈주머니가 들려 있었다. 어느새 그의 품을 뒤져 훔쳐 간 것이다.

"헤헤, 돈 벌었다."

백무향은 어처구니없는 표정으로 실소를 지었다.

"녀석, 벌써부터 소질이 다분하구나."

꼬마 때문에 그의 귀환이 밝혀지면서 한바탕 소동이 일어났다.

"태상께서 오셨다!"

“오오, 태상님!”

“어서 태상님을 모셔라!”

풍운쌍로가 가장 앞서 달려와 예를 올렸다.

“태상을 뵈오이다.”

“어서 오십시오, 태상.”

부복배례를 금지하는 명을 내렸기에 사해문 제자들은 깊이 허리를 굽혀 포권을 취하는 것으로 태상을 맞이하는 예법을 대신했다.

과거의 기억을 회복해서인지 백무향은 마치 이백 년 만에 처음 사해문을 찾아온 심정이었다. 눈에 보이는 사해문의 정경이 조금은 새롭게 느껴졌다.

그는 풍운쌍로와 순찰총령, 당주 급들을 대동해 안으로 걸음을 옮겼다.

“취는 출타 중이오?”

풍운일로가 공손하게 답변했다.

“장안 지부에 문제가 생겨 출타하셨소이다.”

백무향의 표정이 가볍게 굳어졌다.

“뭐요? 사해문의 문주가 어떤 신분인데 한갓 지부의 문제에 직접 출타했단 말이오?”

“송구하오이다, 태상. 하오나 상대가 무당파의 장로이다 보니…….”

“무당파?”

접견실로 안내된 백무향은 풍운일로를 통해 상세한 내막을 들을 수 있었다.

장안의 철문세가(鐵門世家)는 무당파의 속가제자인 철주성(鐵住成)이 세운 무림세가다. 철문세가는 혈사성 괴멸 이후 장안의 상권을 독점하기 위해 급속도로 세력을 확장했다. 가주 철주성의 사문이 무당파이기에 웬만한 소문파는 감히 내항할 수도 없었다.

사해문은 장안 외곽에 위치해 상권이나 이권에 크게 관여하지는 않았지만 영세 상인들이 도움을 요청하면서 철문세가와 조금씩 마찰을 빚게 되었다.

결국 장안 지부장과 철문세가가 한판 대결을 벌이는 큰 싸움까지 벌어졌다. 한데 백무향이 전수해 준 풍운절기를 수련한 사해문 제자들이기에 하나의 지부가 강력한 무림세가와 충분히 맞설 만큼 성장한 터였다.

이에 철주성은 사해문을 사도로 몰아 무당파에 지원을 요청했고, 이런 상황을 보고받은 서문취가 사태 해결을 위해 친히 장안으로 출타한 것이다.

풍운일로는 백무향의 눈치를 살피며 덧붙였다.

"태상, 무당에서도 사해문주가 직접 출동하자 장로를 파견해 원만한 해결을 중재했다고 들었소. 그만큼 본 문의 위상이 높아진 것이지요."

"당연한 결과요."

백무향은 탁자에 둘러앉은 수뇌들을 쓸어보았다.

"사해문은 수차례에 걸쳐 혈사성과 맞서면서 강인한 의지와 생존력을 보여주었소. 이는 태백궁에서도 인정하였으니 이제 누구도 사해문을 무시할 수 없소. 감히 사해문을 멸시하는 자들이 있다면 누구와도 맞서 싸워야 하오."

"지당하신 말씀이외다, 태상."

"난 이미 태상 직에서 은퇴했지만 사해문을 주시할 것이오. 사해문의 명예를 더럽히면 누구든 내가 용서치 않겠소."

풍운쌍로를 비롯한 수뇌들이 일제히 일어서며 예를 올렸다.

"명심하겠소이다, 태상."

백무향은 자신을 위한 처소인 풍운각의 창가에 서 있었다.

'너무 경솔했군. 태상 직에서 물러난 주제에 내가 너무 설쳐 댔어. 서문취와 풍운쌍로가 알아서 잘 이끌고 있는데 말이야.'

기억을 되찾아서인지 사해문에 대한 애착과 관심이 더욱 깊어졌다. 사해문을 천하 최강의 문파로까지 확대시키고 싶은 욕심은 없지만 가장 존경받는 문파로 키우고 싶은 게 그의 솔직한 심정이었다.

문득 찻잔을 비우던 그의 눈에 무리를 지어 급속히 하강하는 새 떼가 파고들었다.

일순 그의 미간에 깊은 내 천(川) 자가 새겨졌다. 파옥전에 관통돼 추락하는 북해천붕과 반사귀선의 모습이 그의 뇌리를 강하게 압박한 것이다.

'신녀문과는 화해가 되었으니 내 과거사는 정리된 셈이다. 하지만 아직 귀선 노형을 살해한 흉수를 찾아내지 못했다.'

그는 태백궁에서 대면한 태옥교를 떠올리며 골똘히 생각에 잠겼다.

'태옥교의 반응과 표정만으로는 도저히 흉수라고 생각하기 힘들다. 하지만 그녀의 해명이 다소 석연치 않아. 황금성의 마귀들이 전리품으로 신병과 비급을 탈취해 갈 수는 있겠지만 왜 강호 판도와 무관한 귀선 노형을 살해한단 말인가? 현사군은 잔혹한 놈이지만 태옥교 이상으로 똑똑하다. 놈이 왜 공연히 반사귀선을 살해해 천하의 공분을 사려 한단 말인가? 태옥교의 해명에는 확실히 문제가 있어.'

백무향은 팔짱을 낀 채 기계적으로 걸음을 옮겼다.

'이 문제를 해결하려면 일단 현사군, 그놈과 대면해야 한다. 놈은 자신의 행위를 숨기지 않을 테니 진위를 확인할 수 있을 것이다. 현사군이 아니라면 흉수는 분명 태옥교다. 태옥교가 거짓말을 했다는 것이 반사귀선 살해를 사주했다는 명백한 증거이다.'

이때 미세한 인기척을 감지한 백무향이 상념에서 깨어났다. 발걸음 소리만으로도 그는 상대가 누구인지 짐작할 수 있었다. 하지만 짐짓 모른 척 생각에 잠긴 모습으로 실내를 왔다 갔다 걸었다.

풍운각으로 들어선 사람은 머리카락을 한쪽으로 늘어뜨린 여인이었다. 머리카락 아래로 한쪽 눈을 가린 검은 안대가 보인다.

수수한 옷차림의 여인은 다름 아닌 사해문주 서문취였다.

백무향을 대한 그녀는 감동의 눈물을 글썽이며 조용히 무릎을 꿇었다. 부복배례 금지령이 문규로 정해졌지만 그녀는 이를 무시했다. 그녀의 배례는 상전에 대한 예의가 아니라 정인에 대한 예우였기 때문이다.

그녀가 절을 올리자 백무향은 더는 모른 척하고 있을 수가 없었다.

"어서 일어서지 못해!"

그녀의 손을 쥐고 부축해 일으켰다.

"장안 지부의 문제는 잘 해결했냐?"

"예, 태상님."

"당연히 그래야지. 하지만 앞으로는 가벼이 나서지 마라. 너는 명색이 사해문의 문주가 아니더냐?"

서문취는 백무향의 말에서 상당한 무게를 느꼈다.

"태상님……?"

"네가 태옥교와 비교해 뒤처질 것이 뭐 있느냐? 태옥교가 앉아서 천하를 호령하듯 너도 그런 위엄을 지녀라."

"명심하겠습니다."

"하하, 좋아."

백무향은 그녀를 자리에 앉히고 차를 따라 주었다.

"세 가지 풍운절기를 조금 수정해야겠다. 이로써 보다 강력한 절기로 변모할 것이다."

서문취는 잠시 그를 응시하다가 의아한 표정으로 물었다.

"태상님께서 조금 달라지셨습니다."

"뭐가 달라져?"

"눈빛입니다. 예전에는 다소 모호함에 젖어 있었는데 지금은 그런 기운이 전혀 느껴지지 않습니다."

"하하, 네 관찰력이 예리하구나. 사실 골치 아픈 문제를 하나 해결해 기분이 몹시 상쾌하다. 그래서 그렇게 보일 것이다."

백무향은 짐짓 둘러대고는 화제를 돌렸다.

"취, 사해문의 정보력은 어느 정도냐?"

"천하 각처에 산재해 있는 지부와 분소를 통해 매일같이 새로운 정보가 보고되고 있습니다."

"그렇다면 오행마단에 대해서도 어느 정도 파악하고 있겠구나? 사실 황금성 총단에 대한 정보가 필요하다. 현사군을 만나 꼭 확인할 게 있다."

서문취의 한껏 눈망울이 부풀어 올랐다.

"다, 당치 않으십니다. 태상님은 현사군의 불구대천의 원수입니다. 현사군의 아비와 사부가 모두 태상님의 손에 의해 죽지 않았습니까?"

"나도 알아. 그래도 만나야 돼."

"송구하지만, 오행마단에 대한 정보는 극히 제한돼 있어 아는 것이 많지 않습니다."

"아는 대로만 밝혀라. 내가 직접 찾아다니면서 확인하겠다."

서문취는 잠시 고민하다가 숙연한 표정으로 아뢰었다.

"사실 잠시 전에 입수된 정보를 듣고 저도 충격을 금치 못했습니다. 태상님과 연관된 문제이기에 보고를 드려야 하지만… 너무 상심하실 것 같아 걱정입니다."

"말해봐. 난 하늘이 뒤집힌다 해도 눈썹 하나 까딱하지 않을 사람인데 상심할 게 뭐 있겠냐?"

"그럼 말씀드리겠습니다. 황금성과 환희마궁으로 양분된 오행마단이 마침내 대통합을 꾀한다 들었습니다. 환희마후가 황금성주의 청혼을 받아들여 곧 혼례를 올린다는 정보가 입수되었습니다."

"뭐야?"

무섭게 분노한 백무향이 탁자를 내려치며 벌떡 일어섰다.

"소견이… 현사군과 혼례를 올려? 그게… 사실이냐?"

"확실한 정보입니다."

"젠장!"

하늘이 무너져도 꿈쩍하지 않겠다는 백무향이었지만 소견의 혼례 소식에는 충격과 울분을 금할 수 없었다.

누가 뭐래도 소견은 그의 여인이었다.

그녀가 신녀문에서 자신을 죽이기 위해 축융화탄을 터뜨렸고, 자신은 그녀를 죽이기 위해 어검술을 발출했지만 진심으로 죽이고 싶은 마음은 없었다. 그가 간절히 원하는 것은 소견의 마성을 지우고 예전의 소견으로 되돌리는 일이었다.

한데 소견이 현사군과 혼례를 올린다면, 그건 절망이다.

소견을 용서할 명분도 없어지고 그녀와의 재결합도 불가능해진다. 이제는 서로의 목숨을 건 생사대전만이 남을 뿐이다.

백무향은 머리를 쥐어뜯으며 이를 악물었다.

'안 돼! 그럴 수는 없어! 소견이 현사군, 그 사악한 놈과 결합한다면 더 깊은 마성에 젖게 된다. 이런 악마의 혼사는 깨져야 돼!'

악마의 혼사(婚事)!

황금성주와 환희마궁의 결합은 오행마단에 있어서는 최대의 경사이지만 천하무림으로서는 끔찍한 대사건이 아닐 수 없었다. 이로써 백 년 동안 분열된 오행마단이 대통합을 이룰 것이며, 무림대혈전은 피할 수 없는 것이다.

백무향은 소견이 현사군의 품에 안기게 된다는 생각에 미칠 것만 같았다. 혈관의 피가 부글부글 끓으면서 절로 발산된 폭염마공으로 그의 몸이 붉게 달아올랐다.

두려움에 젖은 서문취로 급히 뒤로 물러섰다.

"태, 태상님, 고정하십시오."

백무향은 불꽃 같은 숨을 내쉬다가 애써 분노를 가라앉혔다.

"오냐, 나 혼자 속을 끓이고 있을 시간이 없지."

그는 서문취를 향해 다가섰다.

"어디냐? 그 연놈이 야합을 이루려는 장소가 대체 어디냐?"

"환희마궁 총단이라 들었습니다."

"마녀들의 총단은 어디에 있느냐?"

"송구합니다. 저희 정보력으로 미처 파악치 못했습니다."

"젠장, 사해문주가 되어서 아직 그따위 것도 파악치 못하고 있었단 말이냐?"

백무향의 불같은 진노에 서문취는 급히 부복하며 고개를 조아렸다.

"죽여주십시오, 태상님."

백무향은 거듭 숨을 들이키며 요동치는 격분을 진정시켰다.

"그래, 그게 네 탓은 아니지. 태백궁조차도 놈들의 소재에 대해서는 제대로 파악치 못하고……."

그러다 퍼뜩 떠오른 생각에 주먹을 불끈 쥐었다.

"태옥교! 그녀라면 알고 있을 것이다. 오행마단에 대해서는 누구보다 정통하니까."

그는 처소 밖으로 성큼성큼 걸음을 옮겼다. 이때 등 뒤에서 서문취의 떨리는 음성이 들려왔다.

"존체 보중하십시오, 창건조사님."

일순 가슴이 덜컥 내려앉은 백무향이 고개를 돌려 그녀를 직시했다.

"너, 지금 뭐라고 했어?"

"저는 느낄 수 있습니다. 태상님은 과거의 뇌천공자가 아니십니다. 분명 과거의 기억을 회복하셨습니다."

"헛소리 마. 내가 기억을 회복했다면 분명 뇌천검제의 현신인데 이런 허접한 사해문을 다시 찾아왔겠냐?"

백무향은 그녀의 확신을 일축하고는 밖으로 달려나갔다.

"모두 무장시켜! 한바탕 싸움을 벌이게 될 테니까!"

서문취는 고개를 조아린 상태로 한동안 있다가 몸을 일으켰다. 그녀의 눈에 극심한 혼란과 의혹이 아로새겨졌다.

'내 판단이 틀렸단 말인가? 아, 차라리 그게 나아. 태상님께서 만일 창건조사님의 현신이라면… 말도 안 돼. 내가 어떻게 하늘처럼 존귀하신 조사님을 섬겼단 말인가? 이런 상상을 하는 것만으로도 죄악이야!'

제 55 장

환희마후의 좌절

1

악마의 혼사는 일사천리로 진행되었다.

환희마궁 총단으로 귀환한 소견은 엄청난 예물에 입을 딱 벌리고 말았다. 열 수레분의 황금과 보옥은 그 가치만으로도 엄청났다.

무엇보다 그녀를 매혹시킨 것은 마황진경 사본이었다.

소견은 마황진경에 수록된 역천혈류마겁공을 접하게 되자 세상을 손에 쥔 듯 기뻐했다.

역천혈류마겁공은 그의 사부가 그토록 원했던 절대마공으로, 오행마단을 호령할 대마후가 되기 위해서는 반드시 터득해야 할 마공이 바로 역천혈류마겁공이었던 것이다.

　황금성의 사절은 황금삼상 중 금위대를 관장하는 금상이었다.

　금상은 황금성주의 청혼을 공손하게 전했고, 소견은 즉석에서 혼사를 수락했다. 본래 그녀가 먼저 청혼을 한 상태였기에 마다할 이유가 없었다. 그녀는 마황진경에 대한 답례로 파천마검을 내주었다. 서로가 마황삼보를 교환하였으니 공평한 거래라 할 수 있었다.

　혼례의 장소는 법도에 따라 환희마궁으로 결정되었다. 신랑인 현사군이 환희마궁으로 와서 신혼을 보낸 후 황금성으로 신부를 데리고 가는 것이 법도였기 때문이다.

　이렇게 혼례에 대한 절차도 매듭지어졌다.

　수욕을 마치고 나선 소견은 속옷도 입지 않은 채 한 겹의 망사의만을 걸쳤다. 연후 화려한 예복을 입고 머리에 화관을 썼다.

　삼화령은 소견의 예복과 화장 상태를 꼼꼼히 살피고는 흡족한 미소를 지었다.

　"됐습니다, 궁주."

　"감축드립니다."

　"부디 아름다운 밤을 보내시고 대마후에 오르소서."

　본래 사화령이었지만 백무향의 어검술에 죽화령이 희생되는 바람에 매, 난, 국 삼화령만 남게 되었다.

소견은 서역산 전신 거울에 자신을 비춰 보고는 고혹적인 미소를 지었다.

"신랑은 어떻게 생겼죠?"

매화령이 공손하게 대답했다.

"여인처럼 준수한 분이십니다. 한쪽 눈을 상한 게 아쉽지요. 하지만 외모와 달리 냉철하고 심기가 깊은 사람이니 조심하셔야 합니다."

그녀는 소견의 얼굴에 신부용 붉은 면사를 씌워주었다.

소견은 긴 치맛자락을 이끌고 혼례장으로 향했다.

"가요."

쌀쌀한 날씨에도 불구하고 혼례는 야외에서 거행되었다. 수백 개의 화등이 환히 밝혀졌기에 환희마궁의 대전 앞은 대낮을 방불케 했다.

현사군은 황금성과 벽라마원으로 구성된 호위대 오십 명만 대동하였다. 최고 수뇌급도 황금삼상 중 금상과 암흑쌍존에 불과했으며, 황금성이 자랑하는 황금무장은 한 명도 대동하지 않았다.

이것은 혼례를 빙자해 무력으로 환희마궁을 접수하겠다는 의도가 전혀 없음을 시사한 것이다.

백 년 만에 한자리에 모인 오행마단의 제자들은 한껏 들뜬 기분으로 혼례를 축하했다. 이제는 대통합을 위해 서로가 죽

여야 하는 내분을 겪지 않아도 되기에 쉽게 동화될 수 있었
다.

"와아아!"

신랑과 신부가 혼례장으로 들어서자 우레와 같은 박수와
더불어 환호와 갈채가 울려 퍼졌다.

주례는 가장 연장자인 암흑쌍존이 공동으로 주관했다.

복잡한 격식이 생략되었기에 혼례는 빠르게 진행되었다.
신랑, 신부가 나란히 앉은 가운데 양측 수뇌들이 술을 올리고
충성을 맹세하면서 혼례와 더불어 대통합의 의식이 동시에
이루어졌다.

초야를 맞은 신부는 흥분과 두려움, 설렘으로 가슴을 졸이
는 것이 일반적이다. 이미 사내를 알고 있는 여인이라 해도
초야의 의미는 남다를 수 있다.

현사군은 소견과 더불어 합환주를 나누고는 화관을 벗겨
주었다. 이어 면사를 벗겨내자 소견의 황홀한 옥용이 드러났
다. 은은한 홍등에 비쳐서인지 그녀의 요요한 색기가 한결 강
하게 피어났다.

"오!"

현사군의 입에서 절로 탄성이 흘러나왔다.

"혼례 사절로 마후를 배알한 금상이 마후의 용모에 대해
찬사를 아끼지 않았소. 마후와 같은 절색을 신부로 맞이하는

나를 몹시 부러워하였소. 솔직히 질투심까지 느낀다 하였소.
하지만 막상 마후를 대하니 금상의 표현이 조금 잘못된 것 같
소.”

“소첩의 용모에 실망하셨나 보군요.”

소견이 시무룩한 표정을 짓자 현사군은 유쾌한 웃음을 터
뜨렸다.

“하하, 아니오. 만일 내가 금상의 입장이었다면 성주를 죽
여서라도 마후를 차지하려 했을 거요.”

현사군은 소견의 손을 쥐고 손등에 입을 맞추었다.

“당신은 그런 사람이오.”

비로소 기분이 풀린 소견이 사르르 눈웃음을 쳤다.

“벽라마원의 혈훼를 일격에 죽였다는 얘기를 듣고 사실 성
주를 두려워하였습니다. 하지만 저를 이리 대하니 기품과 위
엄을 동시에 지닌 분이시군요. 진작 성주를 뵙지 못한 것이
후회스럽습니다.”

“나도 마찬가지요.”

현사군은 자리를 옮겨 소견과 나란히 앉았다.

“세상 사람들은 태백궁의 태옥교를 당대 최고의 미녀라 칭
송하오. 하지만 당신과 비교하면 태옥교는 계집도 아니오. 물
론 그 계집은 세상을 속이는 가증스럽고 추악한 계집일 뿐이
지.”

그는 소견의 예복을 벗기기 위해 옷고름을 풀었다.

소견은 가볍게 그의 손을 제지했다.

"성주를 모시기 전에 미리 말씀드릴 것이 있습니다."

"얘기해 보시오."

"소첩은 천색요골이라는 독특한 체질을 타고났습니다. 소첩을 접한 사내를 누구라도 죽게 되지요. 행여 내일 아침 불상사가 생길 것이 우려돼 미리 말씀드리는 겁니다."

현사군은 의미심장한 미소를 머금었다.

"후후, 마후는 생각보다 솔직하구려. 마후는 본래 혼례를 통해 나를 죽인 후 황금성마저 통합하려는 것이 진정한 목적이 아니었소?"

"이미 짐작하셨으니 부인할 수가 없군요. 사실입니다."

"한데 이 혼사를 깰 수도 있는 중대한 비밀을 왜 미리 밝히는 것이오?"

"그러는 편이 당당할 것 같아서요. 공연히 소첩이 암수를 써서 성주를 살해했다는 오해는 받고 싶지 않습니다."

현사군은 소견의 머리 장식을 풀고 탐스런 머리카락을 어루만졌다.

"그런 우려는 하지 마시오. 난 총상에게 미리 유시를 남겨두었소. 만일 내가 정혈이 고갈돼 죽는 참사를 당해도 절대 복수하지 말 것이며, 마후를 오행천의 대마후로 삼으라 하였소."

"성주……."

"하하, 뭘 그리 감동하시오? 내 장담하건대 우리는 사흘 동안 마음껏 신혼의 단꿈을 즐기게 될 것이오."

현사군은 서둘러 소견의 예복을 벗겼다.

소견은 한 겹의 망사의만 걸쳤기에 예복이 벗겨지자 그윽한 체향이 침실을 가득 채웠다. 투명한 망사의를 통해 보이는 그녀의 농염한 나신은 현사군을 피를 끓게 만들기에 충분했다.

"소견!"

현사군은 그녀를 와락 끌어안고는 침상으로 향했다.

"당신과 교접한 사내는 모두 죽는다는 건 터무니없는 낭설이오. 세상에 그런 체질을 지닌 여인은 없소. 더군다나 당신과 살을 섞고도 죽지 않은 사내가 있지 않소?"

"……?"

소견을 침상에 눕힌 현사군의 두 눈에 냉랭한 살기가 감돌았다. 그의 몸은 욕정으로 끓고 있었지만 정신은 얼음처럼 차가운 냉정함을 잃지 않고 있었다.

"내가 그 천한 놈보다 못하지 않는 사내임을 똑똑히 보여주겠소."

그는 우악스럽게 망사의를 쥐고 거칠게 찢어버렸다.

좌아악!

2

싱그러운 국화 향기가 깊어가는 가을의 정취를 한껏 느끼게 해준다.

집무실을 나선 태옥교는 희고 노란 국화로 장식된 정원을 거닐며 잠시 산책을 즐기고 있었다. 최근 들어 쏟아져 들어오기 시작하는 오행마단에 관한 정보로 인해 그녀는 하루 한 시진을 자는 게 고작일 정도였다.

특히 최근에 접수된 엄청난 사건은 그녀를 깊은 혼란에 빠뜨렸다.

황금성주 현사군.

그는 그녀를 능가하는 두뇌와 심기를 지닌 데다 그녀의 부친을 죽게 만들 만큼 초절한 무공의 소유자이기에 그녀로서는 두렵고도 두려운 존재이다. 또한 여산 태백무고에서 보여준 그의 광포함은 평생 잊지 못할 공포스런 장면이었다.

태옥교는 국화꽃 사이에 놓인 낮은 의자에 앉으며 긴 한숨을 내쉬었다.

'이건 최악의 상황이다. 오행마단의 온전한 통합은 전혀 예상치 못했어. 아, 이제 처절한 혈투를 피할 수 없게 되었다. 자칫 태백궁의 찬란한 영광도 무너질 수 있어.'

이때 정원의 입구에 걸린 풍경이 맑은 소리를 발했다.

상념에서 깨어난 그녀는 얼른 몸을 일으키며 옷매무새를 가다듬었다.

　정원 입구를 통해 한 사람이 들어서고 있었다. 바로 백무향이었다. 그는 먼 길을 단숨에 달려온 듯 머리카락이 다소 헝클어져 있었다.

　태옥교는 그가 찾아올 것을 예상하고 있었기에 번잡한 절차없이 곧바로 자신에게 안내하도록 조치해 두었다. 앞서 울린 풍경 소리는 백무향을 안내한 시비가 알린 신호였다.

　태옥교는 언제나 그랬듯이 공손하게 예를 올렸다.

　"어서 오세요, 백 공자."

　백무향은 답례도 하지 않고 대뜸 물었다.

　"환희마궁의 총단이 어디에 있소? 대공녀는 분명 알고 있을 테니 모른다고는 하지 마시오. 만일 모른다고 한다면 이 아름다운 정원이 불바다로 변할 것이오."

　"물론 알고 있습니다."

　"그곳이 어디요?"

　"유감스럽게도 말씀드릴 수가 없군요."

　백무향의 표정이 무섭게 굳어졌다. 그는 강렬한 분노를 발하며 바싹 다가섰다.

　"당신, 죽고 싶소? 당신이 아무리 태백궁의 대공녀라도 나한테는 어떤 위협도 되지 않아."

　"알고 있습니다. 그래도 밝힐 수 없습니다. 소녀가 죽을지 언정 백 공자를 사지로 안내할 수는 없기 때문입니다."

　"……"

　백무향은 그녀의 의연한 모습에 한껏 솟구쳤던 분노가 절로 사그라졌다.

　'이것이 태옥교의 진실된 모습이라면 이 여인은 진정 당세 제일의 의녀(義女)이다. 하지만… 왜 믿음이 가지 않는지 모르겠군.'

　그는 격앙된 감정을 추스르고는 포권을 취했다.

　"미안하오, 대공녀. 잠시 격분한 바람에 무례를 범했소."

　"충분히 이해합니다. 소견이란 여인이 아무리 마녀로 변했다지만 백 공자에게는 소중한 여인이자 정혼녀가 아닙니까? 그러한 여인이 악마 현사군과 혼례를 맺는다는 소식을 들었으니 지금 심정이 말이 아닐 것입니다. 백 공자께서 심약한 분이었다면 미쳤을 수도 있는 대사건입니다."

　태옥교는 국화꽃 사이로 난 좁은 산책로를 따라 천천히 걸음을 옮겼다.

　"소녀가 입수한 정보가 확실하다면 이미 악마적인 혼사는 성사되었습니다. 찾아가신다 해도 너무 늦었지요."

　백무향은 무심하게 국화꽃을 밟으며 그녀와 나란히 걸었다.

　"그렇다면 대공녀는 커다란 짐을 덜었소. 나로서는 혼례를 사전에 막지 못해 분한 일이지만, 그 사악한 놈이 죽었으니 천하로서는 다행한 일이오."

　"왜 그렇게 확신하십니까?"

“몰라서 묻는 거요? 소견은 천색요골의 요녀요. 그녀와 접한 사내는 모두 정혈이 고갈돼 죽는다 하였소. 나는 마왕지상이기에 무사했지만 여태 소견을 품은 사내 놈들은 죄다 죽었소. 현사군, 그놈이 고자가 아닌 다음에야 어찌 살 수 있겠소?”

태옥교의 얼굴에 어두운 그늘이 드리어졌다.

“현사군은 지극히 교활하며 심기가 깊은 악마입니다. 벽라마원을 격파해 병합한 그로서는 오행천의 재건을 목전에 두고 있습니다. 그러한 그가 단지 미색을 탐해 환희마후와 혼례를 올렸겠습니까?”

“……?”

“현사군 역시 자신이 죽지 않을 자신이 있었기 때문입니다. 만일 여태 소견을 품은 모든 사내가 죽었다면 현사군 역시 소견과의 혼례를 거부했을 것입니다. 하지만 백 공자께서 소견과 연분을 맺고도 멀쩡히 살아 있기에 그도 소견과의 혼례를 결정할 수 있었을 겁니다. 사실 백 공자가 마왕지상을 지녔기에 천색요골의 요녀와 교합하고도 살 수 있었다는 얘기는 설득력이 없습니다.”

백무향은 국화꽃을 하나 꺾어 들고 꽃잎을 으적으적 씹었다.

“왜 설득력이 없다는 거요?”

“소녀가 조사한 바에 의하면 이백여 년 전 폐월요화로 불린 요녀가 천색요골의 소유자로 확인되었습니다. 일전에 백 공자께서 언급하신 도완완이란 여인이 바로 폐월요화입니다. 그녀의 사문은 세상에 거의 알려지지 않은 신녀문이며, 당시 천하를 대혈란에 빠뜨릴 뻔했지요."

태옥교가 신녀문이란 문파를 거론하자 백무향은 가슴이 뜨끔해졌다.

'정말이지 끔찍할 만큼 총명한 계집이군. 이백 년 동안 묻혀 지내온 신녀문의 존재를 찾아냈단 말인가?'

태옥교는 지붕과 난간 모두가 국화로 치장된 누각으로 올랐다. 누각은 정원 중앙에 위치하기에 누락 위에 서면 정원을 장식한 수만 송이의 국화를 한눈에 내려다볼 수 있었다.

태옥교는 찻주전자에 국화차를 넣고 향이 우러나기를 잠시 기다렸다.

"당시 폐월요화는 마왕지상을 지닌 풍운마제와 정분을 맺었지만 그가 없는 동안에는 여러 사내와 교접을 가졌습니다. 대부분 죽었지만 극히 일부는 살았다고 합니다. 이런 기록과 풍문을 엮어 판단한다면, 천색요골의 여인이라 하여 모든 사내를 죽일 수 있는 것은 아닙니다. 아마 현사군도 그 정도는 파악하고 청혼을 했을 겁니다."

백무향은 국화꽃으로 수놓아진 난간을 따라 걸으며 묵묵히 듣기만 했다.

태옥교는 그윽한 향기를 풍기는 국화차를 잔에 따라 백무향에게 먼저 권했다.

"먼 길을 오시느라 갈증이 심하실 겁니다. 천천히 식혀 드시면 갈증을 해소하실 수 있습니다."

"고맙소."

백무향은 차를 한 모금 마셨지만 심각한 고민 때문인지 맛과 향기를 느낄 수 없었다.

태옥교는 우아하게 차를 음미하고는 말을 이었다.

"현사군이나 소견 모두 오행마단의 대통합을 노리는 사람들입니다. 소견은 자신의 몸을 통해 현사군을 죽일 수 있다고 자신했겠지만 현사군은 그보다 지혜로운 자입니다. 천랑성의 기운을 받고 태어난 천하의 기재는 천색요골이라 해도 결코 죽일 수 없습니다. 결국 최후의 승자는… 현사군이 되겠지요."

백무향은 가슴 한쪽이 서늘해졌다.

"최후의 승자라니? 그럼… 소견이 죽는단 말이오?"

"그럴 가능성이 높습니다."

"뭐, 뭐요?"

"현사군이 원수로 꼽는 사람은 소녀와 백 공자입니다. 아마 소녀보다는 백 공자에게 더 원한이 깊을 겁니다. 현사군은 잔혹한 심성의 소유자라 자신의 원수와 연관된 사람 모두를 죽이려 합니다. 소견이 비록 환희마궁의 마후라 해도 현사군은 그녀를 백 공자와 정분을 맺은 여인으로 생각할 겁니다.

그가 소견에게 청혼을 한 데에는 백 공자에 대한 복수심도 포함돼 있을 가능성이 높습니다.”

“나에 대한 복수로… 소견과 혼례를……?”

“현사군은 충분히 그럴 사람입니다.”

태옥교가 잠시 차를 마시는 동안 무거운 침묵이 흘렀다.

백무향은 태옥교의 놀라운 분석과 총명함에 할 말을 잃고 말았다.

그녀가 자신과 비교할 수 없는 두뇌의 소유자임을 인정할 수밖에 없었다. 그리고 현사군 역시 그녀가 두려워할 만큼 악마적 지략의 소유자임을 부인하지 않았다.

태옥교가 진정한 의녀이며 협녀라면, 진심으로 그녀에게 조언을 구하고 자신이 행할 바를 묻는 게 도리였다.

그러나 태옥교는 반사귀선의 살해를 사주한 유력한 용의자이다. 그 의혹을 지우지 못하는 한 태옥교는 절대 정의가 될 수 없다는 게 백무향의 고민이었다.

백무향은 맛도 느끼지 못한 채 한 잔의 국화차를 비웠다.

“무을 아우는 지금 어디에 있소?”

“태백무고 연공실에서 광명오절기에 매진하고 있습니다. 광명오절기는 아버님께서 남기는 최후 심득이지요. 무을 도승께서는 사상 가장 위대한 무림맹주로 그 이름을 남기게 될 것입니다.”

“대공녀, 자리를 옮겨 둘만의 대화를 나눌 수 있겠소?”

태옥교는 국화 정원을 둘러보고는 의아한 눈빛을 지었다.

"이곳은 제 개인 정원이기에 누구도 엿들을 수 없는 곳입니다. 어떤 비밀도 새어 나가지 않으니 편히 말씀하십시오."

"태백궁을 벗어난 장소였으면 좋겠소."

"……."

"아, 오해하지 마시오. 내가 강제로 대공녀를 품을 만큼 음탕한 색마는 아니니까."

태옥교는 얼굴을 붉히며 소매를 들어 가렸다.

"당치 않으십니다. 소녀의 구애를 거부하신 공자가 아니십니까? 소녀는 당시의 일만 생각하면 지금도 부끄럽기만 합니다."

"지난 일은 거론하지 맙시다. 공연히 오해를 한 나도 부끄럽기는 마찬가지요."

태옥교가 천천히 몸을 일으켰다.

"알겠습니다. 슬픈 장소이지만 비밀 애기를 나누기에 적당한 곳이 있습니다."

3

가파른 벼랑을 휘감아 도는 북낙하의 물줄기가 가을을 맞아 더욱 깊어 보이고, 멀리 보이는 일엽편주가 가랑잎처럼 넘실거린다.

벼랑 위로 내려선 태옥교는 북낙하를 내려다보며 애잔한 눈빛을 지었다.

"혈사성을 멸하는 날, 이곳에서 제 손으로 현사군을 찔렀습니다. 그때 독한 마음을 먹고 그의 목을 베었다면 그가 악마로 다시 살아나지는 못했을 겁니다. 그랬다면… 아버님께서 타계하시지도 않았겠지요."

백무향은 그녀와 나란히 서서 북낙하를 굽어보았다.

"이런 곳에서 떨어졌는 데도 죽지 않았다면 정말 쇠심줄 같은 목숨을 지닌 놈이로군."

그는 잠시 생각을 정리하고는 자신의 솔직한 심정을 털어놓았다.

"대공녀, 현사군이 오행마단을 통합한 이상 대대적인 혈전이 전개될 것이오. 놈의 마공을 감당할 사람은 나와 무을 정도에 불과하며, 놈의 지략을 간파할 사람은 대공녀가 유일하오. 결국 사심 없이 협력을 해야 하는데, 나로서는 대공녀에 대한 불신 때문에 섣불리 태백궁과 손을 잡을 수가 없소."

태옥교는 서글픈 눈빛으로 시리도록 푸른 하늘을 올려다보았다.

"백 공자께서는 아직도 소녀가 귀선님의 살해를 사주했다고 생각하시는 겁니까?"

"예사천궁에 의해 쏘아진 파옥전은 흉수의 정체를 밝힐 수 있는 확실한 물증이오. 대공녀는 황금성의 마귀들이 예사천궁을 탈취해 갔다고 했소. 하지만 현사군같이 명석한 놈이 왜 반사귀선을 살해해 천하의 공분을 사려 한단 말이오? 그 점에 대해 태옥교는 확실히 해명해야 하오.”

“현사군은 악마적 두뇌의 소유자입니다. 저로서는 그가 왜 귀선님을 살해했는지 판단하기가 쉽지 않습니다. 아마도 개인적인 원한보다는… 백 공자 때문이 아닐까 추측이 됩니다.”

백무향의 눈썹이 칼날처럼 솟구쳤다.

“나 때문이라니? 왜 나 때문에 귀선 노형이 살해됐다는 것이오?”

“진정하십시오, 백 공자. 현사군은 암흑쌍존을 통해 사령독고에 대한 얘기를 들었을 겁니다. 현사군은 치밀한 자이기에 귀선님이 혹시 사령독고를 해소할 약을 조제할 수 있다 판단해 살해를 지시했을 가능성이 높습니다.”

“……”

아주 설득력이 있는 추리였기에 백무향은 선뜻 반론을 제기할 수가 없었다.

‘그렇군. 내게 품고 있는 원한을 감안한다면 그럴 가능성이 아주 높다. 결국… 놈을 만나 확인할 수밖에 없겠군.’

백무향은 한동안 북낙하를 굽어보다가 태옥교를 향해 돌아섰다.

“대공녀, 만일 대공녀의 모든 해명이 거짓임을 밝혀진다면 대공녀가 귀선 노형의 살해를 사주했다고 생각해도 무방하겠소?"

"무슨 말씀이시온지……."

"솔직히 난 오행마단이 세상을 피로 물들이든 어찌하든 관심이 없는 사람이오. 하지만 현사군은 날 기어코 죽이려 할 테니 결국 싸울 수밖에 없소. 그 싸움에서 내가 살아날 경우, 난 현사군을 통해 사실을 확인할 수 있소. 정말 수하를 시켜 반사 귀선을 살해했는지 놈의 입을 통해 진실을 밝혀낼 것이오."

백무향의 어조가 점점 격해졌다.

"내게는 오행마단의 마귀들보다 귀선 노형의 살해를 사주한 원흉이 진짜 원수요. 만일 죽었다면 시체를 찾아내서라도 도륙을 낼 것이며, 시체조차 못 찾으면 지옥에 가서라도 놈의 혼백을 끌어내 태워 버릴 것이오."

무서운 분노와 원한에 태옥교의 안색이 희게 변했다.

"귀선님과는… 정말 교분이 두터우셨군요."

"자, 이제 밝히시오. 지금 자백하면 당신을 죽여 귀선 노형의 원혼을 위로하는 것으로 모든 일을 매듭짓겠소. 이 사실을 비밀에 부쳐 태백궁과 당신 부친의 명예에 어떠한 손상도 입히지 않을 것을 맹세하겠소."

태옥교의 두 눈에 눈물이 그렁그렁 맺혔다. 그녀는 너무도 억울한 듯 입술을 곱씹었다.

"너무하십니다, 백 공자. 소녀와 일 년 반 넘게 우여곡절을 함께 겪었는데 아직도 소녀를 믿지 못하십니까?"

"잘 생각해서 답변하시오. 사람이 야망을 품게 되면 누구나 사욕 때문에 죄를 지을 수밖에 없소. 광명신검은 나도 존경하는 위대한 무인이오. 그의 빛나는 명예가 딸의 추악한 야망 때문에 더럽혀지는 것을 원치 않소. 지금 자백하지 않으면 난 당신의 죄악을 밝혀 세상에 공개할 수밖에 없소."

"흑, 오해이십니다. 제가 어찌 스승님과 다름없는 분을 살해할 수 있겠습니까?"

백무향은 자신의 근거 없는 강압이 괴로웠지만 끝까지 밀어붙였다.

"대공녀, 당신의 결백을 맹세할 수 있겠소?"

"물론입니다. 제 목숨을 걸고 하늘에 맹세합니다."

"당신 아버지의 명예를 걸고 맹세하시오."

"예에?"

"그래야 하오. 대공녀에게 있어 광명신검은 하늘보다 숭고한 존재였으니 광명신검의 명예를 걸고 맹세하시오."

태옥교는 털썩 주저앉으며 애절한 눈물을 뿌렸다.

"흑흑, 왜 저를 이토록 괴롭히는 겁니까?"

백무향은 그녀를 직시하며 강경하게 주문했다.

"내가 사령독고의 금제에서 벗어나지 않기를 원하는 사람은 현사군뿐만 아니라 당신이 될 수도 있기 때문이오. 어서 광명신검의 명예를 걸고 맹세하시오."

"제 아버님의 명예를 걸고 맹세한다면… 절 믿어주시는 겁니까?"

"더는 대공녀를 추궁하지 않겠소."

태옥교는 소매를 눈물을 찍고는 결연한 표정을 지었다.

"저, 태옥교는 존경하신 아버님 광명신검의 명예를 걸고 반사귀선님의 살해와 무관함을 맹세합니다."

그녀는 거듭 맹세를 하자 백무향은 더는 그녀를 몰아붙일 수 없었다. 하기는 그녀의 자백을 기대하기는 애초부터 무리일 수 있었다.

백무향은 푸른 하늘가로 시선을 돌렸다.

"당신이 결백하다면 난 천벌을 받겠지만, 당신이 세상을 속였다면 이제 당신 부친이 용서치 않을 것이오. 부디 당신이 결백하기를 바라겠소."

그는 북낙하를 향해 훌쩍 뛰어내렸다. 한 마리 새처럼 하강한 그는 어기비행술을 펼쳐 북낙하의 물줄기를 따라 멀어져 갔다.

태옥교는 그가 시야에서 완전히 사라지자 참담한 표정을 지으며 무너지듯 바닥에 엎드렸다.

그녀의 어깨가 심하게 들썩인다.

오열!

부친의 명예를 건 거짓 맹세는 그녀에게 너무도 엄청난 심적 고통이었다.

천하를 속이고 반사귀선의 살해를 사주하는 극악한 죄를 저질렀어도 그녀는 태백궁과 태씨 가문을 위해서라는 명분으로 자신을 비호할 수 있었다. 하지만 자신이 하늘처럼 존경하는 부친의 명예를 걸고 거짓된 맹세를 했다는 것은 참담한 치욕이며, 수모였다.

한동안 오열하던 태옥교가 감정을 가라앉히고는 몸을 일으켰다. 그녀의 얼굴에서 섬뜩한 살기가 피어올랐다.

"백무향! 넌 결코 진실을 밝혀낼 수 없다. 내가 죽어 지옥에 떨어진다 해도 난 후회하지 않을 것이다. 내 핏줄을 이은 태씨 가문의 후예들이 백세, 천세 동안 가문을 지키고 태백궁이 천하제일의 문파로서 존속할 수 있다면 기꺼이 내 한 몸을 바칠 것이다."

실로 무서운 집념이며 야망.

세상을 위협할 진정한 마녀는 태옥교, 바로 그녀였다.

4

신혼 사흘째.

현사군은 소견과 이틀 밤을 함께 지냈지만 전혀 죽을 사람처럼 보이지 않았다.

첫날밤에는 새벽 무렵 소견을 한 번 더 품고도 거뜬하게 깨어났다. 낮에는 소견과 함께 산책을 즐기고 마황진경에 대해

강론까지 해주었다.

첫날 소견은 현사군의 생명력에 크게 놀랐지만 다음날을 기대했다.

한데 둘째 날도 마찬가지였다. 현사군은 낮에도 그녀를 상대로 교접을 벌이는 절륜한 정력을 자랑했다.

소견을 심한 갈등과 혼란에 휩싸였다.

현사군을 죽이지 못하면 그녀가 애써 이룬 환희마궁의 기반을 통째로 내주어야 할 상황이었다.

현사군은 극마지경에 이르렀기에 무공으로는 도저히 상대가 될 수 없었다. 그녀가 자부하는 색환박심마공도 마황진경을 터득한 그에게는 무용지물이었다.

그녀가 현사군을 죽일 수 있는 단 하나의 방법은 자신의 육체뿐.

작심을 한 그녀는 사흘째 밤에 격정적인 정사를 펼쳤다.

그녀도 일말의 양심이 있어 그동안 가슴속에 백무향을 담고 있었기에 적극적인 교접은 자제했다. 하지만 위기에 처하게 되자 마성이 발동되었다.

소견이 이렇듯 뜨거운 밤을 보내기는 무산 총단에서 백무향과의 재회 이후 처음이었다. 그녀는 현사군을 백무향으로 생각하며 정사를 벌이자 한껏 달아오를 수 있었다.

환희의 정사가 아니라 죽음의 정사.

그렇게 사흘째 밤이 지나갔다.

"아악!"

멀리서 들려오는 처절한 비명 소리에 소견은 깊은 잠에서 깨어났다. 정신을 차리고 둘러보니 커다란 침상에는 그녀 혼자뿐이었다.

그녀는 지난밤서부터 새벽까지 수차례나 현사군을 상대로 정사를 벌였기에 몸이 나른했다. 자신이 생각해도 무리한 교접이었다.

'이러고도… 죽지 않았단 말인가?'

소견은 그만 좌절하고 말았다.

환희마궁의 궁주가 되어 지옥마부와 축융마곡을 차례로 병합하면서도 그녀는 한껏 자부심에 취해 있었다. 자신의 색공이라면 천하를 굴복시킬 수 있으리라 자신했다.

그러나 오행마단을 통합하기도 전에 그녀 자신이 굴복해야 할 상황에 처하게 되었다. 그녀의 상대는 천색요골의 색기조차 해소할 수 있는 절대마황이었던 것이다.

"악!"

또 한 차례 들려오는 비명 소리에 소견은 퍼뜩 상념에서 깨어났다.

'이게 웬 비명 소리이지?'

급히 옷을 걸쳐 입은 소견은 오행마환을 손가락에 끼고 밖으로 나섰다.

즐비한 시체를 대한 그녀는 자신의 눈을 의심하였다. 머리가 으스러져 쓰러져 있는 시체는 환희마궁 소속의 여제자들로, 모두 그녀의 측근 시위였던 것이다.

'현사군! 네놈이 배신을?'

대번에 상황을 파악한 소견은 대전 광장으로 날아갔다.

대전 앞의 광장 곳곳으로 환희마궁 여제자들의 시체가 널브러져 있었다. 과거 지옥마부와 축융마곡에 속했던 제자들은 이미 황금성 전사들과 한통속이 되어 있었다. 불과 이틀 사이에 모두 매수돼 황금성에 충성을 맹세한 것이다.

어찌 본다면 당연한 결과일 수 있었다.

신녀문을 침공했다가 백무향의 개입으로 패퇴한 상황이기에 소견의 장악력은 크게 떨어져 있었다. 대결을 펼친다 해도 황금성에 의해 궤멸될 것은 명약관화한 일이다. 어차피 소속에 대한 지극한 충성심도 없는 상황에서 유리한 진영으로 자리를 옮기는 것은 순리일 수 있었다.

이에 반발한 사람들은 환희마궁 본래 소속인 여제자들뿐이었다. 그러나 이미 사대마단의 마인들이 규합된 황금성과의 대결은 무기력한 몸부림에 불과했다.

암흑쌍존과 맞서 싸우던 난화령과 국화령이 차례로 죽으면서 환희마궁 여제자들은 전의를 상실하고 말았다.

환희사화령 중 유일하게 살아남은 매화령은 환희마궁 최강의 정예들인 환희백엽을 관장하고 있었지만 자칫 개죽음이 될 저항이기에 반발을 자제하고 있었다.

이때 소견이 장내로 날아들며 오행마환을 날렸다.

"죽어라, 반도들!"

피잉—!

오행마환은 한줄기 빛이 되어 묵영존을 향해 뻗어 나갔다. 마황삼보 중 하나인 오행마환은 금강지체도 파괴할 위력을 지녔기에 호신강기로도 막을 수 없다.

묵영존과 같은 절세고수도 기습적인 오행마환의 공격에 얼어붙고 말았다.

그 순간 아찔한 핏빛 섬광이 사위를 붉게 물들였다.

퍼엉!

일진 폭음과 함께 오행마환이 위력을 잃고 허공 높이 튕겨져 올랐다.

"하하하, 마후는 좀 더 단잠에 빠져 있지 그랬소?"

현사군은 섭물진기로 오행마환을 끌어들였다. 그의 손에는 동강난 핏빛의 반검이 쥐어져 있었다. 바로 마황삼보 중 하나인 파천마검이었다.

현사군의 앞으로 내려선 소견이 표독스럽게 외쳤다.

"네놈이 감히 본 궁의 제자들을 마음대로 죽였단 말이냐?"

"진정하시오, 마후. 본좌에게 충성하는 자는 살고 거역하는 자는 죽는다. 아주 간단한 논리 아니겠소? 이제 마후도 선택해야 할 순간이 왔소."

"미친놈! 난 삼개마단을 병합한 환희마후다. 누가 감히 날 굴복시킨단 말이냐?"

현사군은 파천마검을 허리춤의 검집에 꽂았다.

"어리석은 계집, 아직도 상황 판단을 못하는 것이냐? 내 곁에서 잠자리 시중이라도 들고 싶으면 순순히 굴복해라. 네가 비록 천하고 더러운 계집이지만 침상에서의 기교는 가히 천하제일이었다."

"닥쳐!"

소견은 소수진기를 운기해 양손에 모았다. 그녀의 두 손이 하얗게 물들었다. 환희마궁의 절기인 소수마공이었다.

"내게 거역하는 놈은 모두 죽는다!"

소견은 앙칼지게 외치며 현사군을 향해 달려들었다.

콰류류류!

새하얀 기류가 분출되면서 바닥에 허옇게 얼어붙었다.

현사군은 오만한 미소를 머금고는 냅다 일권을 내질렀다.

"가소로운 것!"

은은한 우렛소리와 함께 강기를 동반한 권공이 그대로 뻗어 나갔다.

콰아아아앙!

엄청난 폭음과 함께 얼음덩이가 허공에 난무하는 와중에 한줄기 비명이 울려 퍼졌다.

"아악!"

소견은 울컥 피를 토하며 뒤로 밀려 나갔다. 사자 석상에 부딪친 그녀는 또 한 번 피를 토하고는 털썩 주저앉았다.

단 일격의 승부에 매화령을 비롯한 환희마궁 여제자들은 새파랗게 질리고 말았다. 현사군이 보여준 마황진경의 마공에 경악하였고, 그에 비해 자신들의 상전이 얼마나 허약한지 절실히 깨닫게 된 것이다.

황금성 금상이 소견의 머리채를 쥐고 질질 끌고 갔다. 삼개마단을 통합한 마후가 졸지에 개만도 못한 신세가 된 것이다.

금상은 현사군 앞에 소견을 내던졌다.

"어서 충성을 맹세하고 성주님의 자비를 구하라!"

소견은 자신의 처지가 너무도 한심스러웠다. 현사군의 일초지적도 안 되는 무공으로 오행대마후에 오르려 했으니 그 야망이 얼마나 부질없었는지 통렬하게 깨달았다.

불현듯 백무향을 떠올린 그녀는 그에 대한 죄책감과 부끄러움에 죽고만 싶었다.

"죽여라! 너 따위한테 굴복하지는 않겠다!"

현사군은 오행마환을 매만지며 비릿한 웃음을 흘렸다.

"크훗, 뜻밖이군. 지난밤 네가 벌인 작태를 감안하면 내 신발이라도 핥으며 목숨을 구걸할 줄 알았는데?"

"비열한 새끼. 넌 사내도 아니다!"

"더러운 계집! 넌 애초부터 살려줄 생각이 없었다. 불구대천의 원수인 백무향, 그놈과 놀아난 년을 어찌 살려줄 수 있겠느냐?"

현사군은 오행마환을 낀 손가락으로 소견의 미간을 가리켰다. 오행마환이 발출되는 순간 소견은 머리 없는 귀신이 되고 말 것이다.

그때 매화령이 환희백엽과 함께 부복하며 간절히 청했다.

"성주님, 패배를 인정하고 충성을 맹세합니다. 선대의 협정에 따라 자비를 베풀어주십시오!"

선대의 협정이 거론되자 현사군은 심하게 눈살을 찌푸렸다.

오행마단의 선대 종주들이 맺은 협정에 대해서는 지난번 벽라마원을 복속시키면서 들은 적이 있었다. 하지만 그는 혈훼가 외부인과 작당해 자신의 사부인 금강마존을 살해한 죄를 들어 혈훼를 참살했다. 이유야 어쨌든 선대의 협정을 무시한 것이다.

한데 환희마궁의 제자들이 다시 선대의 협정을 내세우자 그는 다소 고민이 되었다.

소견은 혈훼와 달리 스스로의 힘으로 삼개마단을 병합한 마후의 신분이다. 그의 사적인 원한 때문에 또다시 선대의 협정을 무시하고 죽인다면 제자들의 반발과 불신을 야기시킬 우려가 있게 된다.

매화령은 현사군이 갈등하는 모습을 보이자 기회를 놓치지 않고 다시 간청을 올렸다.

"성주님, 어떤 의도였든 간에 예법과 격식을 밟아 마후와 혼례를 맺지 않았습니까? 마도의 법이 아무리 가혹해도 지아비가 아내를 죽일 수는 없습니다."

지켜보던 암흑쌍존이 그녀를 편들었다.

"성주, 선대의 협정은 준수되어야 하오이다."

"환희마후에 대한 처결은 보류하시지요."

현사군은 잠시 소견을 바라보다가 손을 거두었다.

"알겠다. 선대의 협정을 준수해 환희마궁 제자들을 거둬들이겠다. 하지만 환희마후 소견은 본좌에 대한 충성을 맹세하지 않았으니 직위를 폐하고 뇌옥에 가두겠다. 향후 개심한다면 본좌가 자비를 베풀 것이다."

소견은 언제든 죽일 수 있기에 그는 오행마단의 결속을 위해 한껏 아량을 베푸는 조치를 취했다. 이어 매화령에게 오행마환을 건네 환희마궁의 새로운 궁주로 삼았다.

"네가 잠시 환희마궁을 이끌어라. 오행천을 재건하면 널 오행총감으로 삼겠다."

"신명을 바쳐 충성을 다하겠습니다."

오행마환을 하사받은 매화령은 휘하 제자들에게 명했다.

"죄인 소견을 당장 뇌옥에 가둬라!"

소견은 가장 믿었던 매화령의 변심에 분노했다.

"매화령! 네가 어찌 이럴 수 있으냐? 사부님께서 용서치 않을 것이다!"

그녀는 하루 전까지만 해도 자신에게 충성을 바쳤던 수하들에 의해 뇌옥으로 끌려갔다.

오행마단의 대통합이 이룩되자 금상이 들뜬 모습으로 아뢰었다.

"성주, 이 기쁜 소식을 총상께 아뢰야겠소이다."

"하하, 물론이오. 곧바로 귀환할 것이니 성대한 연회를 마련토록 통보하시오."

현사군은 여덟 명의 시위가 메는 팔인교에 올라앉았다.

"성으로 귀환한다!"

제 56 장

대혈전의 막은 오르고

1

반사곡의 상황은 크게 달라지지 않았다. 수백 개의 막사와 움막이 빈민촌처럼 빽빽이 서 있고 병자들의 신음 소리가 끊임없이 이어지고 있었다.

다만 과거의 음울한 분위기와는 달리 간간이 웃음소리가 들려올 만큼 전체적으로 분위기가 밝아졌다. 과거 병자들과 그 가족들은 먼저 진단을 받고 약을 받기 위해 다툼을 벌였지만, 지금은 음식을 서로 나눠 먹으면서 한 가족처럼 지내기도 했다.

이런 분위기는 다정선자로 호칭되는 소엽이 처음 이끌어 냈고, 각성한 병자들과 그 가족들도 삶의 집착에서 벗어나게 되었다.

소엽은 바싹 여윈 노인을 진맥하고는 부드럽게 위로해 주었다.

"많이 좋아졌어요. 사나흘만 요양하면 충분히 걸으실 수 있겠어요."

"아이고, 선자님, 고맙습니다요. 건강을 되찾으면 남은 생은 선자님처럼 남을 도우면서 살겠습니다요."

"그래요. 정말 훌륭하신 생각입니다."

소엽은 옆의 막사로 이동해 다른 환자를 돌보았다.

그녀는 여전히 소복 차림이었다. 마치 친부모를 여윈 자식처럼 소복을 입고 반사귀선 묘소 앞의 움막에서 지내고 있었던 것이다.

반사귀선의 피살은 엄청난 충격이었기에 그녀는 한동안 슬픔과 상심 속에서 지냈지만 이제는 병자들과 가벼운 농담을 할 만큼 안정을 되찾았다.

백무향은 구릉 위의 나무에 기대서서 그런 소엽의 모습를 지켜보고 있었다.

소엽이 병자들의 더러운 피고름을 입으로 빨아내는 모습을 보면서 그는 안쓰러웠고, 나병 병자들과 어울려 식사하는 모습을 볼 때는 존경스럽기까지 했다.

'강제로 데려갈 수도 없겠군.'

백무향은 마른 풀 한 잎을 뽑아 들고 질겅질겅 씹었다.

본래 그는 소엽의 안전을 우려해 그녀를 멀리 남해로 보내려 하였다. 연후 오행마단과의 일전이 종결되면 자신도 중원을 떠나 남방에서 지낼 계획이었던 것이다.

한데 병자들에 대한 치료를 자신의 사명처럼 여기고 있는 소엽을 보면서 생각을 바꾸어야 했다.

지금의 소엽이라면 병자들을 내버려 둔 채 도피하지 않을 것으로 생각되었다. 물론 그녀를 무력으로 제압해 억지로 떠나보낼 수 있겠지만, 그것은 결코 그녀를 위한 배려가 아닐 것이다.

백무향은 날이 저물어 소엽이 반사곡 안으로 들어갈 때까지 묵묵히 지켜보기만 했다.

'그래, 소엽처럼 멍청한 사람들이 있기에 세상이 유지되고 있는 거겠지.'

그는 씁쓸한 심정으로 걸음을 옮겼다. 문득 과거의 뇌천검제를 떠올린 그는 지그시 이를 악물었다.

'창해, 넌 역시 멍청한 사람 중 하나였다. 무림공적이 된 친구를 구하기 위해 자신을 희생했으니 말이야.'

뇌천검제 국창해를 떠올리자 죄책감과 수치심에 가슴이 답답해졌다.

신녀문을 찾아가 지난 과오를 해소했으니 풍운마제로서 지었던 죄는 씻은 셈이다. 하지만 자신을 위해 목숨을 던진 우정의 빚은 어찌 보답한단 말인가?

자신의 손에 뇌천검이 쥐어져 있고, 많은 사람들이 자신을 뇌천검제의 후예로 생각하고 있는 상황이기에 그의 행보는 뇌천검제의 명예와도 직결된다.

과연 자신을 위해 목숨을 던진 뇌천검제를 위해 조금의 보답이라도 하였는가.

백무향은 스스로를 향해 반문하면서 심한 자책감에 젖었다.

'창해, 너에 대한 죄를 어찌해야 씻을 수 있겠느냐?'

그는 허리춤의 검을 뽑아 들었다.

파지직!

검극에서 절로 뿜어지는 번갯불과 같은 검기는 보기에도 위협적이었다.

'이 검은 창해의 검이다. 전설적인 영웅으로 추앙받는 뇌천검제 국창해의 검! 내가 공교롭게 벼락을 맞아 뇌천진기를 지닌 덕분에 뽑을 수 있지만, 내가 지니기에는 부담스런 검이다.'

그렇다고 뇌천검을 함부로 버릴 수도 없었다. 그것은 자신을 구하기 위해 대신 희생한 친구에 대한 모욕이자 배신이기 때문이다.

뇌천검을 회수한 백무향이 둥실 떠올랐다. 비로소 그가 해야 할 바를 분명하게 깨달은 것이다.

'내가 뇌천검제로 살아갈 수는 없지만 한 번 정도는 정의

를 위해 검을 뽑아야 할 책임감이 있다. 그것이 뇌천검의 본래 주인인 창해에 대한 보답이 될 것이다.'

강호의 정의 무림정기의 수호!

풍운마제인 그에게는 전혀 어울리지 않은 취지이지만 뇌천검제는 절대 마다하지 않을 사명이다.

그는 오행마단 토벌을 준비하기 위해 사해문 총단을 향해 날아갔다.

"오냐, 한번 싸워보자, 마귀들!"

2

황금성에 복속된 환희마궁의 총단은 짙은 어둠 속에 잠겨 있었다. 야음을 타고 부엉이 소리만 은은하게 들려올 뿐 주변은 적막했다.

이때 하나의 그림자가 뇌옥에서 소리 없이 빠져나왔다.

뇌옥 입구를 지키는 자들은 황금성에서 파견된 전사들이었는데, 지금은 머리가 으스러진 고혼이 돼버렸다.

뇌옥을 나선 자는 복면을 뒤집어썼지만 풍만한 가슴으로 미루어 여인으로 보였다. 그녀의 등에는 여죄수가 업혀 있었다.

여죄수는 제대로 씻지 못해 때가 덕지덕지했지만 놀라울 만큼 빼어난 이목구비를 지닌 절색의 소유자였다. 바로 얼마

전까지만 해도 환희마궁을 호령했던 환희마후 소견이었다.

소견을 등에 업은 복면녀는 총단 내의 지리에 익숙한 듯 순찰무사들의 감시를 피해 빠르게 이동했다.

일각이 조금 지나 그녀는 환희마궁 밖으로 나설 수 있었다. 환희마궁 내에서 여태 경보가 울리지 않는 것으로 미루어 소견의 탈옥 상황은 아직 발각되지는 않은 모양이었다.

개울가에 이른 복면녀는 소견의 몸에 박혀 있는 금침을 뽑고 얼굴을 씻겨주었다.

제압된 혈도의 금제가 해소되자 소견이 스르르 눈을 떴다.

"마후!"

복면녀가 얼굴을 가린 복면을 벗으며 소견의 손을 쥐었다. 놀랍게도 매화령이었다. 그녀는 현사군에게 충성을 맹세했으니 소견의 입장에서 보면 배신자나 다름없었다. 한데 그런 그녀가 뇌옥을 지키는 전사들을 살해하고 소견을 구출한 것이다.

"마후, 제가 황금성주에게 충성을 맹세한 것은 대세를 거스를 수 없었기 때문입니다. 제발 이해해 주십시오."

소견은 서글픔 미소를 머금으며 몸을 일으켜 앉았다.

"알아요, 매화령. 만일 끝까지 반발했다면 본 궁의 제자들은 모두 죽었겠지요."

"어서 떠나세요."

매화령은 소견의 손가락에 오행마환을 끼워주었다.

"강력한 마병이니 마후를 지켜줄 것입니다."

"반도인 날 탈출시켰으니 매화령도 무사하지 못할 것입니다. 함께 떠나요."

"그럴 수 없습니다. 제가 궁을 떠나면 환희백엽을 비롯한 환희마궁 여제자들은 모두 죽음을 면치 못합니다."

소견은 매화령을 감싸 안으며 얼굴을 묻었다.

"미안해요. 내 능력이 부족해 사부님의 유시를 수행하지 못했어요. 본 궁의 힘으로 오행마단의 대통합을 이루려 했는데……."

"마후는 최선을 다했어요. 상대가 너무 강했을 뿐이지요. 황금성주는 파천마황의 화신과도 같은 존재입니다. 곧 오행천 부활이 공식 선포됩니다. 황금성주는 오행마황으로 등극한 후 마도천하를 향한 대규모 전투를 계획하고 있습니다."

매화령은 귀한 패물이 든 주머니를 소견의 품속에 넣어주었다.

"중원은 머지않아 오행천의 세상이 될 것입니다. 마후는 중원을 떠나 새외로 피신해야만 안전할 수 있습니다. 무림과는 연을 끊으시고 평범하게 살아가십시오."

"매화령……."

"어서 떠나세요. 황금성 전사들에게 발각되면 저도 더 이상 마후를 지켜 드릴 수 없습니다."

"알았어요."

소견은 몸을 일으켜 세웠지만 진한 아쉬움과 깊은 정분 때문에 쉽사리 발이 떨어지지 않았다. 한데 그때였다.

때—때땡—!

요란한 경종 소리가 야음을 뚫고 들려왔다. 소견의 탈옥이 발견된 듯싶었다.

매화령이 소견을 떠밀었다.

"어서 가세요! 어서!"

소견은 잠시 그녀를 바라보다가 훌쩍 몸을 날렸다.

"고마워요, 매화령."

매화령은 소견이 완전히 사라지기를 기다렸다가 환희마궁으로 달려갔다. 소견의 탈옥을 외부인의 소행으로 조작하고 추격대를 구성해야 하기 때문이다.

한편 소견은 수림 사이를 헤집고 최대한 멀리 도주하는 데 주력했다.

두 시진 이상을 줄곧 달려서야 그녀는 신형을 멈춰 세우고 잠시 숨을 돌릴 수 있었다. 달도 없는 깊은 밤이기에 환희마궁의 추격은 크게 우려하지 않아도 되었다.

문제는 어디로 피신해 살아가느냐에 있었다.

어렸을 적 수적들에게 납치된 이후 그녀는 구만산에서 산적 생활을 하며 지내왔다. 그러다 백무향을 만나 중원으로 들어왔다가 원치 않게도 환희마궁의 제자가 되고 말았다. 어쨌거나 환희마궁은 그녀의 사문이었는데 이제 궁을 떠나게 되자 막막하기만 했다.

이 넓은 중원 천지에 그녀가 아는 사람이라곤 전혀 없었다.

'무향……'

그녀는 문득 백무향을 떠올렸지만 그를 만나기도 두려웠다. 일전에 축융화탄을 터뜨리면서까지 그를 죽이려 하지 않았던가.

'무향은 절대 날 용서하지 않을 거야. 아, 이제 어떻게 해야 하지?'

한때 오행마단을 호령한 마후의 신분이었기에 그녀는 이제 어떤 세상에서도 살 수가 없는 몸이 되었다.

현사군이 마도천하를 이루어도 그녀는 반도로 낙인 찍혔기에 용납될 수 없고, 정파가 승리해 광명의 세상이 되어도 마녀로 인식된 그녀가 설 자리는 없다.

매화령의 조언대로 멀리 새외로 가서 살거나 사람의 발길이 닿지 않는 심산유곡에 은신해 살아야 하는 것이 그녀의 신세였다.

한참을 고민하던 그녀가 마침내 자신의 행로를 정하고 입술을 질끈 깨물었다.

'그래도 날 이해해 줄 사람은 무향뿐이다. 설사 죽더라도 무향의 손에 죽는다면… 후회는 없어. 목숨을 부지하기 위해

더 이상 구차하게 살지는 않겠다.'

3

북망산 태백궁 의사청.

이원사전팔각의 수뇌들이 참석한 가운데 심각한 논의가 진행되고 있었다.

오행천의 재건!

황금성주 현사군은 대통합을 이룬 오행마단을 오행천으로 개명하고, 스스로 천주에 올라 파천마황의 후예임을 공식 선포했다.

오행천은 무림 사상 가장 강력한 마단으로 아직까지 천하인들에게 공포의 존재로 인식되고 있다. 이름만으로도 두려운 오행천이 현실로 재현되면서 무림천하는 대혼란에 빠졌다.

더욱이 광명신검이 타계한 상황이기에 백도를 이끌 강력한 영도자가 없다는 것이 무엇보다 문제였다. 아직 태백궁이 건재하지만 황금성의 침공을 당한 이후 태백궁의 위엄과 영향력은 상당히 쇠퇴했던 것이다.

"…이상이 지금까지 입수된 오행천에 관한 모든 정보이외다."

호밀원주가 보고를 마치자 수뇌들의 표정이 무겁게 굳어졌다. 오행천의 공격적인 행보가 너무도 빨랐던 것이다.

청룡전주가 먼저 자신의 의견을 피력했다.

"대공녀, 오행천이 우선적으로 사해문 총단을 공격한다는 정보는 확실한 것 같소. 현사군은 혈사성 시절 여러 번 사해문과 충돌하지 않았소? 게다가 사해문의 전 태상인 뇌천공자와는 불구대천의 원수 사이가 아니오? 즉각 본 궁의 정예들을 파견해 사해문을 지원해야 하오. 또한 무림첩을 발부해 백도 연합의 결성을 촉구합시다."

수뇌들 모두가 그의 의견에 동조했다.

"청룡전주의 말씀이 옳소. 입술이 없으면 이가 시린 법이오. 오행천 마귀들이 사해문을 격파하면 곧바로 본 궁으로 침공해 올 것이오."

"오행마단이 통합을 이루는 과정에서 무서운 마왕들이 상당수 죽었다고 들었소. 현사군이 채 정비를 갖추지 않고 마도천하의 야욕을 드러낸 것은 과욕이며, 오만이오. 천하가 협력하면 이번 기회에 오행천 마귀들을 섬멸할 수 있소."

태옥교는 차를 음미하며 묵묵히 수뇌들의 의견을 듣기만 했다. 그러다 수뇌들의 목소리가 조금씩 수그러들자 비로소 입을 열었다.

"상대는 현사군입니다. 그에 대해서는 내가 가장 잘 알고 있지요. 현사군은 실로 교활하고 잔혹하며, 전략과 술수에 능합니다. 신중하게 판단해야만 그의 계략에 빠지지 않을 수 있습니다."

“…….”

“현사군이 목표로 하는 최강의 적은 우리 태백궁입니다. 그런 그가 왜 사해문을 먼저 침공하려 하는지 분석할 필요가 있습니다. 만일 그것이 계략이라면 본 궁의 정예들은 도중에 기습을 당할 우려가 있습니다. 무엇보다 정예들이 빠져나간 본 궁을 어떻게 지킬 수 있겠습니까?”

청룡전주가 강하게 반발했다.

“대공녀, 현 무림에서 사해문은 소림과 무당을 능가할 동조 세력이오. 사해문의 와해는 본 궁으로서도 심각한 타격이 아닐 수 없소. 낙척산까지는 아주 먼 거리가 아니기에 설사 오행천 마귀들이 본 궁을 급습한다 해도 최대한 사수하면서 정예들을 귀환시킬 수 있소. 사해문에 대한 지원은 우리 태백궁의 책임이기도 하오.”

“청룡전주, 나도 괴롭습니다. 하지만 대의를 위해서는 일부의 희생을 지켜볼 수밖에 없습니다. 우리는 아직 오행천의 정확한 전력을 파악하지 못하고 있습니다. 사해문과 오행천의 격돌을 통해 저들의 전력을 확인할 수 있다면 천하를 위해서도 다행입니다.”

청룡전주가 탄식을 지으며 탁자를 내려쳤다.

“허어, 대공녀! 뇌천공자는 마귀의 소굴에서 성주님을 구출해 온 본 궁의 은인이 아니오. 더군다나 혈사성을 격파하는 데 있어 사해문은 큰 공을 세웠소. 어찌 사해문을 희생양으로 삼으려 한단 말이오?"

태옥교는 미간에 어두운 기운이 드리워졌다.

"청룡전주께서는 여산의 참화를 잊으셨습니까? 현사군은 이미 극마지체를 이룬 절대마황입니다. 그를 감당할 수 있는 사람은 무절 천패무광 노선배와 뇌천공자, 그리고 무을 도승뿐입니다. 하지만 무절은 무림사와 무관한 분이기에 과연 오행천과 맞서줄지 장담할 수 없습니다."

그녀는 수뇌들을 쓸어보고는 말을 이었다.

"또한 뇌천공자가 비록 전설적인 정마쌍제의 절기를 지녔지만, 여산에서 보여준 현사군의 마공과 비교한다면 한계가 느껴집니다. 결국 무을 도승과 힘을 합쳐야 하는데, 도승께서는 지금 광명오절기 수련에 몰입돼 있어 중단할 수가 없습니다. 제 판단으론 무을 도승께서 도불쌍절의 절기에다 아버님이 남기신 광명오절기까지 겸비한다면 능히 현사군을 격파할 것으로 생각됩니다. 무을 도승의 출관은 멀지 않았어요. 완벽한 승리를 위해 본 궁은 자중해야 합니다."

잠시 침묵이 흐르는 가운데 주작전주가 입을 열었다.

"대공녀의 깊은 혜안에 동조하오. 사해문의 희생은 괴롭지만 감수할 수밖에 없소. 게다가 오행천 마귀들이 사해문을 침공한다는 포고가 거짓일 수도 있지 않소? 대공녀의 말대로 무을 도승의 출관을 기다립시다. 연후 무림 연합을 결성한 후 오행천을 섬멸하는 게 타당할 것 같소."

"주작전주의 의견에 따르겠소."

현무전주가 동조하자 대다수의 수뇌도 관망하자는 의견으로 기울었다.

자신의 의견을 관철시킨 태옥교는 예를 올리며 청룡전주를 위로했다.

"사해문 문주에게 위기 상황에 처하면 본 궁으로 피신하도록 서찰을 보내겠습니다."

중지가 모아졌기에 청룡전주는 더 이상 자신의 의견을 고집할 수가 없었다. 대의라는 명분 앞에 그도 입을 다물어야 했다.

그렇게 태옥교의 의견이 채택되면서 회의가 끝났다.

태백무고로 향하는 태옥교의 발걸음은 가벼웠다. 그녀의 입가에 절로 미소가 피어올랐다.

'백무향! 마침내 당신의 최후를 보게 되었군. 현사군은 수단과 방법을 가리지 않고 반드시 당신을 죽일 테니까. 이로써 반사귀선의 죽음에 대한 의혹도 묻히게 될 것이다.'

천하제일 영웅의 딸이며 당대의 재녀인 태옥교.

그녀가 이렇듯 무서운 악녀로 변모한 것은 과도한 욕심 때문이었다. 부친의 위대한 업적을 지키려는 명예욕과 자신의 총명에 대한 자부심, 그리고 태씨 가문을 천하제일가로 만들려는 욕망이 그녀의 삶을 바꾸어놓았다.

더욱 안타까운 사실은 그녀가 자신의 과오에 대해 죄책감을 느끼지 않는 데 있었다.

그녀는 자신이 추구해 온 최종 목표가 손에 잡힐 듯 다가왔다는 생각에 짜릿한 쾌감에 사로잡혔다.

'이제 천하는 내 손 안에 있다!'

4

오행을 상징하는 거대한 오색 깃발.

깃발에는 은색 실로 '天'이란 글자가 수놓아져 있었다. 바로 오행천의 깃발이었다.

낙수변에 운집한 오행천 마인들은 무려 일천 명에 달했다.

오행천주 현사군.

그는 자신의 별호를 혈사마황(血邪魔皇)으로 명명하였다. 과거 그와 부친이 창건한 혈사성에 대한 미련과 집착이 엿보이는 별호였다.

황금삼상과 암흑쌍존이 오대마신을 계승해 각기 옛 오행마단의 마인들을 휘하로 삼았다.

이들과 대치해 있는 삼백여 명은 사해문 제자들이었다. 총단에 함께 있던 가족 중에서 노약자는 이미 피신시켰기에 수효는 적어도 사해문 정예들이라 할 수 있었다.

백무향은 풍운쌍로를 돌아보았다.

"정말 괜찮겠소?"

풍운쌍로는 여유있는 미소까지 지어 보였다.

"물론이외다, 태상. 전대의 복수를 할 수 있으니 이 얼마나 영광스런 대결이오?"

"그렇소이다. 사해문의 당당함을 만천하에 알릴 수 있는 좋은 기회외다."

백무향은 사해문 제자들을 천천히 쓸어보았다.

"그렇기는 하지만… 모두가 전사해 사해문의 이백 년 전통이 단절될까 안타깝군."

사해문주 서문취가 공손하게 아뢰었다.

"너무 우려하지 마십시오. 지부와 분타의 제자들이 다시 총단을 세워 사해문의 명맥을 이을 것입니다."

"그렇다면 다행이군. 공연히 나 때문에 사해문이 괴멸되는 것은 아닐까 걱정했는데 말이야."

"당치 않으십니다. 본 문은 태상의 것이 아닙니까? 이백여 년 전 태상님께서 세우셨으니……."

"그만 해, 취. 날 풍운마제로 착각하는 것은 너 혼자만의 상상으로 묶어두어라. 공연히 다른 사람들까지 헷갈리게 하지 마."

"태상님, 진실은 밝혀져야 합니다."

"내 말대로 해. 그게 진실이다."

백무향은 서문취의 어깨를 다독여 주고는 홀로 오행천 진영으로 향했다. 중간 지점에서 걸음을 멈춘 그가 큰 소리로 외쳤다.

"현사군, 한 가지 확인할 사안이 있으니 혼자 나서라!"

그러자 핏빛 광휘가 오행천 진영에서 둥실 떠올랐다. 호신 강기로 몸을 감싼 현사군이 백무향의 앞에 내려섰다.

오행천주에 올라서인지 그의 복장은 더욱 화려해졌다.

무수한 용이 수놓아진 금포를 입었고, 머리에는 군왕처럼 관을 섰다. 어깨에는 윤기가 흐르는 붉은 바람막이를 걸쳤는데, 바닥을 넓게 덮을 만큼 길었다.

현사군은 은은한 핏기가 감도는 눈빛으로 백무향을 직시했다.

"백무향, 마침내 네놈의 가슴을 갈라 심장을 꺼낼 수 있게 되었구나. 네놈의 피와 살을 아버님과 사부님의 영전에 바칠 것이다."

백무향은 심드렁한 표정으로 응수했다.

"이봐, 네 아비는 네가 죽였잖아? 네가 예사천궁으로 아비를 쏘아 죽인 패륜아라는 사실은 세상이 다 알고 있는데 왜 나한테 뒤집어씌우려는 것이냐?"

"보복이 두려운 것이냐, 이 원수야!"

"알겠다. 네가 날 원수로 삼겠다면 네 마음대로 해라. 대신 한 가지 확인할 게 있다."

현사군의 입가에 비릿한 미소가 피어올랐다.

"크훗, 네놈이 나한테 무엇을 확인하려 하는지 이미 알고 있다.”

“역시 똑똑하군. 그렇다면 굳이 길게 설명할 필요도 없겠구나. 어서 답변해 보아라.”

“내가 왜 네놈에게 그 사실을 확인해 주어야 한단 말이냐?”

“반사귀선 노형의 살해를 사주한 행위는 정말 비열했다. 네가 잔악하기는 해도 비열한 놈으로까지 지탄받을 이유는 없지 않느냐?”

“어리석은 놈, 이미 태옥교가 내 소행임을 시사했는데 세상의 멍청이들이 내 말을 믿을 것 같으냐?”

백무향이 진지한 모습으로 말을 받았다.

“난 네 말을 믿는다. 네가 무엇이 두렵다고 거짓말을 하겠느냐?”

현사군은 뒷짐을 진 채 천천히 걸음을 옮겼다.

“후후, 그렇다면 말해주지. 내가 여산 태백무고에 침투한 것은 사실이다. 그곳에서 태옥교의 충견인 잠혼을 죽였고, 목숨을 구걸하는 태옥교마저 때려 죽이려 했다. 한데 광명신검이 깨어나 태백무고 밖에서 일전을 겨루었다.”

“네가 예사천궁을 강탈해 가지 않았어도 네 수하들이 훔쳐 갔을 수도 있지 않느냐?”

“태백무고에 들어간 사람은 나뿐이다.”

“……”

백무향은 잠시 그를 직시하다가 고개를 쳐들며 헛웃음을

흘렸다.

"허헛, 이럴 수가 있단 말인가? 천하제일대협이며 영웅의 딸이 반사귀선의 살해를 사주했다니… 이게 과연 가당하기나 한 일이란 말인가?"

현사군의 입에서 차가운 조소가 흘러나왔다.

"네놈이 받은 정신적 충격과 배신감은 아무것도 아니다. 난 십 년 동안 그 계집을 연모하며 사도 최강의 혈사성을 만들어냈다. 한데 그 모든 것이 태옥교의 무서운 계획이었다. 진실이 밝혀지는 순간 내 육신과 영혼이 산산조각나 버렸다. 할 수만 있다면 내 몸을 갈기갈기 찢고 싶었다."

"조금은 이해가 된다."

"태옥교는 그런 계집이다. 마녀보다 더 잔악하고, 요녀보다 더 음탕하다. 하지만 세상 누구도 그 사악한 계집의 위선과 가증을 간파하지 못하고 있다. 아마 그 추악한 년은 죽어서도 백도의 멍청이들로부터 위대한 성녀로 추앙받게 될 것이다."

현사군은 이를 질끈 깨물며 진저리를 쳤다.

"내 손으로 태옥교를 때려 죽일 수는 있지만, 훗날 그 교활한 것이 받게 될 영광을 생각하면 울분을 금할 수 없다."

백무향은 태옥교의 혐의를 확인하기 위해 다시 물었다.

"그래, 태옥교가 귀선 노형의 살해를 사주했다고 가정하자. 한데 왜 모험을 감수하면서까지 죽이려 했단 말이냐?"

"태옥교가 반사귀선을 죽여야 할 이유는 두 가지로 생각할 수 있다. 첫 번째는 반사귀선이 자신의 중대한 비밀을 눈치챘기 때문이다. 그 계집이 천하를 속일 수는 있어도 백 년을 넘게 살아온 노기인의 예리한 안목에 가증스런 위선이 발각되었을 수 있다. 결국 자신을 지키기 위해 반사귀선을 죽일 수밖에 없었을 것이다."

백무향은 자신도 어렴풋이 유사한 추정을 한 적이 있지만 현사군의 단정적인 추측을 듣게 되자 크게 감탄하였다.

'정말 똑똑한 놈이야. 마도에 빠지지만 않았다면 무림 최고의 영웅으로 추앙받았을 것이다.'

현사군은 백무향에게 시선을 고정시키며 말을 계속했다.

"두 번째는 너의 잊혀진 기억 때문이다."

"내 기억 때문이라고?"

"그렇다. 태옥교는 네가 마정쌍제 중 한 사람의 현신으로 확인되는 것을 두려워했다. 한데 반사귀선은 네 기억을 되살릴 수 있는 의술을 지닌 유일한 사람이지. 그래서 반사귀선을 죽여 네 기억이 돌아오는 것을 차단한 것이다. 물론 기억과 더불어 네 몸속에 심어져 있는 사령독고가 해제되는 것을 막으려는 비열한 의도도 포함되었을 것이다."

백무향은 현사군의 견해를 깊이 수용했다.

"네 애기를 들으니 태옥교가 반사귀선을 죽이지 않을 수가 없었겠구나. 하지만 내 몸의 사령독고는 이미 해소되었으니 태옥교가 몹시 실망했을 것이다."

"사령독고가 해소되었다고?"

"사실이다. 정 못 믿겠다면 낯짝이 똑같은 두 늙은이를 불러다 주문을 외우게 해봐라."

"그럴 필요 없다. 난 독고 따위를 이용해 네놈을 쓰러뜨리고 싶은 생각이 추호도 없으니까."

"이로써 태옥교가 내게 거짓말을 한 것이 확인되었으니, 귀선 노형을 살해한 흉수는 바로 태옥교다. 그년이 감히 제 아비를 치료해 준 은인을 죽였어. 짐승만도 못한 계집!"

"하하핫!"

현사군은 통쾌한 웃음을 터뜨렸다. 공력이 깃든 웃음소리에 낙수가 요동치고 낙척산의 낙엽이 우수수 떨어져 내렸다.

"태옥교의 위선과 가식을 깨달았다니 축하할 일이다. 네놈이 죽기 전에 그나마 진실을 알게 되었구나."

"현사군, 싸움을 잠시 보류해 줄 수 있겠냐? 난 귀선 노형의 묘소 앞에서 맹세했다. 반드시 복수를 갚아주겠다고 말이다. 이제 흉수를 알게 되었으니 태옥교의 목을 베어 귀선 노형의 영전 앞에 바쳐야겠다."

"후후, 미련할 만큼 순진한 놈이로군. 태옥교는 내게도 불구대천의 원수인데 네놈한테 양보할 것 같으냐? 아, 네놈을 죽이기 전에 한 가지 알려줄 게 있다."

현사군은 야비한 웃음을 머금으며 은근한 표정을 지었다.

“네 정혼녀로 알려진 소견이란 계집은 정말 대단하더구나. 내가 여러 부류의 계집을 품어봤지만 그처럼 뜨겁고 색기가 넘치는 계집은 처음이었다. 그 계집의 숨넘어갈 듯한 교성이 아직도 귀에 생생하다. 과연 천색요골의 색녀다웠다.”

“더러운 새끼! 남의 여인을 품었으면 부끄럽게 생각해야지, 왜 주절대는 거냐?”

“하하, 너무 화낼 것 없다. 하찮은 계집이 본 마황을 섬겼으니 영광이라 할 수 있지. 하지만 워낙 음탕하고 추잡한 계집이라 더는 품고 싶지가 않았다. 네놈을 죽인 후 계집은 짐승 우리에 던져 한 마리 암컷으로 만들 것이다.”

백무향은 분노와 치욕에 떨면서도 애써 감정을 억눌렀다.

“비열하고 저속한 새끼! 그러고도 네가 오행천의 종주란 말이냐?”

현사군은 한바탕 웃음을 터뜨리고는 손을 높이 쳐들었다.

“이제 죽어라, 원수!”

그가 일장을 내지르자 엄청난 핏빛 기류가 맹렬한 소용돌이를 일으키며 날아들었다. 극마지공으로 불리는 역천혈류마겁공이었다.

백무향은 급히 폭염마공을 운기해 장심에 폭염열화주를 형성했다.

“오냐, 그렇다면 네놈부터 죽여주겠다!”

그가 폭염열화주를 힘껏 내던지자 불덩이가 유성처럼 뻗

어 나갔다.

꽈아아앙!

어마어마한 굉음이 터지면서 지표가 동심원을 그리며 연이어 폭발했다. 단 일 초의 격돌로 거대한 분화구가 형성되었으니 두 초극고수의 가공할 무공을 실감케 한 광경이었다.

동강난 파천마검을 뽑아 든 현사군이 허공으로 둥실 떠올랐다.

"죽여라— 한 놈도 빠짐없이 모두 죽여!"

그의 영이 떨어지자 오행천 일천 마인들이 괴성을 발하며 달려들었다.

서문취는 검을 뽑아 들고 힘차게 외쳤다.

"진세를 펼쳐라!"

명령에 따라 사해문 제자들이 벼랑가로 물러서며 반원형의 진형을 갖추었다.

이런 진형은 바위 벼랑 덕분에 배후에서 공격을 받지 않을 수 있지만 피신할 길이 전혀 없어 죽음에 이를 때까지 싸워야만 하는 배수진이었다. 하지만 사해문 제자들은 사문의 명예와 영광을 위해 기꺼이 옥쇄(玉碎)를 각오했기에 누구 하나 두려운 기색이 없었다.

서문취가 전면에 섰고, 풍운쌍로가 좌우측을 책임졌다. 삼백여 제자들은 대오를 유지한 채 오행천 마인들이 접근해 오기를 기다렸다.

"천주의 엄명이다! 한 놈도 살려둬서는 안 된다!"

"죽여라— 모두 죽여!"

오대마신의 독려를 받은 마인들은 오색 물결을 일으키며 사해문의 진형으로 돌진해 갔다.

차차창—!

퍼퍼펑—!

낙수 일대는 대번에 혼전장을 이루었다.

오행천 마인들은 상대를 한 명이라도 더 죽이기 위해 피에 굶주린 악귀처럼 아우성을 치며 달려들었고, 사해문 제자들은 시종 차분하게 그들과 대적했다.

"풍뢰무변!"

사해문 제자들은 백무향이 전수해 준 풍운검법과 풍운삼장을 적절히 구사하며 반원형 진형을 유지했다. 그들은 오행천 마인들의 압박이 심해지면 몇 걸음 뒤로 후퇴했다가 다시 대오를 갖춰 밀고 나오기를 반복했다.

한편, 낙수변에서는 한바탕 풍운조화가 전개되고 있었다.

백무향과 현사군이 한 번 교차할 때마다 강물이 갈라지고 물기둥이 십수 장씩이나 치솟았다.

"천뢰광류섬!"

백무향의 뇌천검이 번득이자 무수한 번갯불이 폭우처럼 쏟아져 내렸다. 번갯불에 적중되면서 지표가 연이어 폭발해 올랐지만 현사군 주변 일 장 이내는 고요의 바다처럼 한 치의 침해도 받지 않았다.

"카하핫, 전설의 뇌천검법이 고작 이 정도냐?"

현사군은 오만한 광소를 터뜨리며 파천마검을 어지럽게 휘둘렀다.

"고금최강 구겁파천검법이다!"

츠츠츠─!

석 자 길이도 채 안 되는 파천마검이지만 피와 마의 정화로 단련된 마검답게 그 위력은 가공, 그 자체였다. 뇌천검법에 의해 형성된 번갯불의 비가 한순간에 사라지고 핏빛의 검강이 사위를 뒤덮었다.

폭음과 함께 튕겨진 백무향은 몹시 자존심이 상했다.

'난 이백 년 전에도 적수가 없었던 전설의 폭염마제이다. 이렇듯 어린 놈 하나 이기지 못한다는 것은 말도 안 돼!'

그는 폭염마공을 끌어올려 왼손 장심에 운집했다. 장심이 뜨거워지며 불덩이 같은 폭염열화주가 형성되었다.

"받아랏, 마귀야!"

그의 손을 떠난 폭염열화주가 급격히 확대되었다.

현사군은 자신을 향해 떨어지는 거대한 불덩이를 보며 피식 실소를 지었다.

"크훗, 이게 폭염마제의 잡기인가?"

그가 한 손을 치켜들자 장심 전체가 시뻘겋게 물들었다. 극한의 역천혈류마겁공이 전개되자 주변에서 은은한 귀곡성마저 울려 퍼졌다.

"가랏!"

핏빛 강기가 엄청난 소용돌이를 형성하며 거대한 불덩이를 향해 뻗어 나갔다.

콰아앙!

하늘과 땅을 뒤흔드는 굉음에 낙척산 전체가 요동쳤다. 와해된 폭염열화주의 파편이 사위로 비산되면서 낙수변 주변이 온통 불바다로 화했다.

'으윽! 놈의 마공은 인간 한계를 넘어섰다!'

내공 대결에서 뒤로 밀린 백무향은 기혈이 들끓어 올라 눈앞으로 별이 반짝거렸다. 약간의 내상을 입었지만 그에게는 육체적인 부상보다 정신적인 상처가 더 컸다.

현사군이 핏빛 광휘를 발하며 날아들었다.

"백무향! 네놈의 최후다!"

파천마검이 번득이자 아찔한 섬광이 하늘과 땅을 갈랐다.

백무향은 지그시 입술을 깨물며 감정을 자제하고 망아지경으로 빠져들었다. 검신합일을 이루는 순간, 그는 뇌천검법 최후의 초식인 어검술을 전개했다.

"초극비어검!"

번―쩍―!

너무도 찬란한 광휘에 일순 세상이 빛에 스러졌다. 칠흑과 같은 어둠 속에서 붉고 푸른 두 가지 광채가 형성되었다. 하

나는 현사군이 만들어낸 극마지검이고, 다른 하나는 어기비
검. 사람의 형체는 흐릿했기에 전설적인 마검과 신검만이 보
일 뿐이었다.

두 사람이 펼쳐 내는 초극의 절기 앞에 양측 무사들은 서로
를 향한 싸움을 멈춘 채 백 년 이래 최고의 격돌을 관전하였
다.

두 줄기 섬광이 교차하는 순간, 대폭음과 함께 분출되는 광
채에 모두가 눈을 가리며 고개를 돌렸다. 마치 태양이 폭발한
듯한 광채였던 것이다.

꽈아앙―!

뒤이어 터진 폭음과 수백, 수천의 천둥이 동시에 울린 굉음
이었고, 엄청난 폭풍이 사위로 확산되었다. 격돌의 현장 백
장 이내가 초토화되면서 무려 오십여 명의 마인이 몸이 으스
러지는 참살을 당하고 말았다.

어마어마한 섬광과 폭풍.

자욱한 흙먼지가 가라앉으면서 비로소 격돌의 결과가 드
러났다.

피투성이로 변한 한 사람이 낙수변의 모래사장 위에 쓰러져
있었다. 일견에도 심한 내외상을 입었다는 것을 알 수 있었다.
그러나 그런 와중에도 그는 한 자루 검을 움켜쥐고 있었다.

아, 백무향!

혈사마황의 마검에 쓰러진 사람은 바로 그였다.

현사군도 뇌천검에 옆구리가 관통되는 중상을 입었지만 백무향에 비하면 훨씬 가벼운 부상이었다. 게다가 그는 파천마검을 비껴든 채 당당히 서 있었다.

"태상님!"

서문취가 안타깝게 외치며 백무향을 향해 달려왔다. 백무향을 부축해 안은 그녀가 뜨거운 눈물을 흘렸다.

"흑, 태상님……."

백무향은 공허한 눈빛으로 그녀를 바라보았다. 참담한 패배를 당했지만 허탈감이 지나쳐서인지 분노와 굴욕조차 느낄 수 없었다.

"취……."

"예, 태상님. 소녀 여기 있습니다."

"부끄럽구나. 너희를 지켜야 할 내가 먼저 쓰러졌어."

"누구라도 패배를 당할 수 있습니다. 태상님께서는… 최선을 다하셨습니다. 이런 대결은 백여 년 전 파천마황과 천외삼성이 격돌한 이래 처음일 것입니다."

서문취는 백무향의 혈도를 찍어 출혈을 막아주고 소매로 얼굴을 닦아주었다.

그녀의 등 뒤로 내려선 풍운쌍로는 침통한 모습으로 서로를 바라보았다.

천삼백 명이 뒤엉킨 대규모 싸움이었지만, 사실 가장 중요한 대결은 백무향과 현사군의 격돌이었다. 그들의 승패 여하

에 따라 오행천과 사해문의 운명이 결정된다고 해도 과언이
아닐 것이다.

백무향의 명백한 패배.

모두가 죽음을 각오한 사해문 제자들이었지만 태상문주의
참담한 패배에 전의를 상실하고 말았다. 더불어 자신들이 오
행천 마인들과 싸워야 할 의미조차 잃어버렸다.

반면 오행천 마인들은 이미 싸움에서 이긴 듯 만세를 외치
며 환호를 터뜨렸다.

현사군 주변으로 내려선 오대마신이 하례를 올렸다.

"감축드리오, 천주."

"원수의 목을 베어 전대 성주님의 영전에 바치소서."

현사군은 부상당한 옆구리를 감싸 쥐며 애써 득의의 미소
를 지었다.

"당연히 그래야지. 곱게 죽일 순 없으니 놈의 눈을 뽑고 가
슴을 갈라 심장을 도려내겠소. 그래야 내 가슴속의 원한이 조
금이나마 해소될 것이오."

그가 힘겹게 걸음을 옮기자 오대마신이 그를 경호하며 함
께 이동했다.

풍운쌍로가 그들을 막아섰다.

"너희 마귀들은 우리가 상대해 주겠다."

그러자 오대마신 중 묵영마신 백파마신이 유령으로 나서
며 풍운쌍로를 향해 손을 쭉 뻗었다. 팔 길이가 순식간에 일

곱 자나 늘어났다. 벽라마원 특유의 기환마법이었다.

풍운쌍로는 전혀 예상치 못한 기습에 흠칫 놀라 뒤로 물러섰다. 선기를 제압한 두 마신이 현란한 조공을 발휘하며 계속 공세를 유지했다.

한데 그때였다. 귀청을 찢는 파공성과 함께 두 개의 동발이 날아들었다. 동발은 맹렬한 속도로 회전하며 두 마신의 목을 노렸다.

"허억!"

"무적동발?"

기겁한 두 마신은 사력을 다해 동발을 쳐내고 겨우 물러섰다.

"카하하핫!"

사자후와 같은 광소성에 지반이 요동쳤다. 낙수는 폭풍을 만난 듯 들끓어 올랐고, 오행천의 마인 수십 명이 내상을 입고 쓰러졌다.

그 순간, 하늘 저편에서 날아든 왜소한 노인이 동발을 받아 등에 멨다.

"마귀들은 꼼짝 말고 있거라!"

오행천 마인들을 향해 단단히 으름장을 놓은 노인은 다름 아닌 무절 천패무광이었다. 현존하는 무림 최고의 원로이자 최강의 고수가 출현한 것이다.

난데없는 천패무광의 개입에 오대마신은 물론이며, 현사

군마저 바싹 긴장하고 말았다.

천패무광은 현 무림계에서 살아 있는 신화와 같은 존재이다.

현사군도 천패무광의 높은 명성에 대해서는 익히 들은 바가 있었다. 혈사성 시절에는 천패무광을 찾아가 사사를 받고 싶을 만큼 존경하고 두려워했다. 지금은 오행천주로서 마도의 종주에 등극한 신분이지만, 백 년 이래 최강자로 불리던 천패무광을 대하자 그로서도 위압감을 느끼지 않을 수 없었다.

"사부님!"

서문취는 감격에 천패무광에게 절을 올렸다.

백무향은 씁쓸한 미소를 지었다.

"오셨소, 노형?"

천패무광은 백무향을 일으켜 앉히고 뇌정혈에 장심을 올려놓았다.

"자네답지 않게 이게 무슨 꼴인가?"

"정말 부끄럽소."

"당연히 부끄러워해야지. 하지만 좌절하지는 말게나. 나역시 수많은 패배를 겪고도 여태 살아왔으니까."

천패무광은 서문취의 등에 백무향을 업혀주었다.

"반사곡으로 데려가라. 소엽이라면 성심을 다해 치료해 줄것이다."

"사부님, 하오나……."

서문취가 사해문 제자들을 둘러보며 난감한 표정을 짓자 천패무광이 풍운쌍로를 향해 애 다루듯 타일렀다.

"너희는 조무래기를 데리고 어서 떠나라. 마귀들은 내가 맡겠다."

"저희도 함께 싸우겠습니다."

"허어, 이것은 내 싸움이다. 누구도 내 싸움에 끼어들어서는 안 된다."

"그럼 옆에서 지켜보기만 하겠습니다."

"그것은 상관없지만 너희가 죽어도 난 모르는 일이다."

천패무광이 일방적으로 결정을 내리자 현사군이 차갑게 소리쳤다.

"사해문 버러지들은 한 놈도 달아날 수 없다!"

천패무광은 어처구니가 없는 듯 현사군을 위아래로 훑어보았다.

"너 같은 핏덩이가 감히 노부와 맞서겠다는 거냐?"

그의 눈에서 뿜어지는 광채는 철판을 꿰뚫을 만큼 강렬했다.

현사군은 오행천의 천주답게 당당히 그의 눈을 직시했다.

"귀하가 우내사절의 유일한 생존자이자 천하 최강의 천패무광임을 잘 알고 있소. 그러나 누구도 오행천주의 명을 거역할 수 없소. 난 원수 백무향과 사해문의 버러지를 모두 죽일 것이오."

"카하핫! 네 녀석이 바로 천랑성의 정기를 받고 태어났다
는 현사군이냐? 과연 세상에 다시없는 근골을 지녔구나. 풍
문에 의하면 네 총명함이 태옥교를 능가할 정도라 하니 그야
말로 완벽한 기재이다. 하지만 심성은 아주 사악한 놈이로구
나?"

"어떤 점이 사악하다는 거요? 백도 놈들이 백 년 동안 오행
마단을 말살시키려 하는 것은 정당하고, 우리가 생존을 위해
놈들과 싸우려 하는 것은 부당하단 말이오?"

"노부는 무림의 흑백 대결에는 관여하지 않는다. 다 그놈
이 그놈 아니겠느냐? 하지만 네놈은 절대 해서는 안 될 짓을
저질렀다."

천패무광은 힘껏 발을 굴렀다.

"감히 노부의 친구를 살해한 죄다!"

마치 지진이라도 일어난 듯 지표면이 거미줄처럼 쩍쩍 갈
라졌다. 극마지경에 이른 현사군도 상대의 가공할 공력에는
다소 질리고 말았다.

"의절 노선배는 내가 반사귀선의 살해를 사주했다고 확신
하는 거요?"

"물론이다. 나도 듣는 귀가 있다. 네놈이 지난번 여산 태백
궁을 침공해 예사천궁을 탈취해 가지 않았더냐? 게다가 세상
누구와도 원한을 맺은 적이 없는 반사귀선을 살해할 악귀가

너 말고 또 누가 있겠느냐?"

"그 문제에 대해서는 이미 백무향과 얘기를 마쳤소. 반사귀선을 살해한 원흉은 바로 태옥교요."

"태옥교?"

천패무광은 기가 막힌 듯 연신 헛웃음을 흘렸다.

"허헛! 미친놈. 허허, 정말 어처구니가 없군. 구차하게 둘러댈 셈이냐? 하지만 변명치고는 너무 한심하구나."

심한 모욕을 느낀 현사군이 냉담하게 말을 받았다.

"무절 노선배, 당신이 날 흉수로 생각하겠다면 굳이 부인하지 않겠소. 내가 반사귀선을 죽이라는 지시를 내렸소. 이제 어쩌겠소?"

천패무광의 사자 갈기와 같은 머리카락이 고슴도치의 털처럼 빳빳하게 곤두섰다.

"오냐, 네놈이 자인했으니 흉수가 틀림없구나! 귀선을 위해 네놈을 때려죽이겠다!"

그가 자전강기를 운기하자 오대마신이 현사군의 앞을 가로막았다.

"미치광이 늙은이! 함부로 나서지 마라!"

"네놈은 우리가 상대해 주겠다!"

"꺼져라!"

천패무광이 손목을 휙 뒤집자 은은한 자색 기운이 화려하게 피어올랐다. 전설적인 신공, 자전강기였다.

콰—콰쾅!

연이은 폭음이 터지며 또다시 한차례의 폭풍이 사위를 휩쓸었다.

천패무광과 오대마신 모두가 각기 서너 걸음씩 밀려난 상태였다. 외견상으로는 대등한 대결이었지만 단독으로 오대마신을 상대한 가공할 내공에 현사군은 등줄기가 서늘해졌다.

'무섭군. 가히 인간의 한계를 넘어선 공력이다. 내 몸이 건재했다 해도 과연 감당할 수 있을지 의심스럽군.'

그러나 상대가 몇이든 간에 내공 대결에서 자신이 뒤로 몇 걸음을 물러섰다는 사실에 천패무광이 분통을 터뜨렸다.

그는 자신의 병기인 무적동발을 풀어 쥐고는 서문취를 돌아보았다.

"왜 여태 떠나지 않은 것이냐? 노부는 상대를 가리지 않는다. 개죽음 당하고 싶지 않으면 어서 떠나라!"

서문취 등에 업힌 백무향이 무기력하게 입을 열었다.

"무광 노형마저… 귀선 노형을 따라갈 생각이오?"

"재수없는 소리 말게. 내가 누구인데 이따위 마귀 놈들한테 죽겠는가? 자네나 어서 떠나게나."

"고맙소. 그리고 미안하오."

백무향은 서문취의 어깨를 다독였다.

"우린 떠나자."

"예, 태상님."

서문취는 천패무광을 향해 깊이 고개를 숙였다.

"제발 존체를 보중하십시오, 사부님."

풍운쌍로가 의연한 모습으로 포권을 취했다.

"태상을 부탁하오, 문주."

"끝까지 모시지 못하는 불충을 용서하시오, 태상."

백무향은 저린 가슴을 서글픈 미소로 대신했다.

"만나서 반가웠소, 쌍로."

서문취는 더 이상 지체할 수 없었기에 신속하게 몸을 날렸다.

"사해문 제자들은 태상을 경호하라!"

서문취가 사해문 제자들과 함께 도피하자 현사군이 백파마신과 묵영마신에게 지시를 내렸다.

"두 분은 책임지고 사해문 버러지들을 말살하고 백무향을 제거하시오. 백무향은 반드시 죽여야 하오."

"존명!"

두 마신은 휘하의 마인들을 이끌고 추격에 나섰다.

풍운쌍로가 이들을 저지하려 했지만 마장들에 의해 가로막혀 한바탕 접전을 벌였다.

싸움의 양상이 급변했다.

천패무광의 출현으로 백무향을 비롯한 사해문 제자들이 도주하였고, 오행천의 상대자로 천패무광과 풍운쌍로만 남았다.

　백파마신과 묵영마신이 소속 마인들을 이끌고 외부로 빠졌지만 아직 삼대마신이 거느리는 마인들은 오백여 명에 달했다. 그러나 그들 모두가 에워쌌음에도 불구하고 천패무광의 종횡무진하는 행보는 결코 저지할 수 없었다.

　"어서 덤벼라, 어서 덤벼!"

　천패무광은 삼대마신과 격돌하는 와중에도 동발을 날려 오행천 마인들을 거꾸러뜨렸다. 삼대마신의 무시무시한 마공도 천패무광에 있어서는 그저 흥미로운 절기일 뿐이다.

　"호오, 괜찮군. 어디, 다른 절기를 펼쳐보아라."

　세 명의 절세고수를 동시에 상대하면서도 오행천 마인들 속으로 뛰어들어 가공할 살인 절기를 구사하는 천패무광의 존재는 무신이라기보다 투신(鬪神)에 가까웠다.

제 57 장

위대한 최후

1

"숲으로 뛰어들었다!"

"놓치지 마라!"

오행천 마인들의 추격은 집요했다.

서문취가 사력을 다해 경공을 펼쳤기에 무공에서 뒤지는 사해문 제자들이나 오행천 마인들은 이미 뒤로 멀리 처진 상황이었다.

백파마신은 십여 명에 불과한 수하들을 돌아보고는 잔뜩 미간을 찌푸렸다.

"쓸모없는 놈들."

묵영마신이 흔적을 찾기 위해 울창한 수림을 세심하게 살폈다.

"너무 울창하군. 낙엽이 너무 수북해 연놈을 찾아내기가 쉽지 않겠어."

백파마존이 눈동자만 까만 눈을 번들거리며 물었다.

"기환마법진으로 가두면 되지 않겠나?"

"마법진을 펼치기에는 숲이 너무 넓네."

"그렇다면 태울 수밖에."

백파마신은 잔혹하게 지시를 내렸다.

"불을 질러라. 연놈이 뜨거워서라도 반드시 뛰쳐나올 것이다."

지시를 받은 수하들은 한 아름씩 횃불을 만든 후 숲 속으로 던져 넣었다.

화르르륵!

절기상 입동을 지났기에 나무와 풀은 바싹 말라 있었다. 게다가 메마른 낙엽이 바닥을 덮고 있었기에 불길이 빠른 속도로 번져 나갔다.

마인들은 추격을 위해서라면 민가라도 불태울 자들이기에 수림 하나를 통째로 태웠지만 조금의 가책도 느끼지 않았다.

백파마신과 묵영마신이 수림의 외곽을 따라 몸을 날렸다.

수림을 통째로 태우는 드센 불길에 산짐승들이 떼를 지어 달아났다. 자욱한 연기에 길을 잘못 든 짐승들은 오도 가도 못한 채 불길에 휩싸여 새까맣게 타 죽고 말았다. 겨울을 나기 위해 보금자리를 꾸미고 있던 짐승들로서는 날벼락이 아닐 수 없었다.

"콜록콜록!"

가까스로 숲을 벗어난 서문취는 개울가에 엎드려 심하게 기침을 했다. 불의 열기와 매큼한 연기를 참으며 마인들의 수색을 따돌리다 보니 많은 양의 연기를 들이마신 것이다.

그녀는 옷깃을 찢어 개울물에 적신 후 백무향의 얼굴과 손을 닦아주었다. 그녀 자신이 더 많은 화상을 입었지만 백무향을 우선적으로 배려해 화상의 흔적이 남지 않도록 최대한 조치해 주었다.

일순 인기척을 감지한 그녀가 백무향을 개울가 바위에 기대앉히고는 조용히 검을 뽑아 들었다. 그녀는 검을 몸에 바싹 붙인 채 최대한 청력을 기울였다.

좌우로 눈알을 굴리던 그녀는 문득 본능적인 위기를 느끼며 고개를 쳐들었다.

사람의 형체는 분명하지 않았지만 두 개의 검은 손바닥이 그녀의 머리 위로 떨어지고 있었다. 기환술로 몸을 감춘 묵영마신의 묵강이었다.

"엇!"

깜짝 놀란 서문취가 팽그르 회전하며 월녀검법을 전개했다.

"월광투사(月光透射)!"

퍼퍼—펑!

연이은 폭음 속에 모습을 드러낸 묵영마신이 기이한 보법을 펼치며 공세를 펼쳐 왔다. 팔 빠진 인형처럼 팔이 쭉쭉 늘어나는 그의 장법과 조공은 기괴하면서도 섬뜩했다.

서문취는 사부 천패무광에게 사사한 절기와 백무향이 전수해 준 풍운검법을 구사하며 혈투를 벌였다. 하지만 상대는 오행천 내에서도 마신 직위에 오른 절세급 고수였다.

칠 초를 넘기자 서문취는 반격 한 번 제대로 하지 못한 채 상대의 기환마공을 막아내는 데에만 급급할 수밖에 없었다.

겨우 정신을 차린 백무향은 눈을 비비며 주변을 둘러보았다. 그는 묵영마신과 격돌하고 있는 서문취를 보자 이를 악물며 바위를 짚고 몸을 일으켰다.

'취는 절대 마두의 적수가 될 수 없다.'

그는 심각한 내외상으로 검을 뽑기조차 힘겨운 상태였지만 서문취의 위기를 넋 놓고 바라볼 수만은 없었다. 어차피 죽을 상황이라면 당당히 싸우다 죽는 편이 후회없는 최후가 될 것 같았다.

한데 서문취를 지원하려는 그 앞으로 백파마신이 유령처럼 내려섰다.

백파마신은 길고 뾰족한 손톱을 들어 보였다.

"크흣, 천주를 대신해 네놈의 가슴을 갈라 심장을 뽑겠다."

백무향은 기력을 상실해 덜덜 떨리는 손으로 뇌천검의 손잡이를 쥐었다.

"백파마귀, 넌… 혈훼의 수하가 아니었더냐? 풍문에 의하면 현사군, 그놈이 혈훼를 때려 죽였다고 하더군. 한데 옛 상전의 복수는 하지 않고 원수 놈에게 충성을 바친단 말이냐?"

백파마신은 가소롭다는 냉소를 쳤다.

"현 오행천주는 백여 년 만에 분열된 오행마단을 통합한 위대한 마황이시다. 오행천이 세워진 이상 벽라마원은 의미가 없다."

"큭, 마귀 놈들은 역시 어쩔 수 없는 종자들이야. 지독히도 단순하고 이기적이지."

"틀렸다. 마도의 제자들은 절대 흔들리지 않고 맡겨진 사명에 최선을 다한다. 우리에게는 마도천하라는 원대한 목표만 있을 뿐 절대 개인적인 명예와 욕심은 없다."

"후훗, 웃기는 소리 마라. 네놈들이 무슨 짓을 해도 난 상관없지만 내 뇌천검은 불의를 용서치 않는다. 내 의도와 관계없이 정의를 위해서 뽑히니 말이다."

백파마신은 백무향의 위중한 몸 상태를 잘 알기에 안심하고 다가섰다.

"네놈의 입에서 정의라는 말이 나오니 의외다. 죽을 때가 되니 점점 미쳐 가는 것 같구나."

"죽을 놈은 너다."

“큭, 주둥이는 아직 살아 있구나.”

백파존은 오른손을 내밀었다. 팔이 길게 늘어나며 갈퀴와 같은 손톱이 백무향의 가슴으로 파고들었다. 순간 잔뜩 벼르고 있던 백무향은 한가닥 뇌천진기를 운기했다.

쐐애액!

워낙 빠른 섬광이었기에 순간적으로 피어올랐다가 사라졌다.

백무향을 향해 팔을 뻗고 있던 백파마신의 표정이 묘하게 일그러졌다. 이어 팔뚝이 댕강 잘라져 나가 피가 분수처럼 뿜어지자 그의 입에서 고통스런 신음이 터져 나왔다.

“크으윽!”

백무향은 뇌천검법 중 유일한 쾌검식인 무형섬쾌광을 전개해 백파마신의 팔을 벨 수 있었다. 쾌검식은 한가닥 진기만으로 전개가 가능하기에 기혈이 고갈된 상태에서도 기습에 성공할 수 있었던 것이다.

백무향은 여세를 몰아 다시 한 번 무형섬쾌광을 펼치려 하였다. 이번의 표적은 백파마신의 팔이 아닌 목이었다.

그러나 그의 뇌천검은 절반쯤 뽑힌 상태에서 더 이상 뽑히지 않았다. 실낱같이 이어지던 뇌천진기가 마침내 고갈된 것이다.

백파마신은 격분에 젖어 왼손을 내질렀다.

“뒈져라!”

그의 왼팔이 거미줄처럼 늘어나며 백무향의 면상으로 날아들었다. 갈퀴 같은 손톱에 잡히는 순간 백무향은 머리가 으스러질 듯했다.

그 순간 전혀 예상치 못한 괴변이 일어났다.

퍼억!

아찔한 섬광과 함께 미약한 소음이 터지며 백파마신의 몸이 그대로 정지했다. 백파마신의 미간에서 콧등을 타고 굵은 핏방울이 흘러내렸다. 이어 그의 몸이 꼿꼿하게 뒤로 나자빠졌다.

즉사였다. 미간을 관통한 부상이 후두부까지 이어졌기에 비명조차 지르지 못하고 절명한 것이다.

묵영마신은 서문취의 가슴에 예리한 손톱을 꽂고 막 숨통을 끊으려는 찰나에 쌍둥이 형제의 죽음을 보게 되었다. 그의 두 눈이 더할 수 없이 부릅떠졌다.

"배, 백파?"

그는 서문취를 내던지고는 백파를 향해 날아왔다.

그가 백파를 끌어안고 통곡하는 동안 백무향은 서문취에게 달려갔다. 서문취의 부상은 심했지만 서둘러 치료하면 목숨을 건질 수 있을 것 같았다.

백무향은 자신의 옷을 찢어 서문취의 가슴 부위를 싸매주었다. 공력을 주입시켜 주면 기력 회복에 도움이 되겠지만 지금 그에게는 자신의 몸 하나 제대로 가눌 힘조차 없는 상태였다.

가까운 곳으로 한 여인이 내려섰다.

예전에는 비단의 감촉을 너무 좋아해 속옷도 걸치지 않고 한 겹 비단만 두르던 여인이다. 그런 여인이 지금은 머리카락을 늘어뜨린 채 여염집 아낙처럼 수수한 옷차림을 하고 있었다.

바로 백무향의 정혼녀이기도 한 소견이었다. 백파마신의 갑작스런 죽음은 그녀가 날린 오행마환에 관통되었기 때문이다.

백무향은 신녀문에서 그녀와 목숨을 건 싸움을 벌인 적이 있기에 적개심이 가득한 눈빛으로 쏘아보았다.

"네가 왜 나를 도운 것이냐? 네 손으로 날 직접 죽이기 위해서냐?"

소견은 차마 그를 마주 응시하지 못하고 고개를 돌렸다.

"미안해, 무향."

"미안하다고?"

"그래, 정말 미안해. 그 말을 하려고 찾아온 거야."

"……."

백무향은 미심쩍은 눈빛으로 주시하며 그녀가 한 말의 진위를 살폈다.

지난번 만날 때까지만 해도 소견은 환희마궁의 궁주이며, 오행마단의 대통합을 꾀하려 한 무서운 야망의 마녀였다. 자신을 축융화탄으로 죽이려 했으니 옛정이라고는 눈곱만치도 남아 있다고 생각할 수 없었다.

'변했군. 확실히 변했어.'

백무향은 직감적으로 그녀의 마성이 스러졌음을 감지할 수 있었다. 하지만 지난 세월이 괘씸해 쉽게 용서할 수가 없었다. 특히 그가 가장 큰 마음의 빚을 지고 있는 신녀문에 엄청난 피해를 입혔기에 더욱 용서하고 싶지 않았다.

이때 묵영마신이 벌떡 일어서며 그들을 향해 다가오기 시작했다. 복수심으로 가득 찬 그의 얼굴에는 살벌한 살기가 물씬 풍겨 나왔다.

"더러운 요녀! 네년이 결국 오행천을 배반했구나!"

"흥, 벽라마원을 버리고 현사군의 개가 된 주제에 누구보고 배반을 했다는 것이냐? 오행마단은 환희마궁을 중심으로 통합되었어야 했다. 현사군, 그놈이 내 모든 것을 빼앗아간 것이다."

"천주는 진정 파천마황의 후예이시다. 사내의 정혈이나 빨아먹고 사는 너 같은 추잡한 요녀는 자격이 없다."

"그래, 이제 난 오행천 따위는 아무 관심도 없다. 본래 난 무림인도 아니었어. 너나 열심히 현사군의 발바닥을 핥으며 살아라. 난 중원을 떠날 생각이니까."

묵영마신의 장포가 크게 부풀어 올랐다.

"중원을 떠난다고? 네년이 떠날 곳은 중원이 아니라 이승이다! 네년을 죽여 백파의 복수를 하겠다!"

소견은 손가락에 낀 오행마환을 매만졌다.

"오냐, 네 형제가 기다리고 있는 황천으로 보내주겠다."

묵영마신은 허공으로 솟구치며 검은 바람막이를 홱 집어 던졌다. 일순 기환마법진이 형성되며 세상이 온통 칠흑 같은 어둠으로 변했다.

소견은 소수마공을 운기하며 양손을 가슴 앞에서 교차시켰다.

그녀는 사부 소수마후를 통해 벽라마원의 기환마법에 대해 익히 들은 바가 있었기에 움직임을 최대한 자중했다. 기환마법은 시야를 어지럽히는 환술이기에 동요하지만 않는다면 어떤 피해도 입지 않는다.

묵영마신은 소견이 귀신 울음소리와 같은 환청에도 전혀 움직임이 없자 조바심이 일었다.

그는 소견의 등 뒤로 내려서며 두 손을 뻗었다. 팔이 길게 늘어나며 갈퀴와 같은 손톱이 소리없이 소견의 등 뒤로 파고 들었다. 순간 소견이 빙글 회전하며 쌍장을 내질렀다.

콰류류류!

희뿌연 소수마공이 도달하기 전에 피를 동결시킬 지독한 한기에 기환마진 내부가 꽁꽁 얼어붙었다.

"허억!"

묵영마신은 자신의 흔적이 발각되자 급히 뒤로 미끄러졌다. 그 바람에 기환마법이 해소되며 소견은 세상 본래의 빛을 직시할 수 있었다.

"받아랏!"

소견은 묵영마신을 쫓으며 일지를 튕겼다.

피잉―!

날카로운 파공성과 함께 빛을 발하는 반지가 뻗어 나갔다.

"오행마환?"

묵영마신은 오행마환의 위력을 익히 알기에 감히 쳐내지 못하고 다급하게 몸을 틀어 피해냈다. 한데 그를 스치고 날아가는 반지의 형상은 그의 예상과 다소 달랐다. 신비로운 오색의 기운을 발하는 오행마환이 아니라 보석이 박힌 일반적인 패물이었던 것이다.

묵영마신은 가슴이 덜컥 내려앉았다. 비로소 자신이 속임수에 말려들었음을 깨달았다. 그러나 그것을 깨닫고 고개를 돌리는 순간 눈앞이 아득해졌다.

오색 섬광이 번득이는 것을 느낌과 동시에 그는 자신의 미간으로 파고드는 극심한 고통에 사로잡혔다. 그나마 다행인 것은 고통의 상황이 너무도 순식간에 지나갔다는 데 있었다.

풀썩!

오행마환에 머리가 관통된 묵영마신이 꼿꼿하게 쓰러졌다. 공교롭게도 백파마신과 멀지 않은 곳이었다.

백무향은 두 마신을 격살한 소견을 지켜보다가 서문취를 들쳐 업고 허리띠로 단단히 조였다. 소견의 앞으로 힘겹게 다가선 그가 냅다 따귀를 갈겼다.

짜악!

소견은 따귀를 맞고도 별반 화를 내지 않았다. 오히려 안도하는 표정이었다.

"무향, 나… 용서받을 수 있는 거야?"

"네가 날 축융화탄으로 죽이려 한 것은 용서받을 수 있어. 나도 널 죽이려고 어검술을 펼쳤으니까. 하지만 네가 현사군, 그놈과 살을 섞은 과오에 대해서는 좀 더 생각해 봐야겠다. 배알도 없는 계집!"

소견은 죄책감과 수치심에 젖어 얼굴을 붉게 물들였다.

"……."

"중원을 떠나겠다고?"

"그래."

"어디로 갈 생각인데?"

"내가 아는 곳은 구만산뿐이야. 다시 그곳에서 살고 싶어."

"도적이 되겠다는 거냐?"

"모르겠어. 하지만 지금 생각해 보니… 그 시절이 가장 행복했던 것 같아."

백무향은 소견의 손목을 쥐고 잡아끌었다.

"네가 어디로 가든 붙잡지 않겠다. 하지만 지금은 날 반사곡까지 데려가야겠다. 서문취를 어서 치료해야 돼."

"네 부상부터 챙겨."

"어서 업기나 해!"

백무향은 소견의 등을 감싸 안고는 그녀의 머리카락에 코를 묻고 한껏 체향을 들이켰다.

"젠장, 예전의 네 냄새가 아니야. 마도의 악취가 아직도 물씬 풍기는구나."

"……."

"어서 가자!"

백무향은 소견의 등에 업히며 어깨를 와락 감쌌다.

"나한테 용서받고 싶으면 반사곡까지 죽을힘을 다해 달려. 알았어?"

2

낙척산의 대격돌은 아직도 진행되고 있었다.

"카하핫, 쥐새끼들이 정말 많구나!"

동발을 회수한 천패무광은 삼마신의 공세를 가볍게 막아 내고는 재차 동발을 날렸다.

휘리리링―!

급격한 호선을 그리며 뻗어 나가는 동발은 오행천 마인들 속으로 파고들면서 맹렬하게 회전하였다. 워낙 심후한 공력이 깃들었기에 하급 마인들은 병기와 함께 쪼개졌으며, 중간 수뇌급들은 동발을 피해내기에 급급했다.

천패무광 혼자 쓰러뜨린 오행천 마인들의 숫자가 이미 백 명도 넘었다. 풍운쌍로는 사방에서 날아드는 병기에 무수한 부상을 입었지만 자신의 몸을 돌보지 않고 용감하게 싸웠다.

그러나 현사군은 삼엄한 경호을 받으며 팔인교 가마 위에 앉아 있었다.

백무향의 뇌천검에 당한 부상이 상당했지만 그는 극마지체를 지녔기에 자체적으로 치유할 수 있는 능력이 남달랐다. 삼대마신이 천패무광과 접전을 벌이는 사이, 그는 예전 무공의 칠성까지 회복할 수 있었다.

운기조식을 마친 현사군은 빠르게 상황의 추이를 살폈다.

오행천 마인들의 피해가 상당했다.

사해문의 풍운쌍로는 기력이 탈진돼 크게 우려하지 않아도 되었지만, 천패무광은 지칠 줄 모르는 체력과 공력의 소유자라 아직도 동발을 날려 오행천 마인들을 참살하고 있었다.

현사군은 과거 황금성의 자랑인 황금무장들을 대동하지 않은 것을 후회했다. 사해문을 너무나 우습게 여겨 황금무장들은 총단 수호를 위해 남겨두었던 것이다.

"카하핫, 실로 오랜만에 원없이 싸워보는구나!"

천패무광은 싸움 자체를 즐기기에 상대가 백 명이든 천 명이든 전혀 개의치 않았다. 주로 삼대마신과 격돌했지만 간혹 마인들 사이로 뛰어들어 맨주먹으로 마인들을 때려눕히기도

했다.

이를 지켜본 현사군은 이를 갈았다.

수하들을 한 명이라도 더 살리기 위해서는 그가 나서야 하는 것이 당연했지만 그는 패배가 두려웠다. 온전한 상태라도 맞서 싸우기가 두려운 상대이기에 그는 스스로 자신의 부상을 구실로 삼았다.

'공연히 무리할 필요 없다. 저 미치광이만 어떻게든 죽이면 된다.'

그는 잠시 머리를 굴리다가 환희마령을 은밀하게 호출했다. 환희마령은 전 환희마궁의 매화령의 새로운 직책이다.

"천주, 좀 어떠십니까?"

환희마령은 현사군의 부상 부위를 살피며 우려를 표명했다.

현사군은 환희마령을 가까이 불러들였다.

"환희마령, 난 네가 소견을 탈출시킨 사실을 알고 있다."

"처, 천주, 저는……."

"본좌를 속일 생각은 마라. 모든 것을 파악하고 있으니까."

환희마령은 털썩 무릎을 꿇으며 자신의 죄를 시인했다.

"죽여주십시오, 천주. 모두 저 혼자 저지른 일입니다. 속하만 벌하시고 환희마단 제자들은 용서해 주십시오."

"소견은 너희들의 옛 상전인 소수마후의 직전제자가 아니

더냐? 소견이 차마 뇌옥에서 죽어가는 것을 지켜볼 수가 없었
겠지. 소수마후에 대한 네 충정임을 충분히 이해한다.”

환희마령은 손끝을 세워 자신의 천령개를 겨누었다.

“자비에 감읍할 따름입니다, 천주. 저는 죽음으로써 속죄
를 하겠나이다.”

그녀가 자신의 천령개를 내려치려 하자 현사군은 무형진
기를 발휘해 그녀의 자결을 제지했다.

“환희마령, 네게 진정으로 속죄할 기회를 주겠다. 네가 제
대로 수행하기만 하면 널 오행천 재건의 최고 공신으로 기록
할 것이다.”

“……?”

“천패무광을 죽여라.”

현사군은 지니고 있던 세 알의 축융화단 모두를 그녀에게
건넸다.

“삼대마신과 어울려 함께 싸우다 자폭해라. 삼대마신에게
는 본좌가 별도로 퇴각을 지시할 것이니 너는 네 임무에만 충
실하면 된다.”

환희마령은 어차피 죽음을 각오했기에 순순히 현사군의
명에 따랐다.

“기꺼이 받들겠습니다.”

“오냐, 너의 공적을 기려 환희마단 소속 제자들을 본좌의
친위대로 삼을 것이다.”

"망극하옵니다. 부디 대업을 이루소서."

환희마령은 정중히 배례를 올리고 몸을 일으켰다. 그녀는 세 알의 축융화탄을 단단히 챙기고는 천패무광과 격돌을 벌이는 삼대마신을 지원하기 위해 나섰다.

현사군은 냉혹한 눈빛으로 그녀를 지켜보다가 훌쩍 떠올랐다. 잠시 후 그가 내려선 곳은 풍운쌍로가 분전하고 있는 접전장이었다.

그는 내려서기 무섭게 천마환영보를 펼쳐 풍운쌍로에게 접근했다.

퍼—퍽—!

그의 두 손이 풍운쌍로의 가슴에 박혔다. 워낙 현격한 무공 차이를 지닌 데다 공력이 고갈된 풍운쌍로는 뻔히 지켜보는 와중에 가슴이 관통되고 말았다.

풍운쌍로는 차분하면서도 의연하게 최후를 맞이했다.

"사해문은 영원할 것이다!"

"마귀들은 지옥에 떨어지리라!"

현사군이 손끝으로 진기를 뿜어내자 풍운쌍로의 육신이 폭음과 함께 산화되었다. 사해문의 명예와 영광을 지킨 장렬한 최후였다.

이제 장내의 격돌은 한곳에서만 이루어졌다.

오행천 마인들은 현사군의 지시에 따라 외곽으로 물러나 포위망을 형성하였고, 삼대마신과 환희마령만이 천패무광을 둘러싼 채 공격을 펼치고 있었다.

천패무광은 한쪽에서 관전하고 있는 현사군을 향해 외쳤다.

"어린 핏덩이야! 부상이 회복되었다면 노부와 한번 겨뤄보자. 네가 무향 노제를 격파했다기에 정말 싸워보고 싶구나!"

현사군은 뒷짐을 진 채 오만하게 응수했다.

"늙은이, 본 천의 마신들을 물리친다면 기회를 주겠다."

천패무광은 동발을 부딪쳐 엄청난 음공을 일으켰다.

"괘씸한 놈! 아무리 마도에 물들었다지만 선배에 대한 최소한의 예의조차 상실했단 말이냐?"

꽈아아앙!

동발에 의한 음공이 벼락처럼 울려 퍼지자 삼대마신은 공력으로 귀를 봉쇄하며 급히 뒤로 물러섰다. 하지만 환희마령은 입술을 꼭 깨문 채 그의 배후를 향해 돌진하였다. 가공할 음공이 울려 퍼져 주변의 모든 것이 부서지고 있는 상황인 데도 그녀는 목숨을 도외시한 저돌적인 공세를 펼친 것이다.

환희마령을 돌아본 천패무광은 가상하다는 표정을 지으며 수염을 내리쓸었다.

"크허헛, 사내 놈들보다 용감한 마녀가 다 있었구나?"

순간 환희마령은 손에 쥔 축융화탄을 터뜨렸다.

쾅—콰쾅—!

　연속적으로 세 알의 축융화탄이 폭발하였다. 한 알의 축융화탄만으로 십 장 이내가 초토화되는데 세 알의 축융화탄이 동시에 터졌으니 그 가공할 위력은 능히 짐작할 만했다.

　순간적으로 치솟은 불길에 날아가던 새가 숯덩이가 되어 떨어졌고, 자욱한 흙먼지가 거대한 구름을 형성하였다. 폭발력에 밀린 낙수는 일시 바닥을 드러냈으며, 낙척산 일각이 와르르 무너져 내렸다.

　실로 하늘과 땅이 뒤바뀌는 대폭발이었다.

　잠시 후 자욱한 흙먼지와 매큼한 화약 연기가 스러지며 장내의 상황이 드러났다. 폭발의 현장에는 깊이 이 장에 폭이 십 장도 넘는 거대한 구덩이가 파였다. 마치 화산이 터진 듯한 분화구가 형성된 것이다.

　현사군은 새까맣게 타버린 흙더미를 쓸어보며 싸늘한 웃음을 터뜨렸다.

　"하하핫! 마침내 죽었구나, 미치광이 싸움꾼!"

　삼대마신을 비롯한 오행천 마인들은 비로소 안도했다. 그들이 눈에 비친 천패무광은 실로 꿈에서도 상대하고 싶지 않은 투신이었던 것이다.

　한데 그때였다. 검게 타버린 흙더미 속에서 한 사람이 천천히 몸을 일으켰다. 오 척 단구의 왜소한 인물은 바로 천패무광이었다. 축융화탄 세 알이 동시에 터진 폭발 속에서도 용케 죽지 않은 것이다.

상상도 못할 충격과 경악에 현사군을 비롯한 오행천 마인들은 주춤 뒤로 물러섰다.

"이, 이럴 수가?"

축융화탄으로도 죽일 수 없는 인간이라면 신(神)이다.

현사군은 온몸 가득 축축하게 땀으로 젖는 공포에 사로잡혔다. 하늘을 꿰뚫어 볼 총명함을 지닌 그였지만 지금의 상황에서는 아무런 생각도 할 수 없었다.

천패무광은 자신의 몸을 살펴보고는 나직한 괴소를 흘렸다.

"크흐흐, 평생을 싸움 속에서 살아온 내가… 한갓 화탄 따위에 이 꼴이 되다니……."

그는 벌겋게 충혈된 눈으로 현사군을 직시했다.

"이놈아, 부끄러운 줄 알아라… 파천마황의 후계자로 자처한다면… 노부와 겨뤘어야 했다. 귀선을… 예사천궁으로 죽이더니… 이제 노부를 화탄으로 죽였구나."

현사군은 참담한 수모를 느끼며 차갑게 내뱉었다.

"천패무광 선배, 귀하가 너무 강해 어쩔 수 없이 화탄을 사용했지만 난 반사귀선을 살해한 적이 없소. 귀하에게 그런 오해까지 받고 싶지는 않소."

"네놈이 아니라고? 그럼 누구냐?"

"태옥교요. 반사귀선을 살해토록 사주한 원흉은 바로 태백궁의 대공녀인 태옥교요."

“뭐, 뭐야?”

“세상을 해칠 진정한 악은 바로 태옥교요. 그 계집이야말로 진정한 악녀요!”

천패무광의 검게 그을린 얼굴에 모호한 미소가 피어올랐다.

“태옥교가 악녀라면… 너는 대체 뭐냐?”

“적어도 태옥교보다는 덜 교활하며 덜 사악한 마황이오.”

“크흐훗!”

천패무광은 공허한 웃음을 흘렸다.

그의 피부가 거미줄처럼 갈라지면서 손끝서부터 모래처럼 부서지기 시작했다.

“네놈이 그래도 노부의 마지막을… 위로해 주는구나. 그것이 바로 노부가… 마정과 흑백을… 구별하지 않고… 살아온 이유였다.”

그의 육신이 빠른 속도로 소멸되면서 재로 만든 사람처럼 내려앉았다. 그의 말이 끝났을 때 그는 한 줌 재로 화하고 말았다.

백 년 동안 천하 최강의 고수로 존재해 온 무절 천패무광!

마침내 그가 세상을 떠나면서 우내사절은 전설 속에 묻히게 되었다. 그의 삶은 위대하다 할 수 없겠지만, 그의 최후는 진정 무인으로서 부끄럽지 않은 위대한 최후였다.

현사군은 육신이 소멸된 천패무광을 물끄러미 바라보다가

정중히 예를 표했다.

"잘 가시오, 무절. 당신은 진정 위대한 무인이었소."

그는 금백마신에게 지시를 내렸다.

"무절의 유해를 금합에 담아 태백궁으로 보내시오."

"알겠소, 천주."

"귀환하겠소."

현사군이 교자에 오르자 적화마신이 커다랗게 외쳤다.

"천주께서 귀환하신다!"

오행천 마인들은 죽은 동료의 시신과 병기를 마차에 실었다.

승패를 평가한다면 분명 오행천의 압승이었지만 그들의 심정은 편치 않았다. 사해문이라는 하나의 문파와 격돌하면서 입은 자신들의 피해가 상당했기 때문이다.

그들이 할 수 있는 분풀이는 사해문 총단에 대한 철저한 초토화였다. 사해문의 낙척산 총단은 완전히 잿더미로 변했고, 출입구는 봉쇄되었다. 그 앞으로 사해문 제자들의 시체를 가득히 쌓았고, 오행천을 상징하는 오색 깃발이 꽂혔다.

수백의 주검 위로 휘날리는 오행기(五行旗).

혈겁은 비로소 시작되었다.

3

북망산 태백궁.

태옥교는 수뇌들을 충혼당 앞으로 호출해 오행천의 첫 번째 침공에 대한 결과를 설명하였다.

"사해문의 패배는 예정된 결과였습니다. 하지만 사해문 제자들이 예상보다 분전해 오행천의 예기를 꺾었다고 할 수 있습니다. 비록 사해문 총단이 와해되고 상당수 정예들이 희생되었지만, 저들은 죽음을 두려워하지 않고 오행천의 마귀들과 싸웠습니다. 사해문은 참으로 대단했습니다."

그녀는 수뇌들을 둘러보며 말을 계속했다.

"그러나 사해문 제자들의 투혼보다 더 빛나는 것은 천패무광 노선배님의 위대한 최후였습니다. 단신으로 오행천 마귀들과 격돌해 이백여 명을 격살했으니 이는 무림사에 공전절후한 업적이 아닐 수 없습니다."

백호전주가 침중한 어조로 말을 받았다.

"노신도 무절 노선배에 대한 보고를 듣고 눈물을 금치 못했소. 무절께서는 평소 무림의 흑백 대결에 관여하지 않으셨지만 강호의 정의를 해친 적은 없으셨소. 그리고 이번 오행천과의 격돌을 통해 그분이 진정 천하를 사랑하였고, 무림정기 수호를 가슴에 담고 있었음을 확신하였소."

"그렇습니다. 무절 노선배님은 아버님과 더불어 강호 정기를 수호한 위대한 무인이셨습니다."

충혼단으로 들어선 태옥교는 반사귀선과 나란히 놓인 천

패무광의 위패를 향해 절을 올렸다. 그녀에 이어 수뇌들도 차례로 향을 사르고 절을 올려 천패무광의 넋을 추모했다.

천패무광에 대한 애도 의식을 마치자 태옥교는 수뇌들과 함께 의사청으로 향했다.

태옥교의 태도는 예상 외로 활달했다.

"사해문 총단은 와해되었지만 오행천의 전력을 분석하는 데 큰 도움이 되었습니다. 다행히 오행천은 전력이 예상보다 강하지 않았어요. 아마도 오행마단이 통합되는 와중에 상당한 손실을 입은 듯합니다."

청룡전주가 신중하게 말을 받았다.

"대공녀, 저들이 전력 노출을 우려해 일부만 출동했을 가능성도 있소. 다시 말해 사해문 침공에서 보여준 오행천의 마력이 전부라고는 생각지 마시오."

"옳으신 견해입니다. 저들은 황금무장들을 대동하지 않았습니다. 또한 비밀 병기들을 숨겼을 수도 있습니다. 하지만 과거 파천마황이 이끌었던 오행천에 비하면 두 단계는 떨어진 것으로 추정됩니다."

호밀원주가 반론을 제기했다.

"오행천의 과거만 못하다 해도 백도의 전력 역시 마찬가지요. 과거에는 천외삼성께서 백도연합을 이끌었지만 지금은 그분들과 같은 강력한 영도자가 없지 않소?"

태옥교가 나직이 탄식을 지었다.

“그 또한 정확한 지적이십니다. 아, 만일 아버님께서 생존해 계셨다면…….”

그녀는 말끝을 흐리다가 다시 정색하며 열변을 토했다.

“다행히 우리에게는 무을 도승이 있습니다. 그분의 출관이 임박했다는 것은 하늘의 도우심입니다. 무을 도승께서 혈사마황 현사군만 막아준다면 우리의 승리를 낙관할 수 있습니다. 굳이 백도연합을 결성할 필요도 없습니다. 본 궁의 전 제자들이 출동하면 능히 오행천을 궤멸시킬 수 있습니다. 이로써 본 궁은 천세에 그 이름을 전할 수 있게 됩니다.”

그녀의 지나친 자신감은 수뇌들의 우려를 압도했다.

“상세한 보고를 분석한 결과, 오행천은 이번 침공에서 전력의 사 할을 잃었습니다. 정말 놀라운 낭보는 과거 암흑쌍존으로 불리었던 두 마신이 죽었다는 사실입니다. 저들의 기환마법은 상대하기가 지극히 까다롭기에 두 마신의 죽음은 진정 호기가 아닐 수 없습니다. 난 오행천의 신속한 토벌을 제의합니다. 저들이 전력을 회복하기 전에 침공한다면 충분한 승산이 있습니다.”

그녀가 이렇듯 오행천 침공에 대한 투지를 불태우는 이유는 여산 태백궁 시절에 대한 수모 때문이었다.

현사군이 단지 황금성의 마인들만 대동한 채 태백무고까지 밀어 들어와 부친을 사망케 만든 참담한 치욕을 그녀는 잊을 수 없었다. 하기에 그녀는 당시의 굴욕을 회복하기 위해서 태백궁 단독으로 오행천을 격파하려 하는 것이다.

순간 청룡전주가 그녀의 모험적인 전략에 제동을 걸었다.

"대공녀, 설사 본 궁 단독으로 오행천을 격파할 수 있다 해도 그에 따른 피해는 엄청날 것이오. 본 궁이 얻을 영광과 명성은 상당하겠지만, 자칫 상처뿐인 영광이 될 수 있소. 전례에 따라 무림첩을 발부해 백도연합을 결성한 후 토벌에 나서는 것이 순리요."

"백도연합 결성에는 시간이 너무 많이 걸린다는 점이 문제입니다. 우리가 결속하는 동안 오행천은 이번의 피해를 회복할 것이며, 산발적인 공격을 통해 백도연합 결성에 위협을 가할 수도 있습니다. 현사군은 충분히 그럴 자입니다."

"대공녀, 오행천을 향한 대대적인 토벌은 본 궁의 운명과도 직결되기에 중지를 모아야 하오. 이는 표결로써 결정해야 할 사안이오."

태옥교는 매번 자신의 의도와 충돌하는 청룡전주의 존재가 눈에 거슬렸지만 함부로 강권을 발휘할 수가 없었다. 무상벽력도왕이 타계한 상황이라 청룡전주가 태백궁 내에서 최고원로의 신분이었기 때문이다.

태옥교는 잠시 고민하다가 즉각적인 침공 의사를 철회했다.

"알겠어요. 이 사안은 표결로써 결정하겠습니다. 하지만 그전에 무림맹주로 추대되실 무을 도승의 의중을 듣겠습니다. 무을 도승께서 지혜로운 방안을 제시한다면 소녀도 그 분의 뜻에 따르겠습니다."

그녀가 무을 도승을 내세운 것은 핑계에 불과했다. 어차피 무을 도승은 그녀가 마음대로 조종할 수 있는 존재이기에 그가 지닌 무림맹주라는 신분을 이용하려 하는 것이다.

"그럼 회의를 마치겠습니다."

그녀가 해산을 선언하자 수뇌들이 하나둘 자리에서 일어나 의사청을 나갔다.

넓은 의사청에 태옥교 혼자만 남았다.

그녀는 차갑게 식은 차를 한 모금 마시고는 눈을 가늘게 떴다.

'오행천이 궤멸된 후 본 궁 수뇌부에 대한 대대적인 혁신이 필요할 것 같군. 태백궁이 아니라 내게 충성할 자들로 말이야.'

제 58 장

세상에서 사라져야 할 두 사람

1

황산의 단풍은 천하 절경이다.

특히 자욱한 운해 속에 보이는 붉고 누런 단풍의 조화는 선계를 방불케 한다. 황산은 중원에서도 남방에 위치해 거의 눈이 내리지 않는다. 그래도 높은 산간에는 눈처럼 허연 무서리가 내려 겨울임을 시사해 준다.

반사곡 앞에 진을 치고 있는 병자와 그 가족들은 겨울에 대비해 막사에 가죽을 덧대고 땔감을 마련하느라 분주했다. 또한 예전처럼 먼저 치료를 받기 위한 다툼이 사라졌기에 비교적 평온한 분위기였다.

"아미타불 무량수불."

불호와 도호를 연이어 외우며 내려선 사람은 아주 괴이한
복장의 청년이었다.

빡빡 깎은 머리에 계파까지 찍었으니 승려가 분명한데, 걸
친 복장은 승복이 아니라 도사들이 입은 학창의였다. 손목에
는 묵주를 찼지만 승려로서는 드물게 등에 검을 맸기에 신분
이 더욱 헷갈렸다.

바로 절반은 승려이고, 절반은 도사인 무을이었다.

무을은 유골 단지를 옆구리에 끼고 병자들 사이를 걸어가
며 모두가 들으라는 듯 외쳤다.

"중생들이여, 짧은 인생이거늘 얼마나 더 살겠다고 바둥댄
단 말인가? 죽을병에 걸렸으면 죽으면 그만이지, 어찌 치료비
한 푼 내지 않고 병을 고치려 예까지 찾아왔단 말인가? 정말
병을 고치고 싶으면 돈들을 내라고!"

병자들과 그 가족들로서는 기가 막히지 않을 수 없었다.

"허어, 승려인지 도사인지 몰라도 분명 출가한 신분인데
어찌 병자들 가슴에 못을 박는단 말인가?"

"정말 괘씸하군. 병을 이겨내려는 병자들에게 격려와 희망
을 주지는 못할망정 빈정댄단 말인가?"

"퉤엣, 겉모습만 출가인이지 속은 돈만 밝히는 악당일세."

바람에 나부끼는 긴 머리카락, 바닥까지 끌리는 긴 옷자락,
우수 어린 눈망울과 그늘진 표정.

　진정 세상에 보기 드문 절색의 미모다. 특히 뭇 사내를 빨아들일 농염한 색기는 사람을 홀린다는 구미호의 요기를 방불케 했다.

　반사곡 내부는 짐승들의 세상이기에 온갖 짐승들이 모여 살면서 사람과도 잘 어울렸다. 한데 낙엽을 밟으며 걸음을 옮기는 여인의 주변으로는 토끼 한 마리 접근하지 않았다.

　이때 무을이 여인의 앞으로 내려섰다.

　"오, 아미타불 무량수불! 여시주는 혹시 구천선녀의 현신이오, 아니면 구미호의 화신이오? 빈도 평생 여시주처럼 아름다운 여인은 처음이오."

　여인은 잔뜩 경계의 기색을 띠며 뒤로 물러섰다.

　"누구냐?"

　"두려워 마시오. 빈도는 도불쌍절의 제자로서 절대 나쁜 사람이 아니오. 빈도가 감정이 너무 솔직한 것은 사실이지만 여인을 겁탈하는 죄악과는 거리가 먼 사람이오."

　"도불쌍절의 제자? 하면 무을 도승?"

　"하하, 그렇소. 빈도의 명성이 워낙 높다 보니 여시주도 들었나 보구려."

　무을은 한껏 호의적인 표정으로 다가서며 은근하게 수작을 부렸다.

　"이런, 여시주의 안색이 너무 창백하군. 혹시 진맥을 해봐도 되겠소?"

이때 무을의 등 뒤에서 그를 심하게 질타하는 음성이 들려
왔다.

"이 땡추야, 반사곡에 와서까지 엽색 행각이냐?"

백무향이었다. 아직 부상을 치료 중인 듯 붕대로 가슴을 친
친 동여매고 있었다. 워낙 위중한 내상을 당해서인지 안색은
창백했다.

"형님!"

한달음에 다가선 무을이 백무향의 손을 쥐며 짐짓 감격의
표정을 지었다.

"무사하셔서 다행이오. 한동안 형님 행방을 몰라 걱정하다
가 비로소 반사곡에 계시다는 정보를 입수해 숨도 쉬지 않고
달려왔소."

무을은 의례적인 위로를 던지고는 힐끗 여인을 돌아보았
다.

"한데 저 기막힌 미녀는 대체 누구요? 혹시 불치병을 치료
하기 위해 찾아온 것이오?"

백무향은 기가 막혔지만 시치미를 뚝 떼고 대답했다.

"비슷하게 맞추었다. 심각한 병을 앓고 있지."

"혹시 내가 도울 일은 없겠소? 뭐, 필요한 약재가 있으면
얘기하시오. 태백무고를 죄다 뒤져서라도 구해올 테니까."

"그러다 태옥교한테 들키면 어쩌려고? 그 계집의 성격에
아마 가만있지 않을걸?"

"헤헤, 형님도 참."

무을은 백무향에게 유골 단지를 안겨주고는 나직이 속삭였다.

"형님만 입을 다물어주시면 대공녀가 알 게 뭐요? 솔직히 미모로만 비교한다면 대공녀보다 훨씬 매력적이오. 뭐라 그럴까… 그래, 영락없는 여자요. 소제는 첫눈에 반하고 말았소."

백무향은 그의 빤질빤질한 태도에 한 방 날리고 싶었다.

"이 자식아, 정신 좀 차려. 저 계집은 마녀이며, 요녀이다."

"헤헤. 마녀면 어떻고, 요녀면 또 어떻소? 소제의 높은 불력과 도력이면 충분히 개화시킬 수 있소. 이 또한 세상을 구제하는 길이 아니겠소? 아미타불 무량수불."

액면 그대로 들으면 그야말로 높은 수양을 갖춘 출가인의 법어(法語)였다.

듣다 못한 백무향이 그의 머리를 한 대 쥐어박았다.

"그래, 재주껏 교화시켜 봐라, 이 땡추야! 저 마녀는 바로 환희마궁의 궁주였던 환희마후 소견이니까!"

일순 무을의 입이 쩍 벌어졌다. 그는 믿을 수 없다는 표정으로 백무향과 소견을 번갈아보았다.

"저, 정말 대마녀 환희마후란 말이오?"

"그래."

"형님의 옛 정혼녀라는 환희마후가… 확실하오?"

"확실해. 네가 직접 확인해 봐라."

"오, 야속하신 불타시여, 원망스런 태상노군이시여! 어찌 저렇듯 황홀한 절색을 대마녀로 만드셨단 말입니까?"

무을은 크게 통탄하고는 소견의 앞에 내려섰다.

"이 사악한 대마녀! 내 도력이 아무리 높아도 너 같은 대마녀는 개화시킬 수 없으니 죽음으로 응징하겠다."

그는 냅다 일장을 내질렀다.

"반야바라밀단신공!"

그의 몸에서 은은한 자색 광휘가 분출되며 급속도로 확산되었다. 소림의 절기는 사마를 제압하는 신비로운 힘을 지녔다.

퍼엉!

갑작스런 일격에 적중된 소견은 답답한 신음을 토하며 주르륵 밀려났다.

검을 뽑아 든 무을이 소견을 향해 힘차게 내려쳤다.

"태극도해!"

도불쌍절의 무공에다 광명오절기까지 터득한 그의 무공은 가히 당세 최강이라 해도 과언이 아니었다. 소견이 채 방어태세를 갖추기도 전에 무을의 검기가 전신으로 내리꽂혔다.

백무향은 가슴이 덜컥 내려앉았다.

"네 형수를 죽일 셈이냐!"

그의 다급한 외침이 울려 퍼지면서 소견을 향해 내리꽂히던 검기가 가까스로 중단되며 회수되었다.

백무향 앞으로 내려선 무을이 의아한 표정으로 물었다.

"형님, 지금… 형수라 하였소?"

백무향은 힐끗 소견을 보고는 애써 둘러댔다.

"어, 어쨌든 과거의 정혼녀였다. 지금은 환희마궁을 떠나왔으니… 네가 용서해라."

"어찌 그럴 수가 있소? 형님을 버리고 혈사마황과 혼례를 올린 마녀가 아니오? 이미 살까지 섞었을 텐데……."

"임마, 그러는 너는 태옥교와 한 몸이 되지 않았나?"

"아압!"

대경실색한 무을이 급히 백무향의 입을 틀어막았다.

"무, 무슨 터무니없는 말을 하는 거요? 그런 헛소문이 대, 대공녀의 귀에 들어가면 소… 소제는 죽소."

"이 손 치우지 못해!"

백무향은 무을의 손을 밀쳐 내고는 소견에게로 다가갔다.

"너, 왜 여태 떠나지 않았어?"

소견은 잠시 그를 바라보다가 몸을 돌렸다.

"널 보았으니 이제 갈게."

계곡 입구를 향해 걸어가던 소견이 한 줌의 연기가 되어 사라졌다.

무을이 아쉬운 표정을 지으며 물었다.

"형님, 정말 그냥 보낼 거요?"

"보내지 않으면?"

"저렇게 예쁘면 아무리 마녀라도 용서해 주는 게 사람의 도리요. 설마 형수가 혈사마황과 잠자리를 했다고 질투하는 것은 아니오?"

무을이 민감한 부분을 물어오자 백무향은 차갑게 쏘아붙였다.

"무을, 만일 태옥교가 다른 사내 놈과 붙어먹는다면 용서할 수 있겠냐?"

"혀, 형님! 제발 그런 벼락 맞을 소리 좀 그만 하시오. 내가 대공녀와 무슨 사이라고 자꾸 결부시키는 거요?"

"한심한 놈, 이미 세상이 알고 있는데 손바닥으로 하늘을 가리려고 해?"

무을은 어색한 표정을 짓다가 얼른 화제를 돌렸다.

"우선 형님 발등의 불부터 끕시다. 소견 형수를 저렇게 보내도 되겠소? 정말 후회하지 않을 거요?"

"젠장!"

백무향은 뭉게구름이 흘러가는 남쪽 하늘을 올려다보았다.

"일전에 날 죽이려 했던 일 따위는 얼마든지 용서할 수 있다. 소견이 천하의 악녀이든 마녀이든 내가 감싸줄 수 있어. 하지만 현사군, 그놈과 관계를 가진 것은 용서할 수 없다."

"형님도 여러 여인을 품었지 않소?"

"이건 상황이 달라. 힘이 없이 강제로 겁탈을 당했다면 이해할 수 있겠지만, 소견은 자신의 몸을 이용해 야망을 이루려

했어. 내가 버젓이 살아 있는데 어떻게 그런 추악한 짓을 할 수 있단 말이냐?"

백무향은 마음속 울분을 토로하고는 깊은 한숨을 내쉬었다.

"솔직히 난 소견을 위로해 주고 싶다. 이 넓은 세상에 그녀를 감싸줄 사람은 나밖에 없으니까. 하지만… 시간이 필요해. 소견에 대한 나쁜 감정을 씻고 진심으로 그녀를 용서하기 위해서는 세월이 흘러야 할 것 같다."

무을은 그의 어깨에 팔을 둘렀다.

"잘 생각했소. 당시는 소견 형수가 마성에 빠져 있었기 때문에 제정신이 아니었을 거요. 그래도 너무 오래 기다리게 하지는 마시오. 나처럼 근사한 사내를 만나 형님을 잊을 수도 있으니까, 헤헤."

"이그, 명색이 도불쌍절의 제자란 녀석이 나보다 계집을 더 밝히는구나?"

백무향은 가볍게 면박을 주고는 유골 단지를 들어 살폈다.

"가만, 이건……?"

무을이 씁쓸한 표정을 지으며 고개를 끄덕였다.

"그렇소. 무절 선배의 유골이오. 아무래도 귀선 선배 옆에 묻히는 것이 낫겠다 싶어 내가 훔쳐 온 거요."

"훔쳐 오다니?"

"대공녀가 절대 내줄 수 없다 하였소. 오행천과 맞서 싸운 위대한 영웅인만큼 반드시 태백궁에 모시겠다지 뭐요? 그래서 훔쳐 올 수밖에 없었소."

백무향은 태옥교의 본성을 익히 파악했기에 그녀의 어떤 행위도 가증스럽기만 했다.

"교활한 것! 이제는 죽은 사람까지 이용하려 하다니! 천패무광 노형이 언제 대협으로 불리기를 원했단 말이냐? 무광 노형은 천하를 위해 오행천과 겨뤘던 것이 아니라 네년에 의해 살해된 반사귀선 노형이 복수를 위해 싸웠던 것이다."

일순 무을의 입이 쩍 벌어졌다. 그는 충격을 금치 못하고 이를 딱딱 마주쳤다.

"혀… 형님, 대체… 대체 무슨 말을 하는 거요? 대공녀가 귀선 노선배를 사… 살해했단 말이오?"

"일단 무광 노형의 유골부터 모시자."

백무향은 유골 단지를 소중히 감싸 안고 반사귀선의 묘소로 향했다.

반사귀선의 묘 옆에 또 하나의 묘가 세워졌다. 백 년을 넘게 살아온 최강 무인치고는 초라한 묘다.

백무향과 소엽이 향을 사르고 배례를 올리는 동안 무을은 묵주를 돌리며 불경을 외웠다.

백무향은 배례를 마치고 묘 주변에 술을 뿌렸다.

"결국 노형한테 신세를 지고 말았소. 노형은 두 번씩이나 날 구해주었는데 난 아무런 보답도 하지 못했구려. 구천에서 두 분 노형이 반갑게 해후하기를 간절히 기원하겠소."

그는 소리 없는 눈물을 뿌리고 있는 소엽을 부드럽게 위로했다.

"소엽, 네가 스승을 여읜 슬픔을 채 씻기도 전에 다시 아픔을 겪게 되었구나. 너무 상심하지 마라."

"예, 공자님. 두 분을 한자리에 모시게 되어 정말 다행입니다. 스승님도 이제 적적해하시지 않을 겁니다. 두 분은 평생을 함께한 친구셨으니까요."

"그래, 지금쯤 구천에서 만나 술잔을 나누고 있겠지."

백무향은 봉분을 어루만지며 나직이 중얼거렸다.

"언젠가 나도 노형들과 만나게 될 것이오."

서문취는 워낙 부상이 심해 여전히 의식을 회복하지 못한 상태였다. 그래도 심맥이 손상되지 않았기에 회생 가능성은 높았다.

소엽이 탕약을 끓이는 동안 백무향과 무을은 통나무 탁자에 마주 앉아 술잔을 부딪쳤다.

거푸 석 잔의 술을 마신 무을이 잔뜩 굳은 표정으로 물었다.

"형님, 정말 사실이오? 대공녀가 흉수란 말이오?"

"그전에 네게 먼저 확인할 게 있다. 너, 태옥교와 잤지?"

“그… 그게… 소제는 정말 원치 않았는데…….”

“둘러대지 말고 사실대로 말해!”

백무향이 매섭게 다그치자 무을은 울상이 되어 실토하였다.

“그… 그렇소. 대공녀와 한 몸이 된 건 사실이오. 하지만 결코 내가 먼저 강요한 것이 아니오. 먼저 옷을 벗은 것은 대공녀였고, 그녀의 간절한 요구를… 차마 거절할 수 없었소. 그것만은 믿어주시오.”

백무향은 잠시 그를 직시하다가 길게 한숨을 내쉬었다.

“무을, 널 탓하고 싶지 않다. 태옥교는 세상을 속인 사악한 계집이다. 그런 악녀가 너처럼 순진하고 멍청한 녀석 하나 다루기는 어렵지 않았겠지.”

“용서해 준다니 고맙소.”

“태옥교는 날 유혹하려 한 적도 있었다. 미약을 써서 나와 교합을 가지려 했지.”

“그… 그랬단 말이오?”

“만일 그녀가 순수한 연정으로 나와 정분을 맺으려 했다면 나도 기꺼이 응했을 것이다. 한데 난 그때 그녀의 사악함을 간파하고는 떨쳐 낼 수 있었다. 이후 그녀를 의심하게 되었지.”

무을이 탁자를 내려치며 분통을 터뜨렸다.

“왜 진작 말해주지 않은 거요? 대공녀가 그런 추잡한 여인인 줄 알았다면 손도 대지 않았을 거요."

"태옥교는 진정 무서운 계집이다. 세상에서 가장 선한 탈을 쓰고 갖은 악행을 서슴지 않은 대악녀다. 그 계집에 비하면 소견은 순진한 마녀에 불과해."

백무향은 술을 한 잔 마시고는 말을 이었다.

"태옥교는 황금성 마인들에게 예사천궁을 강탈당했다고 증언했다. 그 말은 너와 내가 들었고, 당시 자리를 함께한 태백궁 수뇌부도 모두 들었다."

"분명 그랬소."

"그것은 새빨간 거짓말이었다. 내가 현사군을 만나 확인했다. 당시 태백무고를 침범한 사람은 자신뿐이며, 광명신검이 출관하는 바람에 외부로 나와 일전을 벌였다고 말했다. 놈의 말대로라면 예사천궁은 도난당한 적이 없다. 결국 태옥교가 거짓말을 한 것이다. 그 계집은 왜 거짓말을 해야 했을까?"

무을이 마른침을 꿀꺽 삼키며 반론을 제시했다.

"혀, 형님, 현사군이 거짓말을 했을 수도 있지 않소? 우리의 내분을 꾀하기 위해서 말이오. 소, 소제는 아직도 믿을 수 없소."

"현사군은 잔혹한 놈이지만 비열하지는 않다. 그가 이렇듯 대마황으로 변모한 것은 그 역시 태옥교에게 속았기 때문이다. 그도 태옥교가 반사귀선의 살해를 사주했음을 확신했다."

　백무향은 태옥교가 반사귀선을 죽일 수밖에 없는 사유를 상세하게 말해주었다.

　무을은 감정을 주체하지 못하고 연신 얼굴 근육을 씰룩거렸다. 태옥교와 깊은 관계까지 가진 상황이기에 그가 받은 충격은 이루 말할 수가 없었다.

　"아… 아미타불 무량수불! 오, 아미타불 무량수불! 부처님이시여, 태상노군이시여! 제자는 어찌해야 좋단 말입니까?"

　무을이 너무 고통스러워하자 백무향이 위로해 주었다.

　"악녀를 죽일 사람은 나이니 넌 괴로워할 것 없다. 넌 상대하지 않으면 돼."

　"형님, 소제는 대공녀의 입을 통해 꼭 들어야만 믿을 것 같소. 아니, 소제뿐만 아니라 이 세상 사람 그 누구도 대공녀가 반사귀선을 살해한 원흉이라고는 인정하지 않을 것이오."

　"상관없어. 내가 확신한 이상 그 계집이 흉수다. 아무리 발뺌을 해도 난 반드시 그 악녀를 죽이겠다."

　무을은 안절부절못하고 자리에서 일어나 연신 왔다 갔다 했다.

　"조… 조금만 시간을 주시오, 형님. 지금은 죽일 수 없소."

　"죽여야 돼. 반사귀선은 네 사부인 도불쌍절의 친구였다. 한데도 넌 악녀를 비호하려는 것이냐?"

　"대공녀를 비호해서가 아니오. 지금은 천하를 지켜야 하기 때문이오."

"천하?"

무을은 술 한 병을 단숨에 비우고는 장황하게 떠들어댔다.

"그렇소. 형님은 상관없을지 몰라도 난 오행천 마귀들을 섬멸해야 할 의무가 있소. 그 사명을 완수해야 다시 머리도 기르고, 이 웬수 같은 도사복도 벗을 수 있단 말이오. 대공녀는 나를 무림맹주로 추대하였고, 난 오행천 토벌을 공언하였소. 본래 백도연합을 결성하려 했지만 시일이 너무 지체될 것이 우려되어 태백궁 단독 출동을 결정하였소. 아마 오행천 소굴에 당도할 때쯤이면 강호의 협사나 소림, 무당과 같은 대문파에서도 정예들을 파견할 것이오. 이런 상황인데 어떻게 대공녀를 죽일 수 있겠소?"

백무향은 잠시 생각에 잠겼다가 입을 열었다.

"알겠다. 세상에서 사라져야 할 두 개의 악(惡)은 태옥교와 현사군이다. 일단 오행천부터 격파하자. 태옥교는 그다음에 죽이는 거다. 대신 날 방해하지 마라. 너까지 죽이고 싶지는 않으니까."

"형님, 소제는 예전의 무을이 아니오. 소제는 태백무고에서 광명오절기를 수련해 도불속 삼파의 절기를 모두 터득하였소. 지금은 형님과 겨뤄도 패하지 않을 자신이 있소."

"그래도 넌 절대 날 못 이겨."

"헹, 혈사마황에게 패한 형님이 아니오? 놈은 소제가 처치할 테니 형님은 오행천 조무래기들이나 감당하시오."

무을의 오만한 태도에 백무향은 심기가 다소 틀어졌다.

"임마, 과신하지 마. 현사군, 그놈은 정말 강해."

"염려 놓으시오. 아무리 강력한 마공이라도 신성한 불력과 도력이 깃든 소제의 절기 앞에서는 무용지물이오."

"……."

백무향은 인정하고 싶지 않았지만 인정할 수밖에 없었다.

일전에 금강마존을 상대할 때 보여준 무을의 무공은 확실히 위력적이었다. 마공과 극성인 무을의 절기라면 현사군의 절대마공도 격파할 가능성이 높다고 생각되었다.

무을은 하늘색을 살피더니 반사곡 출구로 향했다.

"그럼 오행천 소굴에서 만납시다."

말이 끝나기 무섭게 그는 이미 반사곡 밖으로 사라져 버렸다.

백무향은 술을 한 잔 비우고는 깊은 생각에 잠겼다.

현사군과의 일전은 어떤 술수도 개입되지 않은 정당한 대결이었다. 두 사람 모두 부상을 당했지만 자신의 패배임을 인정하지 않을 수 없었다.

'내가 왜 패했을까? 이백 년 전 마정쌍제의 절기를 한 몸에 지닌 내가 어째서 놈을 쓰러뜨리지 못했단 말인가?

그는 패배에 대한 쓰라린 기억을 씻고 그 연유를 찾아내는 데 몰두했다.

마정쌍제의 절기는 독보적이기에 파천마황이 남긴 마황진

경의 마공에 뒤지지 않는다. 현사군이 엄청난 마기를 흡수해 극마지체에 이르렀다지만, 그 역시 세상에서 가장 강력한 힘인 벼락[雷]을 맞으며 뇌천진기를 지니게 되었다.

압승을 거둘 수는 없어도 절대 패할 수 없는 대결.

한데 그는 패했다. 대체 무엇이 잘못된 것일까?

백무향은 너무도 깊이 몰두해 있느라 소엽이 다가서 있는지도 몰랐다. 가벼운 인기척에 문득 깨어난 그는 소엽을 대하자 멋쩍은 미소를 지었다.

"언제 왔어?"

"고민이 많으신 것 같아요."

"고민은 무슨. 이번 싸움이 끝나면 무엇을 하며 살아야 할까 잠시 생각했을 뿐이다."

백무향은 그녀를 이끌어 자신의 옆에 앉혔다.

"취는 좀 어때? 아직도 의식불명인가?"

"금침술을 시술했더니 효과가 있었어요. 아직 또렷한 의식이 돌아오지 않았지만 이제 희망이 생겼어요."

"훗, 돌팔이는 아니로군. 그래도 귀선 형님에 비하면 한참 멀었어."

"물론입니다. 소녀는 스승님의 발끝에도 미치지 못합니다."

백무향은 싱긋 웃으며 소엽의 어깨를 다독여 주었다.

"그래도 넌 반사귀선의 유일한 제자가 아니냐? 보다 자부감을 갖고 행동해도 돼.”

“소녀가 스승님의 의술을 조금 익혔지만 평생을 노력해도 스승님의 신술에는 미치지 못할 것입니다. 그저 소녀는 스승님께서 창안하신 의술이 단절되지 않기만을 바랄 뿐입니다.”

“하긴, 네가 아무리 노력해도 반사귀선은 될 수 없겠지…….”

백무향은 순간적으로 떠오른 각성(覺醒)에 심취해 말을 잇지 못했다.

소엽은 아무리 노력해도 반사귀선이 될 수 없다!

백무향의 입가에 환한 미소가 감돌았다.

“맞아! 내가 아무리 노력해도 뇌천검제가 될 순 없다. 난 풍운마제이었지 뇌천검제가 아니었으니까. 그런 내가 뇌천검제의 절기로 격돌했으니 패할 수밖에 없었던 거였다!”

비로소 깊은 혼란과 의혹에서 깨어난 그는 소엽을 부둥켜안고 빙글빙글 돌았다.

“하하하! 이제야 깨달았다. 그 간단한 진리를 이제야 깨우치다니!”

“공자님……?”

“고맙다, 소엽. 네 덕분이다. 네가 날 혼몽 속에서 이끌어 준 것이다.”

소엽은 그의 어깨에 얼굴을 묻으며 나직이 물었다.

“공자님께서는 역시… 잊고 있던 과거를 되찾으셨군요.”

백무향은 그의 등을 어루만지며 부드럽게 응수했다.

"그렇지 않아, 소엽. 난 백무향이다. 뇌천공자 백무향일 뿐이야."

소엽의 입가에 포근한 미소가 감돌았다.

"그러시다면 다행입니다. 전설이 현실이라면… 너무도 두렵고 부담스럽습니다. 이제야 마음을 놓겠어요."

2

둥―둥―둥―!

우렁찬 북소리와 함께 태백궁 제자들이 대오를 이루어 궁문을 벗어나고 있었다. 태백궁 이원사각팔각에 소속된 제자 중 문관과 일부의 순찰무사들을 제외한 전 제자들이 총동원되었다.

총인원 팔백여 명.

그중 선두에 선 백 명의 제자는 태백궁의 최정예 검수들이라 할 수 있는 척마신병대였다. 강력한 병기와 굳건한 호갑으로 무장한 그들은 오행천의 황금무장들을 상대하기 위해 결성된 부대이다.

태옥교는 성루에 서서 제자들의 출전을 내려다보고 있었다.

목적지인 오행천 총단이 위치한 대죽(大竹)까지는 대략 열

흘이 소요되기에 그녀가 서둘러 출전할 필요는 없었다. 사나흘 후 태백궁을 나서도 선발대와 합류할 수 있기 때문이다.

보기에도 늠름한 태백궁 제자들을 굽어보는 그녀의 입가에 회심의 미소가 피어올랐다.

'마침내 오랜 숙원이 달성되고 있어. 태백궁의 힘만으로 오행천을 격파하면 그 누구도 넘볼 수 없는 천하제일무단으로 존재할 수 있다.'

그녀의 심기는 워낙 깊어 누구도 진실한 내막을 간파하지 못하고 있었다.

태옥교는 무을을 무림맹주로 추대해 오행천 토벌을 명하도록 꼬드겼다. 백도연합을 결성하기까지는 많은 시일이 소요되기에 태백궁의 단독 출전이 결정되었다.

물론 강호 협사들의 자발적인 지원은 적극 수용하며 각 문파와 무림세가의 협조도 용인한다. 하기에 실제적으로는 백도연합과 다름없지만 외형은 태백궁의 단독 출전이다. 태백궁을 천세에 빛날 영광스런 문파로 만들려는 태옥교의 계략과 의도는 이렇듯 치밀했다.

태옥교는 이미 무림천하를 정복한 듯 기분이 들떠 있었다.

'후훗, 이로써 전통의 구파일방은 본 궁에 복속될 수밖에 없다.'

이때 누군가가 옆으로 내려서며 불쑥 한마디 던졌다.

"허어, 이리되면 소림과 무당마저 허수아비로 전락하겠어."

태옥교의 속내를 정확히 꿰뚫어 본 예리한 지적이었다.

일순 가슴이 뜨끔해진 태옥교는 자신의 심계를 언급한 사람이 무을이라는 사실에 눈을 동그랗게 떴다.

"맹주, 그게 무슨 말씀이십니까?"

무을은 쓴 입맛을 다시며 커다란 묵주를 돌렸다.

"내 잠시 세상을 둘러보니 이번 출전에 대해 논란이 분분하오. 태백궁이 지나치게 설쳐 댄다는 악평이 자자하오."

"악평이라고요?"

"그렇소. 오행천 마귀들이 사해문을 침공할 때 태백궁은 찍소리도 하지 못하고 지켜보기만 하지 않았소? 한데 오행천이 커다란 타격을 입고 철수하자 태백궁이 기회를 노려 출전을 결정했다고들 합디다. 어찌 좋은 평판을 받을 수 있겠소?"

무을이 연신 입바른 소리를 하자 태옥교의 표정이 싸늘하게 굳어졌다. 하지만 명목상 무을은 무림맹주의 신분이고, 자신은 군사에 해당된다. 무을에 대한 질책은 명백한 하극상이기에 그녀는 애써 감정을 자제했다.

"본래 나쁜 평판이 더 빨리 퍼지는 법입니다. 하지만 어떤 비난도 진실을 덮을 수는 없지요. 항간에서 본 궁을 시기해 이러쿵저러쿵 떠들어대는 소리에는 신경 쓰지 마십시오."

무을은 평소에 달리 그녀의 충고를 일축했다.

"세상을 향한 귀는 항상 열려 있어야 하오. 찬사와 아부만 귀담아듣고 비난과 불평을 무시한다면, 어찌 천하제일의 태백궁이라 할 수 있겠소?"

태옥교는 분노를 가슴속에 품은 채 잔잔한 미소를 머금었다.

"맹주, 소녀의 허락없이 천패무광의 유골을 훔친 일은 묵인하겠어요. 혹시 그 문제 때문에 지레 화를 내시는 거라면 이제 그만 하십시오."

그녀는 구릉 너머로 사라지는 태백궁의 제자들을 바라보다가 몸을 돌렸다.

"소녀의 처소로 드시지요. 출전에 앞서 술을 한잔 대접하고 싶습니다."

무을은 술과 여자라면 사족을 못 쓰기에 표정이 금세 풀어졌다.

"헤헤, 과연 총명하신 군사요. 내 마음을 정확히 꿰뚫고 있구려. 그렇지 않아도 갈증 때문에 한잔하려고 했소."

옥봉각에는 두 남녀만이 마주 앉아 있었다.

무을은 향긋한 울금향이 담긴 술잔을 들어 건배를 했다.

"강호의 평화와 안녕을 위해!"

술잔을 마주친 태옥교가 미소를 머금으며 화답했다.

"태백궁의 영광과 명예를 위해!"

앞서 술잔을 비운 무을이 불쑥 물었다.

"한데 말이오, 태백궁에서 반사귀선 선배를 살해했다는 풍문이 분분하오. 어떻게 그런 끔찍한 소문이 퍼질 수 있는 거요?"

"강호의 풍문이 아니라 반사곡에서 들은 얘기이겠지요. 뇌천공자는 아직도 소녀를 믿지 못하는 것 같군요."

태옥교의 예리한 지적에 무을은 가슴이 뜨끔했다. 역시 지혜와 심기에 있어 한 수 위의 상대이기에 그는 솔직하게 시인할 수밖에 없었다.

"사실이오. 무향 형님은 여전히 대공녀를 의심하고 있소. 형님은 지난번 현사군을 만나 확인까지 했다며 대공녀가 반사귀선의 살해를 사주했다고 확신하고 있소."

"무엇을 확인했다는 거죠?"

"당시 황금성에서 예사천궁을 탈취된 적이 없다고 하였소. 그렇다면 대공녀가 거짓말을 한 것이 아니겠소? 대공녀의 거짓말은 곧 자신이 반사귀선을 살해토록 지시했다는 반증일 수 있소."

무을은 슬금슬금 눈치를 보면서도 할 말을 다 했다.

이런 직설적인 화법은 그가 못나서 태옥교에게 자백하는 것이 결코 아니다. 그는 태옥교의 반응을 통해 진실을 찾아내려는 의도로 백무향의 말을 그대로 전한 것이다.

태옥교는 서글픈 눈빛을 지으며 한숨을 내쉬었다.

"뇌천공자는 소녀의 말보다 현사군의 말을 더 믿을 수 있

습니다. 한데 맹주마저 사악한 마두의 허언을 신뢰한단 말입
니까?"

"오해 마시오, 대공녀. 나 또한 너무 답답하고 울적한 마음
에 대공녀의 입을 통해 분명히 확인하고 싶어서 물었을 뿐이
오. 내 어찌 대공녀를 터럭만치도 의심하겠소?"

"좋습니다. 제가 한 가지 중대한 비밀을 밝혀 드리죠."

태옥교의 표정이 숙연해지자 무을은 바싹 긴장했다.

중대한 비밀!

만일 태옥교가 반사귀선의 살해를 자백한다면 무을에게도
엄청난 위기 상황이다. 태옥교의 성격상 그런 엄청난 비밀을
밝히고도 자신을 살려두려 하지 않을 것이기 때문이다.

태옥교는 술잔을 감싸 쥐고는 조용히 입술을 뗐다.

"뇌천공자는 아주 의문스런 존재입니다. 그의 출신 내력을
정확히 아는 사람은 아무도 없습니다. 그가 과연 뇌천검제의
제자인지, 아니면 풍운마제의 제자인지 누구도 알지 못합니
다."

"그거야 무향 형님은 자신의 과거를 잊었으니까……."

"그 말을 믿으십니까?"

"당연하지 않소? 난 무향 형님이 죽었다 깨어나는 것을 옆
에서 지켜본 사람이오. 형님은 분명 기억을 잊었고, 여전히
기억을 회복하지 못한 상태요."

태옥교의 입가에 의미심장한 미소가 새겨졌다.

"틀렸습니다. 소녀는 뇌천공자의 정확한 신분을 추정할 수 있습니다."

"형님의 정확한 신분?"

"그래요. 뇌천공자는 바로 이백 년 전의 절대고수였던 전설의 풍운마제입니다."

태옥교의 분명한 어조에 무을은 벌린 입을 다물지 못했다.

"서, 설마……."

"진정 놀라운 일이지요. 이미 죽어서 한 줌의 먼지가 되었어야 할 이백 년 전의 사람이 현 세상에서 숨을 쉬고 있다는 것은 순리에도 어긋나는 역천입니다."

"그럴 리가 없소. 만일 형님의 기억이 되살아났다면 나한테 가장 먼저 말해주었을 거요. 나한테는 숨겨야 할 하등의 이유가 없으니 말이오. 대체 대공녀는 무슨 근거로 형님이 풍운마제임을 확신하는 거요?"

무을은 거친 숨을 몰아쉬며 거푸 술잔을 비웠다.

자리에서 일어선 태옥교가 팔짱을 낀 채 천천히 걸음을 옮겼다.

"그가 이백 년 전의 풍운마제임은 반사귀선께서 입증해 주셨습니다. 사람의 생사를 진맥 하나로 판단하는 천하제일의 신의께서 그 정도를 짚어내지 못할 리 없지요. 다만, 너무도 두려운 일이기에 스스로도 확신을 못하신 것입니다. 소녀는 그것을 확인하기 위해 무수한 자료를 찾아보았고, 당시의 사서를 두루 접했습니다. 하지만 그런 사례가 없기에 저로서도 진위를 판단할 수 없어 무척 고뇌했습니다.”

“난 지금도 모르겠소.”

“한데 얼마 전 반사귀선께서 타계하신 후 저를 찾아온 그를 보고 기억이 회복되었음을 확신하였습니다.”

“어떻게 말이오?”

무을은 긴장에 의한 갈증을 참지 못하고 연신 술을 들이켰다.

태옥교는 화로의 숯불을 뒤적여 약해진 불씨를 되살렸다.

“예전과 크게 달라진 눈빛과 기도, 그리고 무엇보다 세상에 대한 적개심을 느낄 수 있었습니다. 만일 그가 뇌천검제였다면 절대 소녀를 의심하는 일은 없었을 겁니다.”

“단순한 느낌만으로는 부족하오. 난 대공녀의 말을 믿을 수 없소.”

“명백한 증거가 있습니다.”

태옥교는 화롯가에서 불을 쬐며 당당히 말을 이었다.

“뇌천공자는 본 궁을 나가는 즉시 무산으로 달려갔습니다. 왜 무산으로 갔을까요? 그곳에는 세상 사람들이 알지 못하는 신비한 문파가 숨겨져 있었습니다. 바로 신녀문이지요.”

“신녀문……?”

“근 사 갑자 전에 창건된 문파입니다. 도문에 가까우며, 여인들만 제자가 될 수 있지요."

"그 여인지문과 무향 형님이 무슨 관계요?"

"당시 풍운마제는 신녀문에 침투해 여제자와 함께 탈출했습니다. 여제자의 이름은 도완완이며, 훗날 폐월요화로 불리게 된 요녀입니다. 폐월요화는 천색요골의 요녀이기에 세상의 모든 사내들을 유혹할 수 있지요. 그 바람에 강호는 혼란에 빠졌고 무수한 싸움이 벌어졌습니다. 청년 영웅들의 연쇄적인 죽음, 풍운마제와 뇌천검제의 격돌, 사해문의 몰락 등 당시 일어난 대부분의 사건은 모두 폐월요화의 소행이었습니다."

태옥교는 이미 과거의 비사를 알아냈기에 백무향의 행보를 손금 보듯 환히 꿰뚫고 있었다.

"얘기를 다시 정리하면, 풍운마제는 신녀문에 엄청난 피해를 끼친 죄인입니다. 신녀문이 오늘날까지 세상에 알려지지 않은 이유도 폐월요화가 신녀문 출신이기 때문에 스스로 봉문을 선언했기 때문입니다. 하기에 기억을 되찾은 풍운마제는 자신의 과오를 씻기 위해 무산 신녀문을 찾아간 것입니다. 만일 그가 풍운마제가 아니라면 어떻게 소재조차 비밀스런 신녀문을 서둘러 찾아갔겠습니까?"

무을은 멍하니 태옥교를 바라볼 뿐 아무런 반론도 제기하지 못했다. 그의 두뇌로서는 도전히 태옥교의 상대가 되지 못했다.

태옥교는 무을을 완전히 제압했다 싶어 어조를 다소 누그러뜨렸다.

"뇌천공자가 오행천의 침공 때 사해문을 지키기 위해 싸운 일 또한 그가 풍운마제라는 분명한 반증이기도 합니다."

"자, 잠깐."

태옥교의 말을 잠시 끊은 무을이 무겁게 가라앉은 어조로 물었다.

"왜, 왜 형님은 내게 자신이 풍운마제라는 사실을 숨긴 거요?"

"풍운마제는 백도의 적입니다. 당연히 본 궁과 양립할 수 없지요. 그가 노리는 것은 오행천의 패망과 더불어 백도의 분열입니다. 그래서 소녀가 반사귀선을 살해했다고 모함을 한 것으로 추정됩니다."

태옥교는 걸음을 옮겨 무을의 등 뒤에 섰다.

"맹주, 소녀는 결백합니다. 어찌 현사군과 풍운마제와 같은 마도의 편에 서서 소녀를 의심하십니까? 더군다나 맹주는 사사로이 소녀의 낭군이 아니십니까?"

"지, 지금 낭군이라 하였소?"

"당연하지요. 소녀에게 있어 맹주는 첫 사내이며, 또한 마지막 사내이기를 원합니다."

태옥교은 무을의 어깨를 감싸 안으며 볼을 비볐다.

"맹주, 아직도 소녀를 믿지 못하시나요?"

그녀의 향긋한 숨결과 가슴속으로 파고드는 나긋나긋한 손길에 무을은 무너지고 말았다. 백무향이 풍운마제로 밝혀진 이상 태옥교의 진술에 더 무게를 둔 것이다.

태옥교는 무을의 무릎 위에 걸터앉으며 노골적으로 그를 자극했다.

"무을, 전 영원히 당신의 여인이고 싶습니다."

대번에 피가 끓어오른 무을은 그녀를 와락 끌어안았다.

"옥교! 믿겠소. 당신이 곧 진실이오."

그는 그녀의 볼을 감싸 쥐며 입을 맞추었다. 그녀도 뜨거운 열기를 발하며 적극적으로 응했다.

침상까지 갈 여유가 없었다.

무을은 그녀를 바닥에 눕힌 채 옷을 벗기고 한 몸이 되었다. 태옥교는 한껏 달아올라 한 마리 뱀처럼 그를 휘감았다.

이 순간 무을은 한 가지 중대한 사실을 깨달았다.

태옥교의 육체는 불덩이처럼 뜨거웠지만 단 한 곳만은 차다는 것을.

차디찬 입술.

태옥교은 연신 쾌락의 신음을 토했지만 그 입술은 얼음처럼 차가웠다. 그것은 여태까지 무을을 세뇌시키기 위해 토해 낸 태옥교의 열변을 뒤집어 버린 중대한 비밀이었던 것이다.

제 59 장

지략과 계략, 그리고 독계

1

대죽 취병산(翠屛山)의 오행천.

현 오행천의 화려한 황금 탑과 황금 전각은 과거 황금성의 유산이다. 계단형으로 조성된 견고한 방어선은 천연의 요새로써 손색이 없다.

오행천 마인들은 태백궁의 침공을 진작부터 파악하고 있었기에 오행천 십 리 밖에서부터 함정을 매설해 두었다.

그들은 황금성 단독으로 여산 태백궁을 침공해 엄청난 전과를 거둔 적이 있기에 태백궁의 공격을 그다지 우려하지 않았다. 오히려 손쉽게 태백궁을 섬멸할 수 있는 호기로 생각할 정도였다.

혈사마황 현사군은 거대한 옥좌에 비스듬히 앉아 금백마신의 보고를 듣고 있었다.

"태백궁 놈들 외에도 강호의 버러지들과 구파일방, 그리고 무림세가의 지원 병력까지 합쳐 대략 천오백 정도이외다. 머릿수로만 비교하면 본 천의 두 배에 달하지만, 대부분 오합지졸이라 충분히 승산이 있소이다."

단하의 두 마신을 비롯해 오행천의 수뇌들 역시 누구 하나 우려하는 기색이 없었다.

오행천은 지난번 사해문 침공 때 상당한 피해를 입었지만 당시 싸움에서 승전을 한 데다 어느 정도 손실을 회복한 상태였기에 태백궁의 공격에 두려움이 없었다. 더군다나 상대가 각파의 최강 정예들로 결성된 백도연합이 아니기에 우습게보기까지 했다.

현사군은 서역에서 들어온 포도를 오물거리며 주의를 주었다.

"태옥교는 신중한 계집이오. 한데도 과감히 선제 공격을 나섰다면 나름대로 승리를 확신했기 때문일 것이오. 놈들을 두려워할 필요는 없지만 무시하지는 마오. 방심은 스스로를 허물어뜨리는 최대의 적이오."

그는 적화마신 쪽으로 시선을 돌렸다.

"축융화탄은 얼마나 보유하고 있소?"

“축융장왕이 직접 제작한 축융화탄은 모두 소진되었소이다. 마장들이 제작한 화탄은 폭발력이며 화력이 축융화탄의 절반에 불과하외다.”

“적화마신은 좌측 죽림에 염초와 유황을 매설한 후 화탄을 터뜨려 놈들의 좌군을 섬멸하시오. 만일 태백궁 정예들이 화공에 걸려든다면 그대의 공이 으뜸이 될 것이오.”

“명을 받드오!”

적화마신이 대전을 나가자 현사군은 곧바로 귀명마신에게 명했다.

“귀명마신은 우측 벼랑을 사수하되, 절대 출진하지 마시오. 우측 벼랑은 천연의 요새이기에 지키기만 하면 절대 무너지지 않을 것이오.”

“존명!”

귀명마신은 휘하들을 대동해 대전을 나갔다.

현사군은 술잔을 손에 쥐고 편안히 기대앉으며 물었다.

“태백궁 놈들만 궤멸시키면 나머지 오합지졸들은 겁을 집어먹고 달아날 것이오. 문제는 놈들의 주력이 어느 방향으로 진군하느냐에 달려 있소.”

“좌측 죽림이나 우측 벼랑은 길이 좁고 험해 다수가 침공하기에는 무리가 있소이다. 아마도 놈들은 정예들을 앞서 대거 정면으로 돌진해 올 것이오.”

“그게 당연한 전술이오. 하지만 우리가 대비하고 있다는 것을 태옥교도 파악하고 있을 거요. 한데도 과연 우리의 예측대로 공격해 오겠소?"

금백마신은 황금성에서 오랜 세월 총상 직을 수행했기에 누구보다 전략에 밝고 지략이 뛰어났다.

현사군 역시 남다른 총명을 지녔지만 중대한 일전이기에 풍부한 경험과 경륜을 지닌 금백마신에게 의견을 구해야 했다.

"천주, 달리 길이 있다면 저들도 계책을 꾸밀 수 있겠지만 좌우측과 정면, 세 곳의 진입로만 있는 상황에서는 전략적으로 한계가 있소이다. 노신과 천주의 예측을 결코 벗어나지 못할 것이오."

현사군은 가볍게 고개를 끄덕였다.

"아마 그럴 것이오. 한데 사해문 버러지들도 참가했소?"

"아니외다. 사해문 버러지들은 전혀 보이지 않는다 하오이다. 또한 백무향의 행적은 아직까지 포착되지 않았소. 아마도 아직 부상을 치유하지 못한 듯하오."

"내 판단이 맞다면 놈은 분명히 당도해 있소. 아마 지난번 패배를 설욕하기 위해 나와의 일전을 노리겠지."

금백마신이 정색하며 고개를 저었다.

"본 천의 제자들이 철통같이 지키고 있는 한 절대 침투할 수 없소이다."

옥좌에서 일어선 현사군이 술잔을 손에 쥔 채 천천히 계단을 내려섰다.

"놈은 반드시 내 손으로 죽여야 하니 기어코 침입하겠다면 막지 말라고 지시해 두시오. 이번에야말로 놈의 가슴을 갈라 심장을 꺼낼 것이오."

"명심하겠소."

"그럼 건투를 빌겠소."

현사군이 술잔을 건네자 금백마신이 단숨에 술잔을 비우고는 뒤로 던졌다.

"오행천의 영광을 위해!"

금백마신은 정중히 예를 올리고는 수하들을 대동해 대전을 나갔다.

현사군은 대전에 혼자 남게 되자 뒷짐을 진 채 두툼한 융단 위를 걸었다. 바닥에 깔린 붉은 융단은 대전 밖 돌계단까지 이어져 있었다.

마황전(魔皇殿)은 오행천 내에서도 가장 상부에 위치하기에 계단형으로 조성된 전각과 망루를 환히 내려다볼 수 있었다.

현사군은 좌측의 무성한 대나무 숲과 우측의 바위 벼랑을 번갈아 바라보았다. 상대의 전력을 높이 평가해도 쉽게 돌파될 것으로 보이지 않았다.

현사군은 시선을 돌려 여러 겹의 높은 방벽을 바라보았다.

"태옥교! 과연 네가 어느 길을 선택할지 기대가 되는구나."

태백궁 야영지.

취병산에서 삼십여 리 떨어진 평지에 대규모 진영이 형성돼 있었다. 수백 개에 달하는 막사가 세워져 있었으며, 뒤늦게 당도한 협사와 무림세가의 군웅들이 속속 합류하고 있었다.

태옥교는 대막사에서 마지막으로 작전 회의를 열었다.

"오행천의 경계가 워낙 삼엄해 지형에 대한 정보가 충분하지 않습니다. 일단 저들의 외곽 방어선을 돌파한 후에 임기응변으로 대처할 수밖에 없습니다."

그녀는 탁자 위에 놓인 지도를 가리켰다.

"보시다시피 침투로는 세 곳입니다. 좌측의 죽림과 우측의 벼랑길, 그리고 오행천 정문으로 이어지는 대로입니다. 과연 어느 쪽에 정예들을 투입시키느냐가 이번 섬멸전의 관건입니다."

무을은 한 손으로 턱을 괸 채 지도만 바라볼 뿐 별다른 의견을 제시하지 않았다.

향 한 자루 탈 시간이 흐른 후 호밀원주가 입을 열었다.

"오행천 마귀들도 전력의 대부분을 중앙 출입로에 배치해 두었을 것이오. 우리도 역시 최정예를 앞세워 정면으로 뚫고 들어가는 수밖에 없소."

현무전주가 긴 콧수염을 쓰다듬으며 반론을 제기했다.

"저들이 대비하고 있다면 정면 대결을 피해야 하오. 우리 측의 피해가 너무 클 것이오."

한번 의견이 충돌하자 수뇌부들이 저마다 목소리를 높였다.

회의장에는 소림의 대원로 법륜(法輪) 선사와 무당의 수석 장로 태현(太玄) 도장이 배석했지만 그들은 지원 세력일 뿐 주력이 아니기에 묵묵히 지켜볼 수밖에 없었다.

결국 무을이 나서 수뇌들의 분분한 주장을 가라앉혔다.

"의견은 충분히 들었소. 최종 결정은 태 군사에게 맡깁시다. 빈도는 태 군사의 결정에 무조건 따르겠소."

명색이 무림맹주의 결단이기에 태백궁 수뇌들은 입을 다문 채 태옥교의 결정을 기다렸다.

태옥교는 지도를 가리키며 침투 방안을 내놓았다.

"벼랑길은 방비가 허술할 테니 소수 정예만으로 침투가 가능합니다. 소녀가 우군을 이끌고 벼랑길 공격에 나서겠습니다. 죽림을 통한 침투는 다수가 대오를 이뤄 조금씩 전진해야 하기에 풍부한 경험이 요구됩니다. 법륜 선사님과 태현 도장님이 군웅들과 열협들을 지휘하시는 게 적격이라 생각됩니다."

법륜 선사와 태현 도장이 기꺼이 수용 의사를 밝혔다.

태옥교는 무을에게로 시선을 돌렸다.

"맹주께서는 태백궁 정예들을 대동해 정면으로 돌격하십시오. 저들은 분명 황금무장들을 앞세워 반격해 올 것입니다. 황금무장들은 불침지체에 가까운 마물이지만 본 궁의 척마신병대는 마물들을 상대하기에 충분한 훈련을 받았으니 별 무리 없이 싸울 수 있습니다. 이렇게 세 방향으로 동시에 침공해 저들의 중앙 광장에 집결하는 것입니다."

"공격 시각은 언제가 좋겠소?"

"우리는 오행천 내부의 지형에 익숙치 않습니다. 내일 날이 밝은 후 출전하는 것이 효과적입니다."

"알겠소. 그럼 내일의 결전을 위해 오늘 밤은 푹 쉬도록 합시다."

무을이 폐회를 고하자 수뇌들은 차례로 대막사를 나갔다.

둘만 남게 되자 태옥교가 무을의 옆으로 바싹 다가섰다. 무을은 지레짐작하고 난감한 기색을 지었다.

"대, 대공녀, 누가 불쑥 들어오면 어쩌려고 이러는 거요?"

태옥교는 피식 실소를 짓고는 목소리를 낮추었다.

"벼랑길 침투조는 맹주께서 맡아주십시오. 경공에 뛰어난 고수들로 미리 부대를 구성해 놓았습니다."

"이미 결정된 사항을 왜 갑자기 바꾸는 거요?"

"이런 대규모 격돌에는 반드시 적의 첩자가 숨어 있기 마련입니다. 아마 우리의 침공 작전은 곧바로 현사군에게 보고

될 것입니다. 만일 현사군이 우리의 작전에 맞춰 방어 태세를 갖춘다면 승산이 없습니다.”

무을은 태옥교의 치밀함과 깊은 지략에 탄복하고 말았다.

“과연 대공녀의 지혜는 놀랍소. 혹시 제갈공명의 화신이 아니오?”

“과찬이십니다.”

태옥교는 겸손을 표하고는 지도를 가리켰다.

“소녀가 중군을 이끌고 오행천 정문으로 돌진하겠습니다. 맹주가 정면 돌파를 감행할 것이라는 정보를 흘렸기에 오행천의 주력이 포진해 있을 테니 쉽지 않은 격돌이 될 것입니다. 맹주께서는 벼랑길을 통해 신속히 오행천 내부로 침투한 후 놈들의 배후를 기습하십시오. 이 작전만 성공리에 수행된다면 우리의 승리입니다.”

무을은 지도를 꼼꼼히 살피다가 걱정스런 표정을 지었다.

“죽림으로 침투하는 군웅들에게 피해는 없겠소? 대나무 숲이라면 시야가 가려져 있어 침투가 쉽지 않을 텐데……?”

“우려하실 것 없습니다. 전력상 우리가 우위에 있기에 현사군은 소수의 마인들만 파견해 지연 작전을 펼치려 할 겁니다. 사실 이 무림대전은 오행천과 태백궁의 정면 승부라 할 수 있습니다. 군웅들은 그저 구경꾼에 지나지 않습니다. 저들의 활약은 크게 기대하지 마십시오.”

태옥교는 슬며시 무을의 손을 쥐었다.

"그리고 공격 시각은 아침이 아니라 새벽입니다. 오행천 마인들이 눈치 채지 못하게 은밀히 밀명을 전하겠습니다."

"그건… 지나친 속임수가 아니오? 우리는 명색이 백도 정파인데……."

무을이 떨떠름한 표정을 짓자 태옥교는 안색을 싸늘하게 굳혔다.

"상대는 잔악한 마귀들입니다. 저들이 여산 태백궁을 침공할 때 어떤 기별이라도 했나요? 난데없이 심야에 기습을 펼치는 바람에 태백궁은 엄청난 피해를 입어야 했습니다. 상대는 반드시 제거되어야 할 절대악입니다. 어떤 수단과 방법을 써서라도 말입니다."

태옥교의 강경한 어조에 무을은 주눅이 들었다.

"아, 알겠소. 내가 언제 대공녀의 지시를 거역한 적이 있었소?"

태옥교는 사르르 눈웃음을 치며 부드럽게 속삭였다.

"이 싸움이 끝나면… 소녀는 영원히 당신의 것입니다."

태옥교가 대막사를 나가자 무을은 가슴에 손을 얹으며 길게 한숨을 내쉬었다.

'무섭다, 정말 무서운 여인이야. 만일 대공녀가 치마를 두른 여인이 아니었다면 나를 대신해 무림맹주에 올랐을 거다.'

그는 태옥교의 처소에서 가졌던 격렬한 정사를 떠올리며 마른침을 꿀꺽 삼켰다. 당시 보여준 태옥교의 교태와 색기는 천하에서 가장 고결하고 청순한 십절옥봉이 아니라 하급 청루의 매춘부와 다를 바 없었다.

그는 얼음장처럼 차가웠던 태옥교의 입술 감촉을 되새기며 잔뜩 우거지상을 지었다.

'무향 형님, 대체 내가 어찌하면 좋겠소? 부처님과 태상노군께서는 왜 순진한 내게 이런 고뇌를 안겨준단 말이오?'

3

사사삭!

희뿌연 새벽 안개를 뚫고 움직이는 야행복 차림 무사들의 수효는 백 명쯤 되었다. 벼랑가에 이른 그들은 나름대로 경공술을 발휘해 최대한 빠르게 기어올랐다.

그들은 바로 태백궁의 정예무사들로, 벼랑길 공략에 나선 좌군이었다. 이들을 인솔하고 있는 사람은 무을이었다.

무을은 승극도허라는 도문 최고의 경공술을 터득했기에 백 장 벼랑도 단숨에 뛰어오를 수 있지만 좌군 무사들에게는 그런 능력이 없었다.

무사들이 벼랑을 타고 기어오르는 동안 무을은 앞서 벼랑 상단에 이르러 오행천의 경비 상황을 점검했다.

벼랑을 따라 수십 개의 망루가 세워져 있어 은밀한 침투는 쉽지 않았다. 하지만 태옥교가 흘린 거짓 정보 때문인지 벼랑

길을 지키는 마인들의 방어 태세는 예상보다 미흡했다.

무을은 회심의 미소를 지으며 고개를 끄덕였다.

'마귀들이 대공녀의 계책에 단단히 말려들었군. 이른 시각이어서 그런지 아직 방어 상태가 소홀하다.'

그는 자신의 발밑까지 이른 좌군 무사들을 둘러보고는 허공으로 둥실 떠올랐다.

망루 아래에 이른 무을은 소리없이 떠오르며 탄지신통을 전개했다. 미세한 바람 소리가 퍼지는 와중에 사혈이 관통된 마인 셋이 대번에 즉사했다.

무을은 신속하게 옆의 망루로 뛰어들어 탄지신통을 날렸다. 망루 사이의 간격은 십 장이나 되었지만 무을에게는 한달음이면 이를 수 있는 거리이기에 감시조 마인들은 자신들이 어떻게 죽었는지도 모를 것이다.

벼랑 위에 늘어선 망루가 일곱 개나 되었지만 미세한 소리도 없이 스무 명의 감시조 마인이 모두 죽었다.

단독으로 일차 방어선을 와해시킨 무을은 침투 무사들에게 신호를 보냈다.

한 명의 낙오자도 없이 벼랑 위로 올라선 좌군 무사들은 열 명씩 조를 이루어 대기했다. 우군을 형성한 군웅들의 공격과 더불어 그들의 기습이 이루어져야 하기 때문이다.

한데 이때, 오행천 우측으로 형성된 죽림에서 거대한 폭음이 울려 퍼졌다.

콰—콰쾅—!

취병산이 통째로 진동할 만큼 어마어마한 폭음이었다. 더불어 어슴푸레한 새벽하늘을 찌를 듯한 불기둥이 치솟아 올랐다. 불기둥이 얼마나 강렬한지 자욱한 새벽 안개가 대번에 스러졌다.

벼랑 위에서 이 광경을 바라본 무을은 등골이 서늘해졌다.

'맙소사! 축융화탄이야. 저런 폭발과 불길이라면 군웅들은 몰살을 면치 못한다.'

그는 비로소 태옥교의 잔혹한 심계를 헤아릴 수 있었다.

죽림을 통한 침투에 태백궁 제자들은 한 명도 배속되지 않았다. 이것이 만일 의도적이었다면 태옥교는 축융화탄이 매설돼 있는 것을 간파했음에도 불구하고 칠백에 달하는 군웅들을 사지로 몰아 넣은 것이다.

'이럴 수가! 어떻게 이렇듯 잔인할 수 있단 말인가?'

물론 이 또한 그의 추측이기에 태옥교의 독계라 확신할 수 없지만 그는 태옥교에 품었던 한가닥 미련을 가차없이 끊을 수 있었다.

그는 합장을 하며 자신의 과오를 절실하게 참회했다.

'불타시여, 태상노군이시여! 이제야 세상의 악이 누구인지 확실히 깨닫게 되었습니다. 잠시나마 악에 눈이 멀었던 제자를 용서하소서!'

화르르륵!

치솟는 불길과 자욱한 연기에 군웅들은 넋이 빠져 어떻게 처신해야 할 바를 몰랐다. 아직도 곳곳에서 화탄이 터지고 있어 한 걸음을 내딛기도 겁이 날 정도였다.

죽림으로 들어선 칠백여 군웅 중 절반이 폭사했으니 주변의 참상은 이루 말할 수 없었다. 생존한 군웅들도 불길 밖에서 쏟아지는 암기와 화살의 공격에 계속 죽어가고 있었다.

앞서 진군하던 무당의 수석장로 태현 도장이 폭사했기에 군웅들을 통솔할 수 있는 사람은 소림의 법륜 선사뿐이었다. 하지만 수양이 깊은 법륜 선사도 이 어마어마한 참극 앞에서는 부동심을 잃고 말았다.

"아미타불… 이 어찌 인간의 탈을 쓰고 할 짓이란 말인가? 정녕 마귀와 마군들의 소행이로다!"

한데 그때였다. 잇단 폭음이 터지며 배후의 불길 일부가 순식간에 가라앉았다. 어떤 강력한 힘에 의해 죽림 일부가 소멸되면서 퇴각할 길이 열린 것이다.

번득이는 번갯불과 함께 날아든 사람은 놀랍게도 백무향이었다.

그를 알아본 군웅들이 감격에 젖어 외쳤다.

"뇌천공자다!"

"오, 뇌천공자가 우리를 구했다!"

"이제 살았어! 퇴로가 열렸다!"

백무향은 자신을 향해 연신 예를 표하는 군웅들을 쓰윽 둘러보고는 심드렁하게 내뱉었다.

"당신들은 무슨 좋은 일이 있다고 불길 속으로 뛰어든 거요?"

군웅들을 대표해 법륜 선사가 대답했다.

"아미타불… 노납은 소림의 법륜이오. 퇴로를 열어주셔서 감사하오."

"오해 마시오. 오행천의 마귀 대장을 죽이러 가는 길을 불덩이가 막고 있어서 해소한 것뿐이오."

"공을 자랑하지 않으려는 백 시주의 겸양이 더욱 존경스럽소. 백 시주께서 군웅들을 이끌어주기를 바라겠소."

"훗, 이끌어 달라고? 당신들은 사해문 총단이 오행천 마귀들의 침공을 받았을 때 꿈쩍도 하지 않았던 사람들이오. 그런 당신들을 내가 왜 이끌어야 한단 말이오?"

법륜선사는 얼굴을 붉히며 정중히 합장을 올렸다.

"백 시주, 오행천과 맞서 싸운 사해문 의협들의 기개에 우리 모두 부끄러움을 금치 못했소. 부디 지난 과오를 용서해 주시오."

백무향은 십 장 높이까지 치솟는 불기둥을 응시했다.

"당신들을 이런 불바다 속으로 몰아넣은 사람이 바로 태옥교요?"

"그건 오해이외다. 대공녀도 이런 무서운 함정이 매설돼 있는 줄은 몰랐을 것이오.”

“하기는 태옥교가 아무리 똑똑해도 세상 모든 일을 알 수는 없지. 그래도 용케 태백궁 제자들은 모두 빼돌려 놓았군. 마치 이런 일이 있을 것을 대비한 것처럼 말이오.”

백무향의 예리한 지적에 법륜 선사를 비롯한 군웅들은 비로소 미처 생각지 못한 부분을 깨닫게 되었다. 군웅들과 보조를 맞출 태백궁 제자들이 한 명도 배정되지 않은 이유를 비로소 의심하게 된 것이다.

백무향은 뇌천검을 비껴 쥐고는 불기둥을 향해 다가갔다.

“이제 와서 고민할 것 없소. 태옥교에 따져 물어봤자 그녀의 교활한 변명에 당신들만 멍청이가 될 테니까.”

그는 불기둥을 향해 일검을 내리그었다.

콰—콰쾅!

엄청난 폭음과 함께 지표가 검기에 베어지면서 맹렬한 불길이 갈라졌다.

백무향은 군웅들을 돌아보며 흐릿한 조소를 머금었다.

“살고 싶으면 내가 열어놓은 퇴로를 따라 퇴각하시오. 혹시 세간 사람들의 비난이 두렵다면 나를 따라 오행천으로 들어가 마귀들과 잠시 싸운 척하면 될 거요. 어차피 모든 영광과 명예는 태백궁의 차지가 될 테니 목숨을 걸고 싸울 필요는 없소.”

군웅들이 뭐라 답변을 하기도 전에 백무향은 불길이 스러진 진입로를 향해 뛰어들었다.

"현사군, 네놈은 내 차지다!"

군웅들은 곤혹스런 표정을 지으며 서로를 바라보았다.

너무도 커다란 심적 혼란과 충격에 그들은 도저히 판단을
내릴 수가 없었다. 숱한 동료들을 잃고서 그대로 도피한다는
것은 사문에 대한 수치이자 굴욕이었다. 하지만 자신들의 존
재가 단지 태백궁의 이용물이라는 생각에 이르자 오행천과
싸워야 할 의지가 상실되었다.

이때 법륜 선사가 소림의 제자들을 이끌고 진입로로 향했
다.

군웅 중 누군가가 외쳐 물었다.

"선사님, 왜 태백궁의 이용물이 되시려는 겁니까?"

"아미타불, 누구를 위해 싸우느냐는 생각하기 나름이오.
노납은 강호정의를 위해 오행천과 싸우는 것이지 태백궁을
위해 싸우는 것이 아니오. 지금은 명예와 영광 따위는 생각하
고 싶지 않소."

법륜 선사의 법어에 군웅들은 잃었던 투지를 되살렸다.

그들이 오행천 섬멸에 동참한 것은 자발적이었지 누구의
강요에 의해서가 아니었다. 이제 와서 발길을 돌리는 것은 앞
서 사망한 동료에 대한 배신이며, 강호정의에 대한 배반이었
다.

무당의 도사들이 소림 제자들의 뒤를 따랐다.

"수석장로님의 명예를 더럽힐 수 없다. 여기서 물러선다는
것은 무당의 수치이다."

군웅들도 병기를 꼬나 쥐고는 진입로를 향해 뛰어들었다.

"오행천 마귀들을 섬멸하라!"

"형세들의 복수다!"

"잔악한 마귀들! 모두 죽이리라!"

죽림을 넘어선 군웅들은 오행천 마인들을 향해 기세등등
하게 돌진해 갔다.

상황의 급반전!

오행천을 섬멸하겠다는 본래 취지는 바뀌는 게 없지만 커
다란 변화는 그들의 정신 자세였다. 여태까지는 태옥교의 지
시에 따라 피동적으로 움직였지만, 이제는 태옥교의 손끝에
놀아나는 꼭두각시가 아니었다.

그것은 태백궁을 향한 절대적인 신뢰가 깨졌음을 의미하
는 중대한 사건이었다.

차—차차창—!

새벽 안개가 걷히면서 격돌 상황이 분명하게 드러났다.

거대한 황금빛 방벽 앞에서는 대규모 혈투가 전개되고 있
었다. 태백궁과 오행천의 정예들이 총동원된 엄청난 대결이
었다.

오행천 황금무장들은 육중한 철퇴를 휘두르며 가공할 위

력을 발휘했다.

황금무장들은 도검불침의 몸이기에 일반 무사들은 감히 접근할 수도 없었다. 이들과 맞서는 태백궁 제자들은 척마신병대뿐이었다. 그들은 예리한 신병과 강력한 방패, 그리고 굳건한 갑옷으로 무장했으며, 일사불란한 진퇴로 황금무장들을 포위했다.

퍼퍼펑―!

황금무장의 철퇴에 적중된 척마신병대의 무사 셋이 박살 났지만 그 틈을 타서 네 명의 척마신병대원이 황금무장의 하반신을 공격했다.

"크윽!"

다리에 심한 부상을 입은 황금무장이 한쪽 무릎을 꿇자 척마신병대가 마치 개미 떼처럼 달라붙었다. 이런 방식으로 한 명의 황금무장이 쓰러지면 척마신병대가 다른 황금무장을 에워쌌다.

퍼―퍼펑―!

폭음이 난무하고 무수한 목숨이 끊어지고 있었지만 오히려 이를 즐기는 한 사람이 있었다.

바로 성루 위의 옥좌에 앉아 있는 현사군이었다.

그는 끔찍한 혈전을 마치 한바탕의 놀이로 생각하는 듯 포도를 우물거리며 술을 마시고 있었다. 다소 심각한 표정으로 시립해 있는 금백마신과 달리 현사군의 표정은 여유롭기만

했다.

"하핫, 제법 잘 어울리는 싸움이야. 역시 태백궁답게 본좌를 실망시키지 않는군."

금백마신이 무거운 어조로 아뢰었다.

"천주, 즐기실 상황이 아니외다. 자칫 양패구상을 당할 수도 있는 상황이오."

"확실히 연구를 많이 했어. 본 천의 자랑인 황금무장들이 너무 쉽게 쓰러지는군."

"출전하셔야 하오이다, 천주."

"한데 말이오, 입수한 정보와 다르지 않소? 태옥교가 벼랑 길로 침투해 온다고 하지 않았소?"

금백마신은 난처한 기색을 지었다.

"정보는… 확실했소이다."

현사군은 초인적인 두뇌의 소유자이기에 대번에 전반적인 상황을 간파했다.

"후훗, 교활한 계집이 가짜 정보를 흘린 거로군. 침공 시각도 새벽으로 앞당겨 본좌의 단잠을 깨웠어. 지금쯤이면 무을에 의해 좌측 벼랑도 점령당했을 거요."

그의 예측은 조금도 틀리지 않았다.

"와아아!"

함성과 함께 야행복 차림의 태백궁 무사들이 격돌장으로 뛰어들었다. 순간 배후에서 기습을 당한 오행천 마인들은 균형이 깨지면서 혼란에 빠져들었다.

가슴 앞자락이 피로 물든 귀명마신이 성루 위로 내려섰다. 그는 한쪽 무릎을 꿇으며 죄를 청했다.

"죽여주소서, 천주. 무을의 무공을 감당할 수가 없었소이다."

오행천의 계단형 건물 곳곳에서 불길이 치솟고 있었다. 벼랑길을 타고 침투한 태백궁 무사들 일부가 전각을 점령하고 불을 지른 것이다.

현사군은 내전이 불타고 있는 것을 바라보면서도 놀라워하거나 분노하지 않았다.

"그들이 철거 작업을 도와주는군. 우리가 승리하면 태백궁을 접수해 총단으로 삼을 테니 이곳은 필요없지."

이때 죽림과 연결된 방벽 우측으로 수백의 군웅들이 돌진해 왔다.

"와아! 마귀들을 섬멸하라!"

"형제들의 복수다!"

군웅들이 뛰어들면서 오행천 마인들은 크게 위축되었다. 진형이 깨지면서 세 토막이 났기에 전력 손실은 상당했다. 반면 태백궁 제자들은 한껏 기세가 올라 더욱 드세게 마인들을 몰아붙였다.

성루 위로 올라선 적화마신이 침통한 모습으로 보고를 올렸다.

"송구하오이다, 천주. 백도의 버러지들을 모두 불태워 죽일 수 있었는데 백무향의 훼방으로 실패하고 말았소이다."

"백무향! 결국 네놈이… 왔구나!"

그의 말이 끝나기 무섭게 방벽 위로 한 사람이 내려섰다.

"현사군, 네놈은 오늘 확실히 죽는다!"

백무향의 등장에 현사군의 표정이 처음으로 일그러졌다.

"젠장, 네놈만큼은 확실히 죽였어야 했다."

이때 방벽 일각이 붕괴되며 또 한 사람이 솟구쳐 올랐다.

"아미타불 무량수불! 오늘이 마귀들 최후의 날이다!"

무을 도승은 비교적 우세하게 돌아가는 전황을 살피고는 아이처럼 키득거렸다.

"헤헤, 마침내 내가 머리를 기르고 도사복을 벗어던질 수 있게 되었구나!"

현사군은 허리춤에 찬 파천마검의 손잡이를 쥐었다.

"도사도 아니고 중도 아닌 놈은 내가 맡겠소. 삼대마신은 잠시 백무향을 붙잡아두시오. 두 놈만 죽이면 태옥교는 겁을 집어먹고 도주할 것이오."

"존명!"

삼대마신은 방벽 위를 날아 백무향의 앞에 내려섰다.

"네놈은 우리가 상대해 주겠다."

백무향은 삼대마신을 둘러보다가 방벽 안쪽으로 훌쩍 뛰어내렸다.

"바깥은 번거로우니 안에서 겨루자."

한편 무을의 앞에 이른 현사군은 냅다 일권을 날렸다.

"파천혈황권!"

무을은 차갑게 냉소를 치고는 양손을 머리 위로 쳐들었다.

"태상노순이시여, 마귀를 멸하소서!"

위이잉!

허공으로 거대한 태극 도형이 형성되었다. 도문 최고의 절기인 태청강기였다.

"가랏!"

그가 태청강기를 내던지자 붉고 푸른 기류가 허공에서 충돌했다.

콰아아앙!

엄청난 폭음과 함께 방벽 한쪽이 통째로 무너져 내렸다. 동시에 뒤로 밀린 두 사람은 상대의 무공에 서로 놀라워했다.

무을이 혀로 입술을 쓰윽 핥았다.

"뭐, 뭐가 이렇게 강해? 광명오절기까지 터득했건만 한갓 마귀한테 밀리다니?!"

현사군은 자신의 강력한 마공이 무을의 태청강기에 접하는 순간 마력이 급속도로 약화된다는 것을 깨달았다.

'도불의 법력 때문이로군. 놈과의 내공 대결은 내가 불리하다.'

꼿꼿하게 치솟은 그는 오행천의 내전을 향해 날아갔다.
"따라오너라!"

한편 방벽 밖에서 전개되는 혼전은 최고조에 이르고 있었다.

오행천 마인들은 절반으로 줄어들었지만 여전히 흉포함을
드러내며 동귀어진도 불사했다. 그들은 상부의 명령에 절대
복종하기에 퇴각 명령이 떨어지기 전까지는 사력을 다해 싸
운다.

절대 항복하지 않는 자들.

태백궁 제자들과 군웅들이 그들을 포위하고도 쉽게 섬멸
할 수 없는 것도 이런 연유 때문이었다. 굴복시킬 수 없으니
모두 죽여야 하는데 하나같이 독특한 마공 절기를 지녔기에
공격하는 자들의 피해도 적지 않았다.

태옥교는 심각한 고민에 젖어 있느라 싸움의 양상이 어떻
게 돌아가는지도 몰랐다.

'백무향! 용케도 부상에서 회복되었군. 이로써 죽어야 할
자들은 한자리에 모두 모였다.'

빠르게 주변을 살피던 그녀가 조용히 이동했다. 무려 천여
명이 뒤엉킨 혼전장이었기에 그녀의 움직임은 폭음과 비명
속에 묻힐 수 있었다.

진영으로 돌아온 태옥교는 자신의 막사로 들어섰다.

막사 한쪽에 놓인 커다란 함(函)에는 그녀만을 위한 소지품과 물품이 담겨 있다. 외견상 평범한 목함이지만 그 아래쪽에는 비밀 서랍이 숨겨져 있었다.

태옥교는 기관을 작동시켜 서랍을 열었다.

고색창연한 문양이 새겨진 활. 바로 전설적인 병기 예사천궁이었다. 그 옆에는 가공할 위력을 지닌 세 개의 파옥전이 담긴 화살통이 함께 놓여 있었다.

태옥교는 옷을 벗고 야행복으로 갈아입었다.

'단 한 번에 끝내야 한다. 이번 대결에서 백무향이 이기든 현사군이 이기든 누구라도 내 손에 죽는다. 무을은 아직 쓸모가 있으니 살려두자. 그자는 언제든지 죽일 수 있으니까.'

화살통을 메고 예사천궁을 비껴 찬 태옥교는 깊이 숨을 들이켰다.

그녀 일생에서 가장 중대한 상황임을 스스로 인식하고 있었다. 어쩌면 자신의 모든 것을 잃을 엄청난 모험이지만 더는 늦출 수 없는 결단이었다.

'이게 마지막 고비다. 위대한 태씨 가문과 태백궁은 나로 인해 완성된다.'

그녀는 자신을 향해 강하게 주문을 걸고는 복면을 뒤집어썼다.

'난 세상의 정의다. 난 다만 악을 단죄할 뿐이다!'

고금 최강의 절기

1

오행천 연무장.

백무향을 가운데 둔 채 삼대마신이 품자형 진세를 형성하고 있었다.

삼대마신은 황금성에서 오랜 세월 동안 삼상으로 봉직했기에 서로의 무공과 특기를 잘 알고 있었다. 그들은 워낙 자부심이 대단해 합격술을 펼치는 경우가 극히 드물었지만 눈빛만으로 조화를 이룰 만큼 삼 인 합격에 능했다.

금백마신은 금검을 비스듬하게 눕힌 채 백무향과 마주 섰다. 적화마신은 붉은 창을 손에 쥐었는데, 창끝에서 불꽃이 뿜어졌다. 귀명마신은 도신이 검은 칼을 치켜들고 있었다.

백무향은 뇌천검을 늘어뜨린 채 하늘을 바라보고 있었다.

세 명의 절세고수와 대치한 상황이건만 표정은 마치 바닥에 검을 꽂은 채 구름을 감상하는 낭인 검사의 공허한 모습이었다.

"차앗!"

짤막한 외침과 함께 금백마신이 먼저 공격을 펼쳐 왔다.

화려한 금빛 검화가 허공 가득히 피어오르는 와중에 배후 좌우로 불꽃이 타오르는 창과 귀기를 발하는 칼이 날아들었다.

쐐애액—!

백무향은 한 발을 축으로 빙글 회전하며 뇌천검을 휘둘렀다. 그다지 빠르지도 않고 느리지도 않은, 일견에도 변화조차 없는 단조로운 초식이었다. 다만 그가 회전하면서 뿜어내는 검법이기에 자연적으로 형성된 검기가 그의 몸을 두텁게 에워쌌다.

차—차차창!

날카로운 금속성이 잇달아 터지며 삼대마신은 본래의 자리로 물러섰다.

금백마신은 이해가 되지 않는 듯 눈을 가늘게 떴다.

'이상하군. 일전에 낙척산에서 천주와 겨룰 때 전개했던 뇌천검법이 분명한데 오히려 더 단조로워진 것 같군. 한데 현란한 변화가 전같이 않은 데도 굉장한 반탄력을 지녔다.'

보다 과격한 성격의 적화마신은 창을 빙글빙글 회전시키

며 힘차게 휘둘렀다.

"죽어랏!"

그는 죽림에서 백무향과 단독 대결을 벌이다 물러났기에 설욕의 의지가 강했다. 귀명마신 역시 벼랑길을 지키다 패퇴했기에 이를 만회하기 위해 초반부터 맹공을 펼쳤다.

백무향은 불꽃 창과 귀기 어린 칼이 난무하는 와중에도 마치 절반은 꿈꾸는 사람처럼 느릿느릿 뇌천검을 움직여 상대의 공세를 차단했다.

그의 검법은 예전의 뇌천검법이 아니었다.

전체적인 골격은 뇌천검법과 유사하지만 초식마다 변화가 배제되었기에 벼락이 치는 듯한 뇌성이며 번갯불도 형성되지 않았다.

금백마신은 잠시 관전하고 있다가 중대한 사실을 깨달았다.

"서두르게! 놈은 지금 우리를 상대로 새로운 무공을 연마하고 있는 중일세. 더욱 강하게 압박해야 하네!"

그는 보법을 펼쳐 바싹 접근하며 현란한 검법을 전개했다. 적화마신과 귀명마신은 번갈아가며 창으로 찌르고 칼로 베어 금백마신을 지원했다.

백무향은 삼대마신의 무시무시한 합공에 몇 군데 상처를 입었지만 느릿느릿한 검법 초식은 달라지지 않았다. 표정은 여전히 꿈에 취한 듯 몽롱했고, 보법은 춤을 추는 듯 유연해 보였다.

금백마신의 안목은 정확했다.

백무향은 삼대마신과 대결을 벌이면서 새로운 검법을 만들어가는 중이었다. 그것은 그가 반사곡에서 소엽과 대화를 나누던 중 문득 깨닫게 된 새로운 심득이었다.

뇌천검제와 함께 검법을 연구했기에 그가 뇌천검법을 알고 있는 것은 당연하다. 그러나 변화와 초식을 기억하고 있는 것과 마음으로 깨닫는 것은 하늘과 땅의 차이이다.

사실 뇌천검법과 폭염마공은 이백 년 이래 가장 강력한 절기 중 하나로 손꼽히는 전설적 무공이다. 한데 두 가지 절기를 동시에 구사할 수 있는 그가 과거의 마정쌍제에 미치지 못한다는 것은 납득이 되지 않는 부분이다.

백무향은 반사귀선 덕분에 잊었던 과거를 모두 회복하면서 뇌천검법을 확실하게 기억할 수 있었다. 스스로도 뇌천검법을 완성했다고 자부할 수 있었다.

한데 그것은 그의 잘못된 판단이었다.

그는 현사군과의 대결에서 패배를 당했다. 일방적인 참패는 아니지만 결코 부인할 수 없는 그의 패배였다. 세월을 정확히 계산한다면 보이지도 않을 만큼 새까만 후배에게 패한 것이다.

대체 패배의 이유가 무엇인가. 전설적인 절기인 뇌천검법과 폭염마공을 지니고도 어떻게 패할 수 있단 말인가.

그런 의문과 자책은 소엽을 향해 푸념하던 중 깨달을 수 있었다.

그는 풍운마제의 현신이지 뇌천검제의 현신이 아니었다. 기적적으로 뇌천진기를 얻게 되어 뇌천검을 뽑을 수 있었을 뿐인데 한때 자신을 뇌천검제로 착각한 적도 있었다.

그러나 그는 풍운마제이기에 결코 뇌천검제가 될 수 없으며, 그가 구사하는 뇌천검법은 완벽할 수가 없었다.

최고의 절기는 약간의 결함만으로 그 위력이 반감되기에 그의 불완전한 뇌천검법으로 현사군의 절대적인 마공을 격파할 수 없었던 것이다.

뇌천진기를 지니면서 폭염마공이 쇠퇴한 것도 그가 과거의 풍운마제처럼 강력해질 수 없는 이유 중 하나였다. 그는 십만대산에서 기구한 운명을 겪으며 완벽한 하나를 잃고 불완전한 두 가지를 지니게 되었다.

절반의 뇌천검제와 절반의 풍운마제.

그것은 특별한 혜택일 수 있지만 초극에 이른 적수를 상대하기에는 불운일 수 있었다. 만일 그가 온전한 풍운마제의 몸으로 잠들어 있다가 깨어났다면 천패무광을 능가하는 무적의 고수가 되었을 것이다. 물론 현사군에 참담하게 패하는 수모를 겪는 일도 없었을 것이다.

백무향은 취병산으로 향하면서 자신의 불완전한 두 가지 절기에 대해 깊이 연구했다.

지금 그가 삼대마신을 상대로 펼치는 검법이 바로 그의 새로운 심득이었다. 뇌천검법을 근간으로 초식을 단순화시키고 폭염마공을 융합했으니 뇌천폭염검법이라 명할 수 있다.

"이야아아!"

"귀곡마절!"

삼대마신의 합공이 물레방아처럼 쉴 새 없이 쏟아졌다.

그들의 공세 속에서 백무향은 뇌천폭염검법을 담금질할 수 있었다.

느릿하기만 하던 검법이 조금씩 빨라지고 검극에서 간간이 불길이 뿜어졌다. 줄곧 방어만 하던 그가 새롭게 창안된 검법으로 비로소 반격에 나선 것이다.

무을 도승과 현사군.

그들의 공방전은 오행천의 모든 전각을 박살 낼 만큼 무시무시했다.

현사군이 전각 속으로 스며들면 무을이 광명오절기를 전개해 박살 냈고, 무을이 누각을 은폐물로 삼으면 현사군이 역천혈류마겁공으로 와해시켜 버렸다.

차차차창—!

한 번의 격돌에도 두 사람의 검은 수십 차례나 충돌했다. 검법 대결에서는 현사군이 다소 앞서기에 무을은 마공을 제압하는 불력이 깃든 소림의 절기로써 이를 만회하였다.

결국 소림의 신공에 밀리고도 곧바로 마력이 보충되는 현
사군의 경이적인 회복 능력에 무을은 조금씩 피로감을 느껴
야 했다.

"젠장, 오행천 소굴이라서 그런가? 도대체 지칠 줄을 모르
는군. 이건 불공평하니 외부로 나가서 싸우자!"

무을이 불만을 토로하자 현사군이 냉소를 지었다.

"난 금마동의 마력을 이어받아 극마지경에 이르렀다. 누구
도 날 죽일 수 없다."

"그렇다면 가만있어 봐. 내 검으로 심장을 찌르고 목을 베
겠다. 그러고도 살아난다면 날 죽여라."

무을은 심각한 상황에서도 어처구니없는 제안을 떠벌렸
다.

현사군은 천마환영보를 전개해 무수한 분신을 만들어냈
다.

"카하핫! 네놈의 최후다, 땡추!"

하나의 분신이 쪼개지면서 둘이 되고, 곧바로 네 개, 여덟
개로 늘어났다. 사위는 순식간에 현사군의 분신으로 가득 메
워졌다.

무을은 한 손을 세워 가슴 앞에 가져다 대며 불호를 외웠
다.

"천수천안 관세음보살이시여! 마귀를 섬멸할 힘을 주소
서!"

그가 불력을 모아 일수를 내려치자 무수한 손 그림자가 확산되었다. 바로 소림의 비전절학 천수관음금강수(千手觀音金剛手)였다.

퍼퍼펑—!

현사군이 펼친 귀기스런 분신은 무을의 수강에 연이어 분쇄되었다. 무을은 여세를 몰아 현사군의 본신을 찾아 대력금강장을 날렸다.

"지옥에나 떨어져라, 마귀야!"

그러나 그의 회심의 일격에 앞서 현사군의 강력한 반격이 전개되었다.

"구겁대파천!"

번—쩍!

마치 지평선을 박차고 떠오르는 출일의 광휘처럼 아찔한 섬광이 줄기줄기 폭사되었다.

무을은 너무도 눈이 부셔 앞을 직시할 수가 없었다.

그가 펼친 대력금강장은 한줄기 미풍이 되어 소멸되었고, 마도의 절대검법이 그의 전신으로 날아들었다. 꼬리를 물고 이어지는 검형은 수백, 수천에 달했다.

무을은 정신이 아득해졌다.

순간적으로 광명오절기를 떠올린 그는 어떠한 공격도 막아낼 수 있는 광명무상심법을 운기했다. 광명무상심법은 호신강기를 발출해 육신을 보호하기 위한 절기이지만 강력한 반탄력을 지녔기에 때로는 반격의 수단으로 구사할 수 있다.

파파팟―!

광명무상심법과 충돌한 핏빛 검형이 가벼운 폭음과 함께 소멸되었다. 세상을 휩쓸어 버릴 것 같은 가공할 위력의 구겁 파천검법이 너무도 간단히 해소된 것이다.

그러나 안도하기에는 아직 일렀다.

현사군은 천재적 두뇌의 소유자답게 광명오절기에 대항할 절대마공을 창안해 두었던 것이다.

"마황절환폭(魔皇絶環暴)!"

소리도 없고, 형체도 없다. 현사군이 파천마검을 내리그었지만 어떤 변화도 일어나지 않았다.

"뭐, 뭐야?"

무을은 본능적으로 공포를 느꼈지만 어떤 공세도 감지할 수 없기에 마땅히 대처할 수가 없었다. 한데 그때였다.

퍼억!

둔탁한 폭음과 함께 그의 몸을 두텁게 감싸고 있던 광명무상심법이 베어졌다. 동시에 그의 미간에 가는 혈흔이 그어졌다.

"악!"

무을은 전신이 쪼개지는 듯한 참담한 고통에 젖어 나동그라졌다. 실제로 몸이 쪼개진 것은 아니지만 호신강기가 쪼개지면서 심한 내상을 입고 만 것이다.

　　그는 자신의 패배보다 무학의 상도를 벗어나는 무형무음(無形無音)의 악마적 절기 앞에 압도되고 말았다.

　　"이, 이럴 수가! 마황진경에 이런 마공이 존재했을 줄이야!"

　　그는 피를 토하고는 겨우 몸을 일으켜 세웠다. 미간을 타고 흐르는 핏물이 턱을 타고 똑똑 떨어졌다.

　　현사군은 그의 앞으로 내려서며 오만한 웃음을 흘렸다.

　　"크훗, 너의 패배를 인정하느냐?"

　　"대, 대체 무슨 수법이냐? 내, 두 사부가 일러준 마황진경에는 그런 괴이한 수법이 없었다."

　　"물론 마황진경에는 없는 절기다."

　　"그렇다면… 새로운 마경을 찾아냈단 말이냐?"

　　현사군은 동강난 파천마검을 바라보며 잠시 회상에 젖었다.

　　"지난번 태백궁을 침공해 광명신검과 대적하면서 난 마황진경의 한계를 절감하게 되었다. 당시 광명신검이 보여준 절기는 신의 무학이었다. 당시 난 한쪽 눈을 잃었고 자신감마저 상실했다. 만일 광명신검이 생존해 있었다면 난 오행천 재건을 포기했을지도 모른다."

　　"한데… 지금의 절기는 어찌 된 것이냐?"

　　"마황진경은 사상 최강의 고수라는 파천마황이 남긴 비급이지만, 이 마황진경을 수련해도 모두가 파천마황만큼 강해질 수는 없다. 그 이유는 파천마황만이 지닌 독특한 체질 때문이었다."

"마왕지상?"

"그렇다."

현사군은 천천히 걸음을 옮겨 무을에게로 다가섰다.

"바로 체질적 한계 때문에 난 광명신검에게 패배한 것이다. 그것을 절감한 나는 내 체질에 맞는 절기를 창안하는 데 주력했다. 광명신검의 절기를 무력화시키고 절대 패하지 않을 절기를 만들기 위해 오랜 시간을 고심했다. 물론 쉽지 않은 도전이었다. 고금 최강의 절기를 창안하기 위해서는 인간의 한계를 돌파해야 하며, 그것은 단지 의지로만 이루어질 수 없으니 말이다."

"의지만으로 이룰 수 있다고?"

"그렇다. 최강의 절기를 창안하기 위해서는 당연히 최고의 절기를 접해야 하지. 다행히 하늘은 내 간절한 염원을 들어주셨다. 지난번 낙척산에서 최고의 절기를 접하면서 내가 추구하던 경지에 이를 수 있었던 것이다. 바로 백무향과 천패무광의 절기 덕분이었지……."

일순 그의 득의양양한 얼굴이 심각하게 굳어졌다. 누군가의 접근을 비로소 간파한 것이다. 상대의 접근을 처음 감지한 것은 오십 장 밖이었는데, 고개를 돌려보니 벌써 십 장 이내로 근접한 상태였다.

다름 아닌 백무향이었다.

그는 삼대마신과 격돌을 벌였지만 약간의 외상 외에는 큰 부상이 없어 보였다.

무을은 백무향을 대하자 마치 지옥에서 부처를 만난 듯 반가워했다.

"형님, 무사했구려."

백무향을 이형환위 수법을 펼쳐 순간적으로 무을의 앞에 이르렀다.

"몸은 좀 어떠냐?"

"죽을 것 같소. 내 얼굴의 피 좀 보시오."

"홋, 엄살을 부리는 것을 보니 멀쩡하군. 잠시 물러서 있거라."

무을은 힐끗 현사군을 살피고는 나직이 물었다.

"형님 혼자서 괜찮겠소?"

"지금 그 몸으로 다시 싸울 수 있겠냐?"

"사양하겠소. 형님과 저 마귀 대장이 동귀어진을 하면 내가 천하제일인이 되는데 무엇 때문에 나서겠소?"

무을은 얼른 달아나 전각 위로 피신했다.

현사군의 독목에서 예리한 광채가 뿜어졌다.

"믿을 수가 없구나. 나한테 패배한 주제에 감히 삼대마신을 쓰러뜨렸단 말이냐?"

"누구나 한 번쯤은 패할 수 있고, 네가 강해진 것처럼 나도 강해질 수 있는 법이다."

"호오, 짤막하지만 명쾌한 답변이군. 너 역시 자신에 걸맞는 절기를 창안했다는 말로 들린다."

"틀리지는 않다."

백무향은 대부분 파괴된 오행천의 건물들을 쓸어보았다.

"인과응보로구나. 네놈이 사해문 총단을 와해시켰듯이 너도 똑같은 꼴을 당했어. 뭐, 사해문 총단은 대부분 싸구려 자재로 지어졌으니 돈으로 환산하면 네가 엄청난 손해다."

"후훗, 이 정도 총단은 몇 개라도 재건할 수 있다. 하지만 그럴 필요가 없다. 태옥교가 애써 지어놓은 태백궁 총단이 곧 오행천 총단으로 변모할 테니까."

"현사군, 네가 아직 정신을 못 차렸나 보구나. 오행천 마귀들은 전멸 직전이다. 널 보좌하던 오대마신도 모두 죽었다. 너 혼자 남았다고 해도 과언이 아니다."

현사군은 자신감 넘치는 웃음을 터뜨렸다.

"하하핫! 내가 곧 오행천이다. 너만 죽으면 누구도 날 막지 못해. 백도의 버러지들은 내 일검으로 모두 죽일 수 있다. 또 하나의 오행천을 재건하는 데는 오래 걸지 않을 것이다."

"그래, 넌 똑똑한 놈이니 마귀 소굴 정도는 쉽게 세울 수 있겠지. 하지만 그런 수고는 할 필요 없다. 지금 당장 필요한 것은 네가 묻힐 한 평의 땅이지만, 과연 그것조차 확보할 수 있을지 의문이구나."

백무향의 담담한 눈빛에서 현사군은 알 수 없는 위압감을 느꼈다. 그는 애써 위압감을 떨쳐 내고는 파천마검을 치켜들었다.

"진정한 승리는 주둥이로 얻는 것이 아니다."

"내가 하고 싶은 말이다."

백무향은 천천히 뇌천검을 뽑아 들었다.

뇌천검은 여전히 벼락 형태의 기이한 검신을 지녔지만 예전과는 조금 달라 보였다. 검극에서 절로 피어나는 번갯불도 없었고, 은은한 우렛소리도 들려오지 않았다. 대신 검극에서 뿜어진 불길이 불꽃을 발하고 있었다.

현사군은 대번에 뇌천검의 변화를 간파했다.

"뇌천진기와 폭염마공의 융합?"

백무향은 그의 뛰어난 안목과 직관에 진심으로 감탄했다.

"대단하구나. 너의 그 총명함이 어둠에 물들었다는 것이 안타까울 뿐이다."

"후훗, 무공 절기는 새롭게 발전한다. 전대의 절기도 당대에서는 평범한 잡기로 전락하는 게 대부분이지."

현사군은 두 손으로 파천마검을 거머쥐었다.

"일 초면 충분하겠지?"

백무향은 검을 비스듬히 늘어뜨린 채 푸른 하늘로 고개를 들었다.

"물론이다."

그야말로 시산혈해였다.

오행천의 마인들은 대부분 핏물 속에 쓰러져 남은 자들은 겨우 백여 명에 불과했다. 그들 대부분은 부상을 입어 몸을 가누기도 힘들었지만 그들은 목숨이 다할 때까지 싸웠다.

태백궁 제자들의 손실 역시 엄청났다. 팔백 명에 달하는 제자들이 출전했지만 지금은 절반도 채 남지 않았다. 게다가 아직 싸움이 끝나지 않았기에 몇 명이 생존해 귀환할 수 있을지 예측하기 힘들 정도였다.

군웅들은 죽림을 통과하면서 이미 심각한 피해를 보았기에 칠백 명이 출전해 겨우 이백여 명이 목숨을 부지하고 있었다.

청룡전주는 부상을 치유하면서 전황을 점검해 보았다.

힘겨운 혈투였지만 오행천 섬멸은 시간문제였다. 물론 태백궁의 손실도 엄청났기에 명예와 영광은 차지할 수 있을지 몰라도 전력 회복은 불가능한 것으로 판단되었다.

'오히려 잘된 일인지 모른다. 광명신검께서는 오행마단의 위협이 제거된다면 태백궁을 해체할 생각까지도 하셨다. 태백궁의 지나친 강성이 강호의 평화와 균형을 깨뜨릴 수 있음을 우려하셨지.'

문득 그는 언제부터인가 태옥교가 보이지 않았다는 사실을 기억해 냈다.

'대공녀는 이 중요한 상황에 어디로 가셨단 말인가? 설마 방벽을 넘어가 현사군과 격돌한 것일까?'

흐름이 정지된 듯한 정적.

백무향과 현사군은 서로를 직시한 채 제자리를 지키고 있었다. 제각기 극한의 공력을 운집한 상태이기에 칠 장 거리를 두고 있었지만 기는 이미 충돌하고 있었다.

멀리서 관전하고 있는 무을은 두 손을 합장한 채 불호를 외우고 도경을 읊었다.

그가 상대한 현사군은 인간 한계를 넘어선 마신이며, 무형무음의 악마적 절기마저 창안했다. 백무향이 비록 단신으로 삼대마신을 격파했다지만, 과연 현사군과 대적할 수 있는 심득을 얻었느냐가 승부의 관건이었다.

마침내 극한까지 응축된 진기가 분출되면서 지표가 갈라지기 시작했다.

"마황절환폭!"

현사군은 하늘과 땅을 일검에 가를 듯 파천마검을 내리그었다.

백무향은 불꽃을 발하는 검극을 들어 허공에 원을 그렸다.

작은 고리로 시작된 원형 불꽃은 급속도로 확대되며 주변의 모든 것을 으스러뜨렸다. 거대한 원형 불꽃은 또 하나의 세상이며, 또 하나의 태양이었다.

악마적 절기와 두 개의 전설이 융합된 신비로운 절기!

이러한 격돌은 고금 이래 처음이었다.

꽈아아앙!

굉음이 울려 퍼지는 순간 형용할 수 없는 빛줄기가 무수하게 교차되었다. 하늘로 치솟은 수천, 수만의 불꽃 파편은 밤하늘을 수놓은 별처럼 찬란했고, 지상에서 수직으로 치솟은 섬광 기둥은 하늘과 땅을 이어주는 가교처럼 화려했다.

그러나 화려한 하늘의 정경과 달리 지상은 참혹하기만 했다.

양대 절기가 격돌한 현장을 중심으로 십 장 이내는 완전히 초토화되었고, 삼십 장 이내의 수목과 전각은 한데 뒤엉켰고, 오십 장 이내의 건물은 모래성처럼 모두 주저앉았다.

아, 이것이 과연 인간의 격돌로 빚어진 상황이란 말인가.

누각 위에서 관전하던 무을조차 미처 피하지 못하고 무너지는 기와 속에 묻히고 말았다. 폐허더미를 헤치고 겨우 밖으로 나선 무을은 눈을 부릅뜬 채 격돌의 현장을 직시했다.

주변이 모두 초토화된 상황에서도 두 사람의 모습은 변함이 없었다. 서로의 옷자락이 조금 손상되었을 뿐이다.

현사군은 자신의 득수를 확신하며 회심의 미소를 지었다.

'이겼다!'

그러나 가슴 뿌듯한 쾌감을 만끽하기도 전에 오장육부가 으스러진 듯한 극심한 고통을 느끼며 울컥 피를 쏟고 말았다.

“우욱!”

파천마검을 떨군 현사군은 와들와들 떨었다.

“이, 이럴 수가? 마황절환폭이… 무산되다니…….”

백무향은 뇌천검을 거두며 애석한 표정을 지었다.

“너무 자책할 것 없다. 너의 절기는 정말 훌륭했지만 완벽하게 다듬어지기까지 시간이 부족했을 뿐이다. 반면 내 절기는 이백 년에 걸쳐 완성된 것이다.”

“크으으!”

현사군은 다시 한 번 피를 토하고는 털썩 무릎을 꿇었다.

“정녕… 정녕… 귀하가 전설의 풍운마제란… 말이오?”

“유감스럽게도 사실이다.”

“말도 안 돼… 내 최대의 적수가… 풍운마제였다니…….”

현사군은 꼿꼿하게 앞으로 엎어졌다.

혈사마황의 절명!

이로써 백 년에 걸쳐 천하를 압박해 온 오행천의 공포는 종식되었다. 그러나 이것은 마도의 새로운 시작이라 할 수 있었다. 세상에 밤과 낮이 상존하듯 무림에서도 마정(魔正)의 상존은 결코 깨질 수 없는 섭리인 것이다.

“형님!”

무을이 가슴을 문지르며 비틀비틀 다가섰다.

백무향은 이형환위 신법을 전개해 대번에 그의 앞에 이르렀다.

"이제 하나 남았다. 태옥교, 그 계집만……."

그 순간 무을이 몸을 날려 백무향을 가로막았다.

"안 돼!"

퍼억—!

무을은 가슴에 화살이 박힌 채로 삼 장 밖으로 나가동그라졌다.

"무을!"

백무향이 급히 달려가 무을을 부축해 안았다.

무을은 눈을 부릅뜬 채 굳어 있었다. 눈알이 뒤집혀졌고, 숨이 끊어졌으며, 심장도 뛰지 않았다.

또 하나의 죽음.

"무을……?"

백무향은 무을의 가슴에 박힌 화살을 보고는 머리카락이 쭈뼛 솟았다.

"파옥전?"

그러했다. 무을의 가슴에 꽂힌 화살은 분명 파옥전이었다. 파옥전은 오직 예사천궁에 의해서만 발사될 수 있기에 흉수는 예사천궁으로 무을을 죽였다. 물론 표적은 그였을 테지만 무을이 그를 대신해 죽은 것이다.

백무향은 무을의 죽음을 애도할 새도 없이 분노가 폭발했다.

"으아아!"

괴성과 함께 허공으로 솟구친 그는 화살이 날아든 방향을 향해 일검을 내려쳤다. 검극에서 엄청난 불길이 뿜어지며 능선 일부를 대번에 잿더미로 만들었다.

허공을 딛고 선 백무향은 눈을 부릅뜬 채 잿더미를 살피며 청력을 높였다. 한데 흉수는 이미 사라졌는지 어떤 움직임도 감지되지 않았다.

백무향은 이를 부득 갈았다.

"태옥교, 이 사악한 계집! 넌 인간도 아니다. 인간의 탈을 쓰고서 어찌 이렇듯 악독할 수 있단 말이냐?"

그는 격분에 젖어 취병산 능선을 향해 마구잡이로 뇌천검을 휘둘렀다.

콰—콰쾅—!

취병산의 사면 전체가 불길에 휩싸였다.

백무향은 복수심에 젖어 불길 속으로 뛰어들었다. 그의 예민한 청력으로 흉수의 움직임을 간파하지 못했다면 아직 어딘가에 숨어 있는 것으로 판단할 수밖에 없었다.

"나와라— 어서 나와!"

백무향은 바윗덩이를 뒤집고 거목을 뿌리째 뽑으며 은신처가 될 만한 곳은 모두 뒤졌다.

순간 그는 전신의 피가 동결되는 싸늘한 한기에 젖었다. 그것은 오감으로 미처 감지할 수 없는 본능이었다. 위기를 직감한 그는 급히 상체를 뒤로 꺾었다.

피잉―!

한줄기 섬광이 그의 어깨를 스치고 지나가고 나서야 파공성이 들려왔다. 섬광의 정체는 물론 파옥전이었다. 얼마나 깊이 박혔는지 바위에 꽂힌 파옥전은 화살깃만 겨우 보였다.

백무향은 화살의 궤적을 통해 발사된 지점을 찾아내고는 손을 치켜들었다. 장심에 불꽃을 발하는 구슬이 형성되었다.

백무향은 단풍으로 물든 수림을 향해 폭염열화주를 내던졌다.

"어서 나와라!"

콰아앙!

엄청난 폭음과 함께 화염이 급속도로 확산되었다. 누군가가 불길 속에 있다면 숯덩이를 면치 못할 듯했다.

백무향이 이렇듯 폭염열화주를 발출한 것은 흉수가 폭염열화주의 위력을 잘 알고 있기 때문이다. 폭염열화주를 본 흉수는 은신을 포기하고 도주할 수밖에 없기에 결국은 흔적을 남길 수밖에 없다.

'찾았다!'

백무향은 서남쪽 협곡으로 이동하는 기척을 감지하고는 비행술을 펼쳐 추격해 갔다.

상대가 예사천궁과 파옥전을 지녔기에 사실 주의를 기울여야 하지만 백무향은 자신의 생사는 도외시했다. 지난번 눈앞에서 반사귀선이 피살되는 모습을 보았는데, 이번에 무을의 죽음을 보게 되자 분노와 원한으로 피가 부글부글 끓었다.

그에게는 오로지 복수를 하겠다는 일념밖에 없었다.

깎아지른 절애(絶崖).

건너편 벼랑까지는 건너뛰기가 너무 멀고, 계곡은 아주 깊어 바닥이 보이지 않을 정도였다.

도주할 길이 막힌 복면인은 하나 남은 파옥전을 예사천궁의 활시위에 걸었다. 하얀 손과 체형으로 미루어 여인으로 보였다.

복면여인의 눈빛은 차갑고도 매서웠다. 두 번에 걸친 암살이 실패로 돌아가 절망적이었지만 그녀는 최후까지 희망을 버리지 않았다.

그녀는 절애를 등진 채 서서 접근로를 향해 활시위를 당겼다.

바위 위로 내려선 백무향이 절애를 향해 천천히 걸음을 옮겼다. 복면인을 직시하는 그의 눈빛은 분노와 원한으로 충혈돼 마왕의 혈안을 방불케 했다.

복면인은 백무향을 향해 파옥전을 겨눈 채 외쳤다.

"멈춰요!"

백무향은 상대의 경고를 무시한 채 계속 다가갔다.

"제발 멈춰요!"

복면인의 떨리는 음성에 백무향은 비로소 걸음을 멈추었

다. 백무향은 뇌천검으로 그녀를 겨누었다.

"복면을 벗어라, 태옥교. 너인 줄 알고 있으니 어서 벗어!"

"……."

"그래도 한가닥 양심은 있었던 것이냐, 악녀야!"

백무향은 그녀 앞으로 뇌천검을 내던졌다.

"네 낯짝을 보고 싶으니 어서 복면을 벗어라! 파옥전을 쏘고 싶으면 그다음에 쏴라!"

복면인은 잠시 주저하다가 당겼던 활시위를 풀었다.

"좋아요. 더 이상 숨길 이유가 없지요."

복면인이 얼굴을 가린 복면을 벗자 실로 아리따운 절색의 용모가 드러났다. 다름 아닌 태백궁의 대공녀 태옥교였다.

그녀는 하얗게 질린 상황에서도 표독함을 잃지 않았다.

"이제 만족합니까, 풍운마제 노선배님?"

태옥교의 진면목을 확인한 백무향은 개탄을 금치 못했다.

"태옥교! 네가 뭐가 부족하다고 이런 사악한 짓을 서슴지 않는단 말이냐? 네가 무을을 쏘아 죽였듯이 귀선 노형의 살해를 사주한 것이 분명하지?"

"물론입니다."

"나쁜 년! 귀선은 네 아버지를 치료해 준 은공이거늘 어찌 해칠 생각을 했단 말이냐?"

태옥교는 턱을 덜덜 떨었지만 발음은 또렷했다.

"반사귀선은 내가 살해를 사주한 숱한 사람 중 하나일 뿐입니다. 내 계획에 방해가 된다면 누구든 죽어야 합니다.”

“가련한 것. 가문의 명예와 태백궁의 영광이 그리도 소중하단 말이냐? 결국은 아무것도 얻지 못하고 네 자신까지 망쳐버리지 않았더냐?”

“반사귀선을 더 빨리 죽였어야 했어요. 그래서 당신이 기억을 되찾지 못했다면 내 원대한 꿈은 이루어질 수 있었을 겁니다.”

백무향은 그녀의 고집스런 욕망에 진저리를 쳤다.

“독한 계집! 끝까지 회개하지 않는구나!”

태옥교는 자조적인 미소를 지으며 하늘을 올려다보았다.

“그래요, 난 후회하지 않아요. 다만 이백 년 전의 마왕을 되살려 제 계획을 틀어지게 만든 하늘을 원망할 따름입니다.”

백무향은 그녀의 독한 모습에 오히려 마음이 편했다. 아무런 거리낌 없이 악녀를 죽일 수 있기 때문이다. 만일 그녀가 눈물을 뿌리며 살려줄 것을 애걸했다면 조금은 괴로웠을 것이다.

백무향은 양손을 늘어뜨린 채 가슴을 폈다.

“일방적으로 널 죽일 수는 없으니 네게 선공을 펼칠 기회를 주겠다.”

“진심… 이십니까?”

“그래. 네년은 분명 고금제일의 악녀이지만 네 아버지는 정녕 위대한 무림 영웅이었다. 광명신검과의 연분을 생각해 네가 무인답게 죽을 기회를 주는 것이다.”

싸늘했던 태옥교의 안색에 화기가 감돌았다. 두 눈에 뽀얀 물기가 피어오르더니 급기야 주르륵 눈물을 흘렸다.

“흑. 고맙습니다, 노선배님.”

백무향은 최후의 순간에 태옥교가 회개하는 모습을 보이자 심정이 울적했다. 그는 그녀의 눈물을 보기가 싫어 무리를 지어 날아가는 새들을 올려다보았다.

“내세에서는 부디 고운 심성을 갖고 태어나거라. 총명과 미색은 그대로 지니고⋯⋯.”

한데 그의 마지막 덕담이 채 끝나기도 전에 태옥교는 활시위를 당겨 그를 향해 겨누었다. 언제 눈물을 흘렸냐는 듯 그녀의 표정에는 살기가 등등했다.

“당신이나 죽어, 망할 노인네!”

그 순간 백무향의 뒤편에서 핏빛 섬광이 뻗어 나갔고, 동시에 태옥교의 손에서 파옥전이 발사되었다.

퍼억!

태옥교의 가슴에 꽂힌 핏빛 섬광은 놀랍게도 현사군이 죽으면서 남긴 파천마검이었다. 때문에 백무향을 향해 겨누었던 파옥전은 파천마검의 여파로 약간 방향이 틀어졌다.

피잉—!

파옥전은 백무향의 어깨를 스치고 날아갔다. 만일 파옥전

이 한 치만 낮았다면 어깨 쇄골이 박살나 팔 하나를 쓰지 못
하는 불구가 되었을 것이다.

태옥교는 파천마검이 꽂힌 가슴을 움켜쥔 채 눈을 부릅떴
다. 백무향의 뒤편을 직시하는 그녀의 눈빛이 충격과 경악으
로 일렁거렸다.

"허억! 어… 어떻게……?"

의아한 눈빛으로 고개를 돌려 확인한 백무향 역시 자신의
눈을 의심했다.

무을이었다. 분명 파옥전에 적중돼 죽은 무을이 멀쩡히 살
아 있는 것이다.

"너……?"

무을이 씩씩거리며 외쳤다.

"형님, 저 악녀를 죽이지 않고 뭐 하는 거요?"

"알았다."

백무향은 바닥에 꽂혀 있는 뇌천검을 뽑아 들었다.

번―쩍!

섬광이 번득이는 순간 태옥교는 두 쪽으로 쪼개지고 말았
다. 그녀의 육신은 핏물을 뿌리며 아득한 벼랑 아래로 떨어져
내렸다.

태백궁의 대공녀 십전옥봉 태옥교!

살아생전 천하에서 가장 아름다운 재녀로 추앙을 받았기
에 그녀의 죽음은 일면 안쓰럽기도 하다. 그러나 그녀가 행해

온 추악한 비리는 결코 용서받을 수 없는 악업이었다.

벼랑 끝으로 달려간 무을은 아득한 협곡을 내려다보다가 정중히 합장을 취했다.

"아미타불 무량수불. 부디 극락왕생하시고 선계에서 환생하소서."

백무향은 얼굴과 가슴을 만져 보고는 혀를 내둘렀다.

"대체 어찌 된 일이냐? 너 분명 죽었잖아?"

무을은 자신의 가슴을 내리쓸며 고개를 절레절레 저었다.

"사실 나도 죽는 줄 알았소. 파옥전에 적중되는 순간 숨이 턱 막히면서 혼절했으니 말이오."

"네가 무슨 신기한 비술이라도 수련한 것이냐? 파옥전은 금강지체도 관통하는데 말이다."

"헤헤, 천하의 파옥전도 뚫지 못하는 게 있소."

무을은 앞자락을 열어 보였다.

속옷에 손바닥만 한 가죽이 부착돼 있는데, 화살촉 자국이 선명했다. 육각형 모양의 가죽 조각은 가벼우면서도 견고했다.

백무향은 가죽 조각을 매만지다가 환한 웃음을 지었다.

"하하, 바로 만년귀갑의 껍질이 아니냐?"

"맞소. 바로 천갑신의에 부착돼 있었던 거북 껍질이오. 파옥전을 막아낼 수 있는 유일한 방어구라 할 수 있소."

"그래, 나도 예전에 혈사성주와 대결을 벌일 때 천갑신의

을 입은 적이 있었다. 한데 네가 어떻게 예상하고 가슴에 귀
갑을 덧댄 것이냐?"

무을은 씁쓸한 웃음을 지으며 백무향과 함께 걸음을 옮겼
다.

"사실 오행천 토벌 직전 태옥교와 정분을 맺은 적이 있었
소. 한데 입술이 너무 차갑지 뭐겠소?"

"입술이 차갑다고? 가만, 그 얘기는 내가 해준 것 아니
냐?"

"왜 아니겠소? 형님이 분명 몸은 뜨거워도 입술이 차가운
여자는 조심하라고 하지 않았소? 태옥교가 바로 그런 여자였
소. 그래서 무서운 흉계를 꾸미고 있음을 간파한 것이오."

"파옥전으로 반사귀선을 죽였듯이 너를 죽일 수 있음을 우
려한 것이냐?"

"당연하지 않소? 그래서 태백무고를 뒤져 쓸 만한 방어구
를 찾다가 천갑신의를 발견하게 되었소. 확실한 안전을 위해
서는 천갑신의를 옷 안에 받쳐 입어야 하는데 눈치 빠른 태옥
교에게 발각될 것을 우려해 귀갑 한 조각만 취한 것이오."

두 사람은 오행천이 내려다보이는 능선에 이르렀다.

먼 거리이지만 군웅들과 태백궁 제자들이 시신을 치우고
부상자들을 돌보고 있는 상황이 보였다. 이런 광경은 오행천
마인들이 전멸했음을 의미한다.

백무향은 거의 폐허로 변한 오행천 총단을 두루 살폈다.

"싸움이 끝났나 보구나."

"저들이 태옥교를 애타게 찾는 것 같소. 대공녀를 부르는 소리가 여기까지 들리는군."

무을이 머리를 긁적이다가 나직이 물었다.

"이제 어쩔 셈이오?"

"뭘 말이냐?"

"태옥교 문제 말이오. 그녀의 악행을 낱낱이 밝혀 세상에 고해야 하지 않겠소?"

"그러고 싶으냐?"

백무향이 탐탁지 않은 표정을 짓자 무을은 입맛을 쩝 다셨다.

"솔직히 소제도 그러고 싶은 생각은 없소."

"그렇다고 세상을 속여온 대악녀를 협녀로 추앙받게 할 수는 없다."

"그게 어디 쉬운 일이겠소? 태옥교의 죄상이 공개되지 않으면 그녀는 무조건 오행천 마귀들과 싸우다 아름답게 산화한 절대협녀로 존경받게 돼 있소. 아마 태옥교 때문에 자결하는 사내 놈들도 제법 될 것이오."

백무향은 골치가 아픈 듯 손끝으로 관자놀이를 문질렀다.

"젠장, 오히려 죽어서 더 고민되게 만드는구나. 하여간 그 문제는 잘 연구해 보자."

무을은 돌계단을 따라 내려가며 물었다.

"형님은 이제 어쩔 셈이오? 사해문에 그냥 눌러 앉을 셈이오?"

"아니다. 이제 중원은 흥미가 없어. 곧 날씨도 추워질 것 같으니 따뜻한 남방에나 가서 지내야겠다."

"반사곡의 소엽 형수는 어쩌고?"

"잘 꼬드겨 데리고 가야지. 병자가 어디 반사곡 앞에만 있더냐? 세상에 널린 게 병자인데."

"서문취 형수도 있지 않소?"

백무향은 고소를 머금으며 고개를 저었다.

"취는 이미 내 신분을 눈치 챘어. 내가 창건조사임을 알아챘으니 어디 몸을 허락하겠냐? 가끔 들러 술이나 한잔 얻어 마셔야지."

"제기, 그래도 형님은 나름대로 계획이 있는데 소제는 막막하기만 하오. 어디 갈 데가 있어야지?"

백무향은 그의 어깨에 팔을 둘렀다.

"야, 우리 산적질이나 하면서 살까?"

"뭐요? 명색이 전설의 풍운마제와 도불쌍제의 후예가 산적이 되잔 말이오?"

"임마, 한번 지내보면 괜찮은 생활이야. 필요할 때 얼마든지 재물을 취할 수 있지, 세금 낼 일 없지… 생각보다 살기가 얼마나 재미있는데?"

"아무리 그래도……."

무을이 여전히 마음을 정하지 못하자 백무향이 슬쩍 한마디 흘렸다.

"산적 중에서 매력적인 여도적도 있어. 내가 소견을 구만산 산채에서 만났거든."

"좋소. 소견 형수 같은 여도적만 있다면 당장 가겠소."

무을이 눈빛을 반짝이며 흥미를 표하자 백무향은 소탈한 웃음을 터뜨렸다.

"하하, 잘 생각했다. 어디를 가도 번잡한 중원보다는 나을 거다."

백무향은 구만산이 위치한 동남방 하늘 저편을 바라보며 아련한 회상에 잠겼다.

"내가 이백 년 만에 정신을 차리고 보니 구만산 산적 소굴이었다. 한데 산채 여두령이 너무도 매력적이지 뭐겠냐? 여두령은 비단의 부드러운 감촉을 너무 좋아해 속옷도 받쳐 입지 않고 오로지 소주산 비단만 둘렀지. 그 여두령의 이름이 바로 소견이었어……."

<마왕출사 6권 終>